Le complexe polonais

Quels lieux plus révélateurs des états d'âme de toute une société que ces interminables files d'attente devant les magasins des pays de l'Europe de l'est ?

Pour Monsieur K., ici Tadeusz Konwicki, attendre devant une bijouterie, un 23 décembre, la livraison d'hypothétiques alliances en or est l'occasion de mettre à nu les racines du drame polonais en réfléchissant à la dérision de la condition humaine et à l'impossibilité de la « polonité ». Un récit historique sur la défaite des insurgés polonais contre l'armée russe en 1864 et le long réquisitoire d'un exilé contre la dictature interrompent la tragi-comédie de l'attente pour poser la question fondamentale : être polonais, qu'est-ce que c'est ? C'est un drame, répond Konwicki, c'est être follement épris de liberté, d'autonomie, d'indépendance, alors que depuis des siècles des puissances étrangères s'acharnent à les bafouer. « La liberté périt des mains de la servitude, écrit-il. Faut-il que nous ayons honte de notre amour de la liberté ? Fût-ce une liberté insensée, folle, complète, anarchique, provinciale, dût cette liberté nous conduire à notre perte ? ». Cet attachement forcené pour ce que l'auteur appelle « notre liberté dorée », la « liberté polonaise nobiliaire, individualiste, nihiliste, inconsidérée, cette égoïste liberté du "chacun est maître chez soi" » serait-il la cause, ou une des causes de l'écrasement de la Pologne par des États despotiques et sa soumission aux tutelles étrangères ?

Faut-il baisser les bras ? Faut-il en avoir honte ? Faut-il accepter l'immobilité d'inutiles files d'attente où rien d'essentiel ne se passe sinon de médiocres échanges personnels et où l'on ne survit que grâce au rire, à la farce et même à la boisson ?

L'homme, ce point dérisoire dans l'univers, n'a sans doute d'autre destinée que d'être pris au piège de l'Histoire. Pour Konwicki, il n'en est pas l'acteur, mais la victime. Et la vision du monde de l'écrivain ne peut, alors, qu'être désespérée.

Tadeusz Konwicki est né en 1926 à Vilnius, en Lituanie, dans un territoire qui fut rattaché en 1945 à l'URSS. L'écrivain, qui se définit lui-même comme un mélange de polonité, de russité et de judéité, passe à partir des années cinquante dans le camp des « indépendants », proche de l'opposition. Parmi ses romans les plus importants, citons La Petite Apocalypse *et* Fleuve souterrain, oiseaux de nuit.

Tadeusz Konwicki

Le complexe polonais

roman

TRADUIT DU POLONAIS
PAR HÉLENE WLODARCZYK

Robert Laffont

TEXTE INTÉGRAL

EN COUVERTURE : Adami,
Autoportrait/V. A. par lui même, 1983 (détail)
Photo : B. Hatala
Archives Centre Georges Pompidou

Titre original : *Kompleks polski*

Édition originale : *Index on Censorship*, London, 1978

ISBN 2-02-012695-8
(ISBN 2-221-05621-3, 1re publication)

Je fais la queue devant un magasin de l'entreprise nationalisée « Le Joaillier » et je suis le vingt-troisième. Bientôt, les horloges de Varsovie sonneront onze heures du matin. Alors, les serrures des grandes portes de métal et de verre grinceront et nous, les clients enrhumés, nous ferons irruption dans l'élégant intérieur, mais, bien sûr, une irruption parfaitement disciplinée, qui ne saurait troubler l'ordre établi dans la queue par de longs quarts d'heure d'attente.

Il gèle à peine en cette veille de Noël. C'est un jour à la limite entre un automne prolongé et un hiver qui tarde. Un jour comme attardé lui-même. Où la lumière ne s'est pas levée complètement, un jour brumeux, traînard. Des flocons de neige égarés voguent dans l'air glacé comme des graines de peuplier. Les tramways se blottissent en troupeau dans cette large artère et sonnent pitoyablement. Un mendiant connu, respecté de tous, s'installe sur le trottoir à côté du magasin de joaillerie. Il étend devant lui ses jambes, les écarte dans la mince couche de neige légère pour faire peur aux passants sensibles. Mais moi, je sais que ces prothèses de plastique et de nickel sont creuses, et, bien que le gel les colle au trottoir, notre mendiant ne risque pas de sentir le froid. Des foules de passants ininterrompues glissent le long des murs. Parfois, l'un des passants en bouscule un autre et s'éloigne sans demander pardon, plongé dans ses pensées. Parfois, un autre heurte quelqu'un du pied de son sapin de Noël et lance un juron ; parfois encore, un ivrogne roule sur la chaussée, mais se relève rapidement et se remet en chemin. C'est une veille de Noël comme les autres.

Ce jour glisse sur une petite planète d'un minuscule système solaire. La planète s'appelle Terre, c'est un œuf de roche empli de lave liquide et recouvert en surface de fines couches d'eau et d'air, c'est-à-dire d'un mélange volatil d'oxygène, d'azote et de quelques éléments de plus qui, un jour, peuvent menacer l'existence de cette planète. Sur cette planète, par l'heureux concours de nombreuses circonstances, la vie est née à partir de l'albumine et au bout de millions d'années, cette vie a créé des êtres doués de raison qui se donnent le nom d'hommes et auxquels, moi, l'auteur de ces mots, j'ai l'honneur d'appartenir. L'humanité, c'est-à-dire la somme des habitants raisonnables de la Terre, a créé la civilisation qui nous permet de comprendre l'univers, ou à vrai dire de ne pas le comprendre complètement ; la civilisation qui aide à lutter contre les anciens malheurs de l'existence humaine et qui en produit de nouveaux, de plus en plus menaçants, la civilisation qui a permis à l'homme de faire de toutes petites promenades dans le cosmos tout en lui retirant l'espoir de grands voyages vers le noyau de ce cosmos. Il faut encore ajouter une information tout à fait essentielle : la vie sur terre est sujette à une étrange pulsation, son rythme est déterminé par des formes aussi peu ordinaires de transformation de la matière que la naissance et la mort, la maturation et le vieillissement, l'existence et la non-existence.

Je suis tenu à ces quelques explications rapides, car je m'attends à ce qu'un exemplaire du livre, que j'écris laborieusement, parvienne dans les mains, les antennes ou les ordinateurs d'autres êtres doués de raison qui atteindront par hasard notre galaxie, venus des régions centrales de l'univers, des quartiers élégants de la métropole du bon Dieu, êtres plus intelligents et meilleurs que nous, nobles surhommes inventés et rêvés par l'homme. Et si j'écris avec une intention aussi ambitieuse, en fait même aussi peu commune, c'est seulement parce que je suis las de communiquer avec mes semblables, mes frères sages et idiots, mes frères prophètes et canailles, mes frères oppresseurs et victimes.

Cette veille de Noël nous apporte chaque année à nous autres, terriens, je ne sais quel espoir magique, éveille en nous un pressentiment étrange et excitant, ranime en nous la nostalgie d'une patrie primitive, inconnue. En ce jour qui est le commencement de l'hiver ou de l'été, naquit voici deux mille ans un homme que nous avons reconnu comme Dieu, c'est-à-dire comme le cocréateur de la structure incompréhensible de l'univers, un homme qui, d'après nos croyances, sert de médiateur entre nous et le mystère angoissant du monde supérieur. En ce jour, je me blottis chaudement dans ma veste de mouton retourné devant un magasin d'articles de joaillerie que l'on appelle, sans la moindre subtilité, « Le Joaillier ». Je suis le vingt-troisième dans la queue et, derrière moi, il y a encore une vingtaine de personnes qui battent le trottoir de leurs pieds engourdis. Moi aussi, je tremble légèrement, bien que je sois couvert d'une abondante toison de mouton. Mais moi, c'est d'émotion que je tremble. Je tremble dans l'attente de ce jour, de ces quelques heures inhabituelles qui nous apporteront peut-être, à moi et à nous tous, une solution décisive.

— Regardez-moi ça, quelle santé, marmotte dans le col de mon manteau en produisant une vapeur épaisse le monsieur qui fait la queue derrière moi. — Il m'indique de ses yeux larmoyants de froid la vitrine du magasin. — C'est presque un péché de la regarder.

En effet, on aperçoit à travers la vitre poussiéreuse les contours d'un visage de femme. Une jeune fille aux cheveux sombres, à la bouche un peu indécente, considère de son regard sépia la rue sans joie.

— Tout ce qu'il y a de mieux, dis-je avec mélancolie, mais ce n'est pas pour nous.

— Mais quoi, parce que nous sommes moins bien que les autres ?

Du bonnet de fourrure de mon interlocuteur s'échappent de longs cheveux fortement grisonnants qui, à la mode des jeunes, tombent sur le col de sa veste bleu marine à revers orange.

Je soupire :

— Peut-être pas. Mais c'est notre acte de naissance qui expire peu à peu.

— Moi, monsieur, je me sens jeune.

— Mais ça ne prend pas.

— Vous ne vous souvenez pas de moi, mais moi, je me souviens de vous.

— J'ai l'impression que quelque chose me revient.

— Ne vous fatiguez pas, mon vieux. Je vous connais, un point, c'est tout. Je vous expliquerai plus tard.

Je commence à regretter ce voisinage gênant. Et l'homme au bonnet de fourrure sourit d'un air ambigu. A sa main pend un sac de cuir plat, ce qu'on appelle maintenant sac de pédé, quelque chose entre la pochette d'officier et la trousse de maquillage.

— Vous fumez ?

— Merci.

— Merci, oui ou merci, non ?

— Merci, oui.

Nous allumons péniblement nos cigarettes en jetant des coups d'œil à la vitrine. La jeune fille continue de regarder droit devant elle. Et là-bas, au carrefour, une foule de gens pousse un tramway vers un endroit plus sûr, car il y a eu une coupure de courant. Il avance même bien ce tram, en cognant contre les jointures des rails comme un vrai train.

— Je lis tout ce que vous pouvez écrire, dit mon voisin esquissant un sourire désagréable.

Modeste et gêné, je marmotte :

— Ça n'en vaut peut-être pas la peine.

— Je vous expliquerai plus tard.

Une petite vieille revêtue d'un mince imperméable élimé s'approche de la tête de la queue.

— J'ai une carte d'invalide, pleurniche-t-elle.

Mais la queue garde un silence méprisant. Comme les autres, le froid la fait pleurer et des larmes d'argent se figent sur ses joues bleuies.

Elle bat la semelle et, inévitablement, elle a les jambes comme des poteaux. Mais la queue feint de ne pas la remarquer. Seule une dame en pelisse trop grande, chapeau trop grand et bottes trop grandes, dit ironiquement :

— Moi non plus, je ne suis plus jeune, mais je fais la queue.

La petite vieille essuie ses larmes.

— Mon mari est mort l'année dernière. Je suis restée seule avec mes enfants. Et ma pension est si faible qu'il n'y a pas moyen d'y arriver.

— Soyez chics, laissez-la passer devant, intervient un jeune homme qui a l'air d'un étudiant et un autre, sans doute son ami, gros type débraillé en veste de cuir, manifeste son approbation.

La queue se resserre, empêche l'accès aux portes élégantes rongées par la rouille paresseuse de Varsovie. En pleurnichant, la vieille femme se dirige insensiblement de notre côté. Elle s'empare d'une bonne place stratégique à côté des étudiants miséricordieux.

— Vous, vous êtes devenu quelqu'un, grommelle mon voisin, repris par son idée fixe. On n'aurait pas cru.

Je lui réponds, contrarié :

— Vous savez, il n'y a pas de quoi être jaloux.

— Duszek, je te présente monsieur Konwicki.

Mon voisin fait un signe à son voisin.

J'échange une poignée de main avec un type vêtu à l'ancienne mode, avec une élégance des années cinquante. M. Duszek mesure à peu près deux mètres de haut ; quant à sa paume, elle recouvrirait sans peine un poids de cinq kilos.

— Alors, moi aussi, je me présente. Je m'appelle Kojran.

Mon voisin jusqu'alors anonyme soulève son bonnet de fourrure. Il constate sans déception :

— Mon nom ne vous dit rien.

— J'ai l'impression que ça me rappelle quelque chose.

— Vous dites ça par politesse, monsieur K., sourit Kojran avec indulgence.

— Ça vaudrait la peine de s'enfiler quelque chose derrière la cravate, intervient M. Duszek.

— D'abord, il faut se faire une place dans la queue. Regardez, monsieur K., on dirait qu'elle s'est endormie.

De son oreille violacée, Kojran désigne la devanture.

La jeune fille continue de regarder la rue, bien que la circulation ait repris et que les tramways, à nouveau en troupeau, glissent lourdement vers la Gare centrale.

— Elle est tombée en léthargie. Je connais ça, dit M. Duszek en toussant.

De grosses volutes de vapeur s'échappent de sa bouche et volent au-dessus des têtes qui composent la queue.

— Elle a des remords.

Sur une grande place au croisement de larges avenues, le vent neigeux secoue un énorme pin décoré en sapin. L'arbre de la forêt se secoue dans tous les sens comme s'il saluait les quatre coins du monde, comme s'il voulait se détacher, s'arracher à cette prison de pierre. Des boules de verre rouge se répandent abondamment sur les rails des tramways comme des baies de sorbier gelées.

— Mon copain, c'est un Français, chuchote l'étudiant, et le gros type roux en blouson de cuir ouvert incline aimablement la tête.

— *Bonjour, monsieur*[1].

Kojran lui rend son salut.

— *Ça va ?*

— Merci beaucoup, dit le Français en polonais avec un fort accent.

— Qu'est-ce que vous faites chez nous ?

— C'est un anarchiste, explique l'étudiant. La police commençait à les lui briser. Alors il s'est réfugié en Pologne.

— Bienvenue dans notre beau pays.

Le Français prononce une courte allocution dans sa langue maternelle.

L'étudiant traduit :

— Il dit qu'avant tout jeune Européen se devait d'aller à Paris. Maintenant, on va à Varsovie.

— C'est un grand honneur pour nous.

Kojran s'incline à nouveau. L'anarchiste lui adresse également un salut cérémonieux.

— Ça vaudrait le coup de siffler un verre, soupire M. Duszek.

— Chaque chose en son temps. Qu'est-ce que vous avez à rester comme ça, monsieur K. ?

— Regardez : la neige est rouge.

— Comment, rouge ? C'est le néon qui lui donne cette couleur. Vous attendez un miracle ?

Devant la plaque de pierre qui marque l'endroit où l'on a fusillé pendant la guerre cinquante personnes oubliées de tous, une flamme de paraffine dans un petit pot vert s'éteint et se rallume à nouveau.

— Oui, vous avez raison. J'attends un miracle.

Si l'on jetait un coup d'œil sur notre maigre constellation depuis le fond de l'univers, on apercevrait avec peine, à travers le fouillis de la Voie lactée, un modeste soleil et huit ou neuf (je n'ai pas le courage de vérifier dans un atlas), donc

---

1. Les mots en italique étaient, dans le texte de Konwicki, dans leur langue d'origine. (N.d.E.)

huit ou neuf planètes, certaines avec des lunes, quelques petites planètes accompagnant le soleil si important pour nous et si indifférent à la jungle du cosmos. L'une de ces planètes, c'est notre terre sur laquelle s'est produit le phénomène incompréhensible de la vie baignée dans l'oxygène, c'est-à-dire le plus infernal et le plus meurtrier des éléments. Cette terre ressemble à une poire de porcelaine bleu-vert saupoudrée d'une poussière capricieusement éparpillée. Ce dépôt blanc effiloché, ce sont les nuages chantés par les poètes, les nuages annonciateurs des cyclones et des déluges, des terribles dépressions d'automne quand les gens ont le cœur qui se brise, quand les spectres de pressentiments angoissants sortent des brumes, quand la vie entre en léthargie pour sa répétition annuelle du sommeil éternel.

Sur cette terre en forme de poire, grouillent, dociles aux injonctions de la nature, presque cinq milliards d'êtres intelligents, apparaissant au premier coup d'œil ou à la première onde électromagnétique comme des créatures bipèdes en station debout. Au cours du processus compliqué de l'évolution, nous nous sommes divisés en groupements sociaux plus ou moins grands, appelés peuples, grâce à quoi, peut-être, il nous est plus facile de végéter. Ces peuples grands et petits s'entre-dévorent sans cesse dans leur lutte pour l'existence, la survie, leur combat contre les lois de l'évolution. Bien sûr, il serait absurde d'affirmer que les petites formations sociales sont absorbées par les grandes, mais si l'on tient compte du fait que ces troupeaux appelés peuples enflent et rétrécissent brusquement, se gonflent et se dégonflent, se multiplient par bourgeonnement et perdent des membres par amputation, alors on peut dire qu'en fin de compte ils se dévorent mutuellement, bien qu'il leur arrive parfois de vomir des parties mal digérées de leur voisin.

L'étrange division en peuples est la source de bien de nos souffrances, maux, malheurs. Plus est imminente la décomposition-désintégration des peuples en tant que structures dépassées qui freinent l'évolution énigmatique et effrayante, plus les processus d'ionisation à l'intérieur des peuples s'intensifient, plus les températures intérieures et extérieures s'élèvent, plus les chocs et les frottements de particules que l'on appelle guerres, révolutions ou insurrections deviennent tragiques.

La tendance des gens de lettres qui notent les péripéties fictives ou réelles des luttes entre les particuliers ou les formations sociales entières — c'est-à-dire la tendance littéraire à se détacher de la terre et à la regarder du haut de la stratosphère ou de l'espace interstellaire —, cette attitude est mise en cause par les chercheurs qui lui donnent le nom de symptôme d'un type particulier d'aberration. Mais décrire le phénomène de la vie du haut d'une pierre dans les champs, ou, en ville, du haut d'une bouche à incendie, c'est aussi une anomalie répréhensible. Car, de toute façon, la littérature est anomalie, transcendance et aberration.

— Regardez, monsieur K., elle n'y est plus.
— Qui ? demandé-je machinalement.
— Iwona.
La vitre de la devanture s'est couverte de buée, voilant l'intérieur obscur du magasin de joaillerie.
— Vous la connaissez ?
— Pas encore, dit Kojran.
— Alors comment savez-vous son nom ?
— Iwona, répète-t-il avec obstination. On parie ?
— Je n'aime pas les paris.
— Vous n'aimez pas le risque ?
— Si j'aime le risque ? Des fois, oui.
— Mais le tout pour le tout ?
— Oui, c'est ça. Quitte à faire sauter la banque.
Une légère inquiétude jaillit au début de la queue. La pauvre femme se place habilement devant les étudiants. On entend un cliquetis de métal, des vitres qui tintent et les clients qui poussent des cris. La directrice du magasin ouvre la porte. La queue pénètre à l'intérieur en ordre discipliné. A présent, nous nous installons luxueusement le long du comptoir de cristal plein de montres-bracelets soviétiques et de réveille-matin d'Allemagne de l'Est. Nos semelles glacées reposent sur les carreaux de marbre noir. Au-dessus de nous brille un énorme lustre en céramique. Il brille, mais la lumière électrique n'y brûle pas car il y a une panne de courant. La directrice apporte de l'arrière-boutique deux bougies collées par la stéarine à un étui qui contenait des bracelets chinois. De petites flammes joyeuses se balancent déjà dans tous les miroirs.

— Elle est là ? chuchote Kojran, confidentiel.

— Qui ?

— Iwona. Oui, là, à côté du palmier.

A côté d'un arbuste poussiéreux, sur un petit siège tapissé en faux style « duché de Varsovie », il y a notre connaissance de derrière la vitre. Elle lit un livre avec un ennui irrité. Je découvre, plein d'une étrange inquiétude, que ses cheveux sont presque noirs et que, même dans son teint, il y a quelque chose de créole — un élément méditerranéen dans cette jeune fille inconnue — et cela me rebute un peu. Dans les peuples méditerranéens, il y a une sorte de beauté facile, d'empressement de la nature, de manque de retenue.

— Messieurs-dames, s'il vous plaît.

C'est la directrice du magasin qui prend la parole d'une voix forte.

Et tandis qu'elle prend ainsi la parole, la pièce montée de ses cheveux platine est prise d'un brusque tremblement.

— Messieurs-dames, nous n'avons pas encore été livrés aujourd'hui. On sera peut-être livrés dans une heure ou avant la fermeture du magasin. Je vous préviens pour qu'il n'y ait pas de réclamations. Le registre des réclamations est à la reliure pour le moment.

Gémissements de déception, violentes ondulations de la queue. Deux hommes en vêtements de travail maculés de ciment jurent à haute voix. Une bonne femme de la campagne, avec un grand balluchon recouvert d'un châle noué sur sa poitrine, se met à pleurer.

— Tant pis. On attendra, tonne M. Duszek au-dessus de la tête des gens.

— Ah, ces queues, ces queues, soupire Kojran.

La dame en pelisse trop grande et en chapeau trop grand se retourne vers lui et dit avec emphase :

— En Angleterre aussi, on fait la queue.

Et moi, je porte ma main à ma poitrine dans les profondeurs brûlantes de ma peau de mouton et je palpe du doigt la poche de ma veste. Tout va bien, l'argent est là. Cinq billets de mille zlotys.

— Vous croyez vraiment aux miracles, monsieur K. ? demande Kojran.

— C'est peut-être le premier symptôme de la vieillesse, mais on dirait que je commence à y croire.

— Le moment venu, nous nous mettrons d'accord. Mademoiselle Iwona, vous n'avez pas peur pour vos yeux ?

La jeune Méditerranéenne lève les yeux de son livre, regarde d'un air hautain Kojran qui lui envoie un baiser de ses deux doigts aux ongles abîmés. On s'aperçoit peu à peu qu'il ne fait pas seulement sombre dans le magasin de joaillerie, mais aussi froid. D'où ces gilets de fourrure synthétique sur le torse des vendeuses. Iwona retourne à son livre. Les flammes des bougies, comme les feuilles de bouleau en automne, veulent s'arracher aux mèches noires que secouent les violents courants d'air.

— Les gars, dit Duszek, il faut qu'on aille se rincer la dalle, sinon on va avoir une pneumonie.

— Chaque chose en son temps. On est en train de se faire une place dans la queue.

— Au cas où, soyez gentils, pensez aussi à moi, s'incline aimablement un type tout vêtu de toile de jean qui occupe la vingt-sixième place dans la queue et, après l'incorporation de la vieille nécessiteuse, la vingt-septième. Il a l'air d'un minet capricieux d'un drugstore parisien ou encore mieux de Time Square à Broadway.

Kojran et Duszek prennent acte de sa proposition avec une froideur ostensible. Puis Duszek souffle d'une voix de basse rauque :

— Méfiez-vous, c'est un mouchard.

Un camion s'arrête non loin du magasin de joaillerie. Un garde en veste capitonnée baisse l'abattant. Des prisonniers vêtus des mêmes vestes (avec en plus des gilets orange) sautent sur le trottoir. Chacun d'eux est armé d'une pelle pour ramasser la neige. Mais il n'y a pas encore beaucoup de neige. Il y en aura peut-être assez quand la première étoile se lèvera.

Une peur soudaine me saisit. J'ai une envie insensée de faire irruption dans la rue, de faire voler la vitre de cristal de la devanture, les petits coffrets laqués de Palekh et les poupées russes les unes dans les autres. Mais je me contente de remettre ma main sous ma veste où une terrible douleur de mauvais augure me serre la poitrine. Je me frotte les côtes au-dessus du cœur, je cherche à reprendre ma respiration. Mais la douleur ne diminue pas. Une douleur dont j'ai fait la connaissance voici quelques jours.

Je m'interroge en moi-même :

— Ce serait peut-être même bien, comme ça, tout de suite, sur-le-champ, sans appel ? Ce n'est pas une époque d'agonie lente, petite-bourgeoise. Aujourd'hui, même les boutiquiers, qui sait, peut-être même les ministres, tout le monde aujourd'hui prie pour en avoir une subite et inattendue.

Plus tard, rassuré, j'écoute avec une satisfaction vengeresse cette douleur, dont je viens de faire la connaissance, resserrer encore plus brutalement ses mâchoires à la jointure de mes côtes. Ma pelisse empeste la momie de mouton et la teinturerie « Alba ».

— Oh, les gueules d'empogne, grogne Kojran, onze heures vingt, et toujours pas la moindre trace de marchandise.

— En France aussi, on attend les livraisons pendant des heures, déclare sèchement la dame en pelisse trop grande, chapeau trop grand et bottes trop grandes.

Même aux oreilles, elle porte des clips à émeraude trop grands.

— Vous êtes sûrement dans la diplomatie, constate Kojran.

— Pourquoi, dans la diplomatie ? demande, un peu touchée, la dame à l'extérieur trop grand.

— Vous avez tellement l'air d'avoir vu du pays.

— Je suis objective, c'est tout.

— Les Polonais, quand on les fait attendre, ça les rend méchants, déclare Duszek.

— Les Italiens sont plus nerveux.

— Peu m'importent les Anglais, les Français, les Italiens, s'énerve M. Duszek. Ce qui m'importe, ce sont les Polonais. Vous comprenez, ce que je veux dire, madame ?

— Je ne vais pas discuter de politique avec vous.

La bonne femme de la campagne avec son balluchon s'est déplacée dans notre direction sans se faire remarquer. Elle profite maintenant du silence gêné et elle demande, d'un ton confidentiel :

— L'un de vous a peut-être besoin de veau, messieurs-dames. J'en ai du beau, tout frais.

— Mais vous n'êtes pas à votre place, grand-mère, remarque Kojran, irrité.

— Je sais bien, mais je vous pose une question.

— Faites donc voir ce veau, intervient Duszek.

La bonne femme commence à dénouer son balluchon. Sur le marbre du dallage se répandent des grains de blé gelés.

— Tu as besoin de veau ? demande Kojran.

— On va voir, on va réfléchir, le veau, c'est la viande la plus saine.

La directrice se penche tout à coup par-dessus le comptoir de cristal :

— Veuillez me suivre dans l'arrière-boutique, s'il vous plaît.

La bonne femme reste figée, indécise, deux gigots de veau dans les mains.

— Mais c'étaient nous les premiers, s'interpose Kojran.

— Y en aura assez pour tout le monde, le rassure la paysanne, et déjà elle se glisse furtivement dans l'arrière-boutique, attirée par la directrice aux cheveux d'or. La jeune fille lève la tête par-dessus son livre, me regarde comme si elle me voyait vraiment, comme si elle pensait à moi, comme si elle voulait me dire quelque chose. Et, à nouveau, elle déplace vivement son regard vers la vitre derrière laquelle les prisonniers battent la semelle en attendant la neige. Puis elle se replonge dans son livre.

— Vous savez, je n'ai pas gardé le souvenir d'une nuit de Noël de mon enfance, ni du temps où j'étais dans la résistance, ni de quand j'étais étudiant, après la guerre, dans le foyer désert ; mais toute ma vie je me rappellerai cet instant très court : la première étoile s'était allumée et moi, j'étais à la fenêtre et je regardais la route pareille à un canyon de neige, je regardais les énormes versants des vastes collines recouvertes d'une épaisse couche de neige fraîche, la paroi blanche de la forêt au sommet des collines ; je regardais le bleu clair du ciel devenir marine, je regardais toute cette atmosphère de nuit de Noël tellement « nuit de Noël », dans laquelle toute vie utilitaire s'apaise, laissant parler la vie délicate de l'intimité des hommes. Ainsi donc, tandis que je regardais cette douce fable inventée par Dieu ou par les hommes, j'aperçus soudain un homme solitaire qui s'avançait courbé sur la route enneigée ; en cet instant particulier, il avançait tout à fait seul au monde, en ce monde devenu désert, en cette veille de Noël, et il y avait dans son mouvement solitaire tant de menace lourde de sens, tant de mystérieux malheur, tant de défi insolent à la tradition séculaire que la vue de cet homme marchant péniblement au milieu des monticules de neige, à l'heure du crépuscule de la veille de Noël, restera pour toujours dans ma mémoire, même si, depuis, on a brisé l'atome, manipulé les gènes et posé le pied sur la Lune.

— Et où l'avez-vous vu, cet homme ?

— A Kolonia Wilenska [1]. Avant la guerre. Car il n'y avait de véritable veillée de Noël que chez nous, là-bas.

— Il me semble même que vous avez écrit quelque chose sur la nuit de Noël, monsieur K. ?

— Ce n'est pas moi, c'est Andersen.

Duszek souffla de ses lèvres bleuies une grosse volute de vapeur.

— Les gars, je vous en prie, il est grand temps d'arroser notre poisson de Noël [2] !

— Oui, le moment est venu, acquiesça Kojran impassible.

Dans la rue, il soufflait un vent glacé, un vent qui naît des différences de pression dans l'atmosphère terrestre. Des nuages rares, sales passaient bas au-dessus des toits des maisons. Derrière eux, il y avait un ciel bleu clair, éclatant, mais nous, nous savions que ce ciel n'était qu'une poubelle où la bourrasque de soleil pousse des troupeaux de Spoutnik rouillés, des conserves entamées et des ossements gelés pour l'éternité.

Nous nous dirigeons vers un restaurant chic. Je veux saisir la poignée de la porte vitrée, fendue sur toute sa longueur, mais Kojran m'en empêche sans mot dire. Nous pénétrons dans une cage d'escalier sombre, comme située à l'arrière de cet établissement gastronomique. Sans surprise, je reconnais la puanteur d'urine si caractéristique de nos entrées. Nous ne montons pas très haut, au premier étage. Duszek sonne trois coups à la sonnette électrique au-dessus de laquelle sont restées les traces de plusieurs épaisseurs de cartes de visite.

Quelqu'un entrouvre la porte. On entend le bourdonnement de la télévision.

— Nous venons te présenter nos vœux pour les fêtes, grand-père, dit Duszek.

---

1. Petite ville de la banlieue de Wilno, en Lituanie, dont l'auteur est originaire. Elle est aujourd'hui en territoire soviétique. (N.d.T.)

2. En Pologne, la veille de Noël, on fait maigre comme le Vendredi saint. (N.d.T.)

Un petit vieux impotent qui s'appuie sur deux cannes nous fait entrer dans l'appartement. En enlevant ma pelisse, je vérifie si je n'ai pas perdu mon argent. Il est là et les billets font un bruit délicieux dans ma poche bien chaude.

Le petit vieux projette affreusement ses jambes de tous les côtés, évite de tomber grâce à une manipulation désespérée de ses cannes ; il nous introduit avec peine dans une petite pièce. Et là, il fait bon, on y est tranquille, les parasites font clignoter joyeusement la télévision. Nous nous asseyons sur un canapé râpé devant une table recouverte d'une nappe campagnarde. Sur les murs, des photographies nous regardent, des portraits agrandis et retouchés. Peut-être les portraits de ce petit vieux infirme et de sa femme déjà morte, ou peut-être d'inconnus morts depuis longtemps comme les modèles de Michel-Ange et de Vélasquez.

Le petit vieux revient, agité de convulsions anarchiques et jette un regard interrogatif.

Duszek donne les dispositions :

— Sers-nous une lorgnette et une méduse, grand-père. Bien sûr, pour tout le monde.

Quelque chose goutte avec un joli son de harpe. Le coin de la pièce est complètement trempé. De grosses gouttes coulent de l'ampoule remplie d'eau sale. Mais l'eau ne reste pas dans la pièce où nous sommes. Par des canaux connus d'elle seule, elle s'enfonce sous le plancher, elle s'écoule sans doute vers le restaurant distingué.

— C'est le voisin qui a inondé, dit Duszek en hochant la tête d'un air compréhensif. Il inonde toute la maison de haut en bas presque tous les mois. Les plombiers ont perdu patience. Aujourd'hui, mon cher, chacun doit se suffire à lui-même. Que chacun se fabrique lui-même sa maison, qu'il plante lui-même autour des patates et du chou, que chacun change lui-même les tuyaux crevés ou son installation électrique grillée. C'est dans cette voie que nous allons. C'est la fin de la spécialisation, cher monsieur. Nous retournons à l'époque de l'économie naturelle.

Notre hôte pénètre dans la pièce comme une pieuvre. En luttant contre son infirmité et ses cannes d'invalide, il apporte un grand plateau. Puis il dispose devant chacun de nous deux petits verres de vodka et une petite assiette de gelée de pieds de porc. C'est donc ça, la lorgnette et la méduse.

— Buvons à notre heureuse rencontre, monsieur K.

Chacun de nous, à sa façon, boit ses dix centilitres de vodka blanche. Moi, nerveusement, en deux gorgées, Kojran d'un long trait méticuleux directement dans la gorge, Duszek par petits coups comme de l'eau minérale. J'ai avalé l'alcool et j'épie avec une indifférence mauvaise ce qui se passe dans ce petit récipient osseux que les médecins appellent la cage thoracique. Mais je sens toujours sous ma cravate cet étau de plomb refermé sur mon sternum.

— Et alors, vous ne vous souvenez pas du tout de moi ? demande Kojran.

— Vous savez, autrefois, je me rappelais chaque visage rencontré dans mon enfance, chaque nom lu ne serait-ce que dans le journal. Maintenant, c'est comme si quelque chose s'était brouillé. Tous les visages me semblent connus et complètement inconnus, tous les noms familiers et complètement étrangers. C'est le chaos, mais sans la dynamique du chaos.

— Eh bien, c'est dommage que vous ne vous souveniez pas de moi. On aurait eu de quoi parler.

— Il y a quelques années, je faisais un voyage en Amérique. Je m'étais arrêté pour deux semaines à New York. Pendant tout ce temps, il y avait quelqu'un qui me laissait des petits mots à l'hôtel, me demandant de lui téléphoner. La signature semblait me dire quelque chose comme venant de ma lointaine mémoire, mais, en fin de compte, elle pouvait aussi bien ne rien me dire. Je préférais qu'elle ne me dît rien. A la fin, un vieux monsieur m'aborde devant l'hôtel, un homme maladif, extrêmement amaigri, les yeux douloureux, et moi, je l'ai reconnu tout de suite, bien que je n'aie jamais réussi à le rencontrer avant. Il m'a emmené dans un restaurant bon marché, quelque part aux environs de la 60e Rue ; nous avons commandé deux hamburgers que nous a servis un Noir coiffé comme un cannibale africain avec un badge sur la poitrine, badge sur lequel s'étalait l'inscription agressive : *Black is beautiful.* Et tout en mâchant ce hamburger douteux, j'étais étranglé par une sorte de peur, de honte, de brusques remords de conscience, et mon interlocuteur, petit vieux à peine en vie, de sept ou dix ans mon aîné, donc presque du même âge que moi, mais au bord de l'agonie, me regardait de ses yeux déjà sans vie, mais en fait pleins de vitalité, de ses yeux qui brûlaient de leur dernier éclat, et il attendait mes paroles. Et moi, même si cela peut paraître idiot, j'avais pris, bien que je fusse assis, une pose militaire et d'une voix militaire, zélée, je lui ai fait mon rapport sur le sort de notre détachement de résistants dans les premiers mois de l'année 1945, sur notre sort à nous qui s'était séparé du sien car lui, il avait été arrêté à l'automne 1944 et il s'était évadé d'un convoi de prisonniers en traversant les glaces d'un lac oublié, furieusement mitraillé par les soldats de l'escorte, il s'était donc évadé et dans des circonstances tragiques il avait réussi à gagner l'Ouest où il avait vite perdu la santé à force de courir le monde, et maintenant, il était en train de mourir, en train de mourir sans pouvoir y arriver, sur la grande île de Long Island et, tandis qu'il mourait lentement, sans fin, il ne cessait de penser à la lointaine Pologne, il se remémorait sans relâche ces six années de guerre, ces six meilleures années de sa vie, alors qu'il était beau, fort, noble, qu'il donnait une forme à la vie, qu'il incarnait une sorte de code moral meilleur et plus sage, alors qu'il était un homme à l'image de Dieu. Je lui ai donc fait un rapport fortement vieilli, extrêmement périmé, tout en grignotant mon hamburger avec une salade russe et, autour de nous, dans toutes les rues et les avenues de Manhattan, la grande crise mondiale faisait rage ; les hippies engourdis par les premières gelées blanches chantaient sur l'amour, les Arabes faisaient la guerre avec les Israéliens, les commandos palestiniens tiraient sur les femmes et les enfants en détournant des avions, les pédérastes célébraient des noces homosexuelles, les philosophes professaient le culte de l'absurde et du chaos, les jeunes cinéastes tournaient des films de plusieurs heures sur le sommeil d'un individu anonyme, les drogués fumaient de la marijuana, dans les boîtes de nuit et de jour, des femmes se mettaient nues, l'Europe essayait de se réunir en États-Unis, un président africain se préparait à se faire sacrer empereur ; en Chine, le gouvernement organisait une révolution préméditée contre lui-même, certains volaient en orbite autour de la Terre dans une capsule primitive semblable à un tonneau de fer, les vieillards s'onanisaient dans les cinémas pornos, les juntes de colonels renonçaient subitement au pouvoir, l'Église débattait sur l'abolition du célibat, quelque part quelqu'un s'était arrosé d'essence et s'était fait brûler aux yeux du monde entier, ailleurs la terre tremblait, une inondation noyait des gens et des villes, un poète pleurait sur une ligne déformée par la censure ou sur une faute d'impression, et moi, satisfaisant à une convention bizarre, qui avait crevé ou avait été assassinée plusieurs dizaines d'années auparavant, satisfaisant à cette convention morte ou dont j'étais le seul à me souvenir, le seul peut-être avec cet homme, cet homme qui était là en face de moi, ainsi donc, satisfaisant à cette convention, je lui relatais l'odyssée d'un tout petit détachement de jeunes gens qui voulaient changer le monde, et ils voulaient le changer, ce monde, en s'élançant vers le ciel à partir d'un cosmodrome provincial de bois reculés et de marais, à partir d'un cratère de malheurs qui n'intéressaient personne et de préjudices anonymes.

Voilà à quoi ressemblait ma rencontre avec mon chef, que je n'avais jamais rencontré auparavant et qui ne m'avait jamais vu avant. Avec le chef de ma guerre, que personne ne se rappelle plus ; que personne ne se rappelle plus si fort, de sorte qu'elle n'a peut-être jamais existé.

Kojran saisit son deuxième verre, regarde à la lumière cette drogue transparente faite de bonnes pommes de terre de Mazovie.

— Vous savez, monsieur K., que moi aussi j'y vais ?

— Où donc ?

— En Amérique justement. J'y pars demain matin en avion. Le jour de Noël. S'il ne se produit pas un miracle avant. Buvons, parce que nous avons une bonne occasion de boire, n'est-ce pas, monsieur K. ?

— Là, j'ai quelques doutes. Je commence déjà à avoir la tête qui tourne, je ressens les premières difficultés à articuler.

— Qu'est-ce que vous dites ? Je vous connais pourtant. Un petit quart de litre, c'était juste de quoi vous tranquilliser.

— C'est du passé. Moi aussi, un voyage m'attend.

— Lointain ?

— Oui. Jusqu'à Kalisz [1].

— Ce n'est quand même pas si loin.

— Pour moi, si.

---

1. En fait à une heure de route de Varsovie (N.d.T.)

Un homme grisonnant avec un accordéon sur l'épaule entre. Sans regarder de notre côté, il ramasse les pupitres avec les notes et les emporte dans l'autre pièce.

— Les Polonais, quand ils boivent, ils sont gais, déclare M. Duszek en saluant de son petit verre.

— Vous n'êtes pas curieux de savoir pourquoi je vais en Amérique ?

— Sans doute pour visiter les Nations unies ou de la famille.

— Vous avez deviné, monsieur K. Je vais chez mon frère.

Il tire de dessous la table son petit sac de pédé, ouvre la fermeture à glissière, fouille dans ses papiers officiels.

— J'ai tout. Le passeport, le visa, même des dollars. Il ne me reste qu'à monter dans l'avion et à décoller, mais je ne sais pas si je vais partir.

— Si vous allez partir ?

— Si je vais partir demain, jour de Noël. Mon frère a une station d'essence, et, au-dessus de cette station, au premier étage, il y a un temple. Au premier étage, car il n'y en a pas d'autres. Tout cet étage de dimension surnaturelle, c'est une église, une synagogue, un temple protestant, et peut-être même une mosquée. Tout le monde vient prier là tour à tour. Un jour les uns, le lendemain les autres. Et, en dessous, mon frère avec sa station et son petit atelier. Ça ne vous étonne pas, vous ?

— Un peu, mais pas trop.

— Alors, injectez-vous donc cette ampoule.

— Je vais tomber raide.

— Moi non, vous verrez. Nous allons retourner chez le joaillier chercher la marchandise.

Dans le silence de la nuit, une voix retentit :
Levez-vous, bergers, un Dieu nous est né.

Nous restons figés, nos verres vides dans les mains. A côté, derrière la cloison, l'orchestre de rue commence sa répétition. Le propriétaire de l'appartement apparaît sur le seuil en projetant ses jambes de tous les côtés du monde :

— Les artistes ne vous dérangeront pas ? demande-t-il.

— Qu'ils jouent, pourquoi pas, accepte Kojran.

Dans l'angle de la porte, je vois le dos des musiciens qui

portent tous la même veste bleu marine. C'est le guitariste qui fait le chef d'orchestre, lui aussi qui d'une voix apoplectique exécute en général le refrain. Aujourd'hui, ils vont chanter des cantiques.

— Je vous sers encore quelque chose ? demande notre hôte.

— Ça suffit, répond Duszek. Nous avons du travail. Nous faisons la queue.

Le propriétaire hoche la tête, compréhensif, et, se projetant subitement en avant, quitte notre pièce.

— Et c'était comment chez nous ? reprend soudain Kojran.

— Où donc chez nous ?

— Eh bien, près de Wilno. Parlez-nous encore de cette nuit de Noël.

— J'en ai déjà parlé une fois.

— Alors, encore une fois.

— Une fois n'est pas coutume.

Kojran me donne une tape sur l'épaule de sa paume rouge. Puis, il retire son bonnet de fourrure, ébouriffe de ses doigts les longues mèches de ses cheveux poivre et sel.

— C'est ça. Une fois n'est pas coutume.

A Bethléem ont accouru les bergers
Ils jouent gaiement de la lyre au Petit Enfant.

Duszek fait la grimace :

— C'est faux, merde — et il déclare à la gelée de pieds de porc : — Ne tremble pas comme ça, de toute façon, je ne vais pas te manger.

Kojran se penche vers moi :

— Vous aussi, vous avez un souci ?

— J'en ai plusieurs. Disons deux, peut-être.

— Ce n'est pas beaucoup.

— Pour moi, c'est beaucoup.

— Je vais vous dire quelque chose. Dans le temps, j'écrivais des poèmes.

— Tout le monde en écrivait.

— Ah ! c'est dur de parler avec vous. Dans le temps, j'étais complètement différent. C'est ce que je veux dire. En cours de route, en vingt ans de temps, on m'a tout enlevé. Tout ce qu'on a pu : la moitié de l'estomac, l'appendice, les amygdales, les varices, un lobe de poumon, le ménisque. Ça vous suffit ?

— Sans doute, ça suffirait à n'importe qui.

— Je pense que j'ai beaucoup perdu. J'ai changé, monsieur K.

— Et moi, c'est le contraire, j'ai attrapé un tas de choses pendant vingt ans.

— Qu'est-ce que vous avez pu prendre ?

— Des abcès, des varices, une bosse, des kystes, des durillons. J'ai changé, monsieur Kojran.

— Vous n'avez jamais entendu mon nom ?

— J'ai comme l'impression que si.

— Fouillez dans vos papiers. Il me semble que votre mère est native du village de Kojrany.

— Alors, vous êtes de Kojrany ?

— Non, moi, je suis né à Mickuny.

— Kojrany, Mickuny, Niemenczyn, mais c'est mon placenta, tous ces villages ! Il me semble pourtant que je n'y suis jamais allé. Est-ce que je suis seulement allé une seule fois dans cette contrée ?

— On dit que oui, que vous êtes de là-bas.

— Ou bien c'est moi qui l'aurais fait croire aux gens. Une généalogie d'érudition. J'ai tant lu de Mémoires, de souvenirs, de monographies, que j'en ai extrait l'essence pour en distiller une modeste généalogie littéraire à l'usage d'un homme déraciné, c'est-à-dire de moi-même.

— Qu'est-ce que vous nous racontez, monsieur K ? Vous avez une biographie normale, et moi, j'étais censé vous tirer dessus en 1951. Je vous ai suivi pendant trois semaines avec un pistolet Parabellum que j'avais apporté de Wilno.

Un Dieu naît, la puissance tremble,
Le seigneur des Cieux est tout nu...

L'orchestre de rue répétait son troisième cantique. Chacun des musiciens avait eu le temps de consommer la même « lorgnette avec une méduse ». Dans le coin, l'eau goutte sans bruit. Elle goutte sans nous causer la moindre gêne, elle s'infiltre dans le restaurant luxueux où personne ne va.

— Je vous rapporte une curiosité et vous restez muet, reprend doucement Kojran.

— J'avais l'impression que la mort me suivait. En 1951, 1952, et peut-être même en 1954.

— Ça non, plus tard, non. En 1952, j'étais déjà à l'abri et c'était Duszek qui s'occupait de moi, n'est-ce pas, Duszek ?

L'énorme type considère avec mélancolie ses grandes mains.

— A quoi bon y repenser ? Tout ça n'est peut-être pas vrai ?

Je serais curieux de savoir comment j'écris. Jamais de la vie, je n'ai lu aucun de mes livres. Bien sûr je les ai tous lus pendant que je les écrivais, je relisais une à une les phrases que je venais d'écrire, je me battais avec, je m'y perdais, je lisais en écrivant et j'écrivais en lisant, mais jamais je n'ai tendu la main vers un volume relié recouvert d'une première poussière pour me mettre à recomposer mes propres lettres depuis le début du premier chapitre, jusqu'à la pointe finale qui en est séparée par un court infini. A vrai dire, je n'en suis pas curieux, car si je l'étais, je relirais furtivement ces feuilles flétries d'il y a quelques dizaines d'années ou quelques mois. Ma prose, je la hais. Je la hais comme on hait des fantômes, un mauvais souvenir, comme un remords. Cette prose, c'est comme une sorte de pus sécrété par mon organisme. Elle a l'air d'être le signe que quelque chose se cicatrise, retrouve la santé, mais pourtant, rien ne s'est cicatrisé, rien n'a retrouvé la santé.

Nous nous sommes scindés en groupes grands, moyens, petits et tout à fait microscopiques, dont chacun a son propre parler. Ces sociétés fermées diffèrent les unes des autres par leur manière d'articuler, d'émettre des sons à partir du larynx. De ces sons sonores ou sourds il existe une telle multitude que nous ne sommes pas capables de nous comprendre les uns les autres sans la participation d'individus appelés traducteurs, qui ont appris même jusqu'à plus de dix langues, c'est-à-dire des manières d'émettre des sons à partir de leur appareil à gueuler.

Mais il nous est encore plus difficile de communiquer entre nous dans le domaine de nos expériences et de la conscience qui s'y fonde. Nous comprenons alors des mots séparés, des phrases entières ou même des paragraphes à n'en plus finir, mais nous ne pouvons comprendre l'homme qui a écrit tout cela.

Je suis un individu que ses semblables des bords du Tibre, de la Seine ou de l'Hudson ne comprennent pas. Apparemment, ils comprennent mes phrases principales et secondaires fidèlement traduites, apparemment ils saisissent le sens de mes métaphores et le clignotement de mes humeurs, mais ils sont incapables de compatir à mon sort, ni d'embrasser le non-sens de mon sens qui leur semble irréel, étranger, privé de motivation, et donc parfaitement incompréhensible. S'ils ne me comprennent pas, c'est parce que je suis polonais, que j'appartiens à une communauté établie le long du fleuve Vistule, ou plutôt à une communauté qui grouille autour d'un fleuve européen des plus communs.

Or, le sort de cette petite tribu d'êtres raisonnables errant sur les bords d'une rivière sauvage, bien qu'il n'échappe ni aux normes ni aux règles biologiques de la terre, est un sort tortueux, un sort compliqué, dénaturé comme tout malheur, comme toute misère. C'est pourquoi le citoyen des sociétés sédentaires, repues, somnolentes, accablées d'une digestion paresseuse, n'est pas en état de comprendre ce que sont mon quotidien, mes pensées habituelles du matin et le désespoir de mes soirées, la chimie de mon cerveau et les structures physiques de mon âme. Et pour cette raison, il déclare que je suis incompréhensible, que j'écris de manière incompréhensible, que les situations évoquées par moi, les pressentiments suscités par moi, les angoisses qui me traquent sont pour lui peu convaincantes, privées d'expression, étrangères. Il en rejette la responsabilité sur moi et c'est moi qu'il accuse d'être incompréhensible, et c'est moi qui ai honte, moi qui m'explique, qui m'excuse, jusqu'au moment où, impatienté, je m'écrierai : rends grâces à Dieu de ne pas me comprendre et prie chaque jour de ne pas me comprendre le plus longtemps possible, car, à la fin, il faudra bien que tu me comprennes, et encore que tu me comprennes jusqu'au bout, avec la dernière fibre de ton système nerveux tout ébranlé, du plus léger tressaillement de la membrane de ta conscience, et cela se produira lorsque le moment sera venu pour toi de partager mon sort, lorsque mon fatum, comme un nuage de grêle, aura vogué vers l'Ouest et s'arrêtera au-dessus de ta tête, quand les bourreaux de la Grande Prédestination te tireront de ton lit douillet pour te torturer sans fin à coups de désespoir quotidien, te passer bâillon et menottes, te racler lentement le cerveau, t'empoisonner opiniâtrement le cœur, et toi, au dernier instant de ta piteuse existence, tu verras les yeux indifférents, incapables de comprendre, les yeux insouciants de tes semblables des bords de la Vistule, de la Veltava ou du Potomak. L'incompréhension peut être une marque de noblesse altière, la désinvolture d'un esprit supérieur, la distraction d'un enfant gâté ; mais l'incompréhension peut tout aussi bien être le premier stade de la léthargie, la première ombre de l'agonie, le premier signal de la Providence annonçant que voici venir les années des plus terribles plaies au-dessus de l'abîme du néant.

Mais d'autres raisons encore font que je suis incompréhensible. Ce que j'écris est un chiffre, j'emploie de plus en plus souvent l'argot des prisons, je suis passé maître dans les arcanes tortueux des codes de la clandestinité. Mon écriture, ce sont les murs noircis d'une cellule, d'une cellule de mort. Sur ces murs, je gratte les signes des jours qui s'en vont, les sentences d'espoir brusques comme un jour d'été, les avertissements à la libre postérité et les cris bestiaux de désespoir que m'arrache l'impossibilité de continuer à vivre ou même de mourir subitement.

Je n'essaie plus de me faire comprendre. Je ne tiens plus à votre approbation ni à votre compréhension. Je n'écris plus maintenant que parce qu'il faut que j'écrive et je ne crois pas que quelqu'un lise cela un jour et le comprenne complètement comme moi je le comprenais dans ma lutte contre la parole réfractaire, de faible capacité, volatile. J'écris parce qu'un devoir étrange me pousse vers ce papier qui tombera en poussière dans quelques dizaines d'années. J'écris car une étincelle d'espoir couve dans mon subconscient, espoir qu'il y a quelque chose quelque part, quelque chose qui persiste, espoir que le Sens Suprême m'aperçoive au dernier instant et me sauve de l'univers de l'absurde.

— Vous vous êtes endormi ?

Kojran me pousse du coude.

— Je pense à ma vie.

— Trop tard pour inventer quoi que ce soit.

— Les Polonais, quand ils pensent, ça les fait toujours dormir, constate M. Duszek.

Entre les spasmes des parasites de la télévision, on voit briller le visage d'un speaker qui parle de quelque chose, qui parle sans arrêt et sans conviction depuis un bon quart d'heure. De l'ampoule toute noire, pleine de boue, tombent une à une des gouttes grosses comme des cerises.

A Bethléem ont accouru les bergers.
Ils jouent de la lyre pour le Petit Enfant...

L'orchestre a pris de la fluidité, les musiciens jouent avec aisance, sans fausse note, comme des artistes d'une formation philharmonique. Ils regardent de leurs yeux injectés de sang la fenêtre et la tempête de neige qui traverse la ville à la vitesse d'un express.

Je soupire avec désespoir :

— Je vais rentrer chez moi pour Noël avec un bon coup dans le nez.

— Qui sait comment elle va finir, cette nuit de Noël.

— Vous voulez me faire peur ?

Kojran se verse dans le gosier les dernières gouttes de vodka.

— Vous savez bien que vous attendez un miracle.

— C'est vrai. Je sens déjà la chaleur de ce miracle, l'étrange parfum excitant de ce miracle, j'entends la voix céleste de ce miracle, en fait moins une voix qu'un mystérieux murmurando, un tintement astral, le bruit inquiet des pulsars, des naines blanches, ou des trous d'antimatière. La connaissance vient vers moi depuis la poubelle de l'infini, une formule simple de sens rampe vers moi, la paix d'avoir compris s'écoule.

— Je vous dois une balle. Un gros plomb dans la nuque.

— Je sais. J'avais trahi l'ancienne foi pour la nouvelle. Puis la nouvelle pour l'ancienne. Mais je n'ai jamais eu l'intention de trahir rien ni personne. Trahison et fidélité, vice et vertu, amour et haine, tout ça ne résout encore rien.

Allons tous vers cette étable,
Jusqu'à Jésus et la Vierge...

C'est pour nous que joue l'accordéoniste. Il se tient dans l'embrasure de la porte, fait courir vivement ses doigts noirs sur le clavier et nous dévisage d'un regard obstiné comme un peu obscène.

— Mon cher K., c'étaient les restes de notre organisation, celle qui vous avait naguère recueilli comme un chiot. Ils avaient décrété une sentence et moi, je devais l'exécuter. Peut-être parce que c'était moi le plus jeune. Vous savez, mon cher K., que j'ai trois ans de moins que vous ? A ce moment-là, trois ans c'était toute une époque. Votre mort devait servir d'avertissement et secouer les indécis, ceux qui troquaient la vieille Pologne contre la nouvelle.

La tempête de neige obstrue la fenêtre. On n'y voit plus rien. Nous somnolons bien au chaud dans un grand igloo. Le vieux bonhomme qui est plus jeune que moi de trois longues années bat des paupières pour dissiper des larmes troubles.

J'interviens, bercé par le cantique :

— Oui, je me souviens qu'au début 1945, moi aussi, je devais exécuter une sentence en tuant un traître. J'allais l'exécuter mais les circonstances m'en ont empêché. Ou peut-être l'aurions-nous exécutée collectivement. Fut un temps, je m'en souvenais très bien, je crois même que ma conscience me torturait, ensuite tout s'est effacé, et maintenant j'essaie de m'en souvenir et je n'y arrive pas. Comme si j'essayais de me rappeler mes péchés ou ceux des autres, de me rappeler le péché collectif de l'humanité.

— Je vous ai suivi pendant trois semaines. Vous aviez une petite amourette ?

— Comment donc ? Je n'ai jamais eu d'amourettes.

— Vous êtes discret. A quoi bon vous défendre ? Non, ce n'est pas de la discrétion, c'est de l'hypocrisie.

— Chez nous, tout le monde était un peu hypocrite. Vous aussi.

— Moi ?

Kojran soupire en faisant rouler une boulette de pain sur la table.

— Moi je n'avais pas le temps d'être hypocrite. Duszek m'avait appris à être sincère, n'est-ce pas, Duszek ?

— Les Polonais, quand vient le soir, ils se plongent dans leurs souvenirs.

— Le soir est encore loin. Donc je vous suivais partout. Jusqu'à la rédaction, à la piscine Legia, en boîte de nuit, aux réunions, dans les boutiques d'alimentation, à vos rendez-vous, vous avez beau nier. Je vous suivais tout le temps avec mon Parabellum et la sentence écrite sur une feuille de cahier. J'aurais pu vous tirer dessus dix mille fois, mais je ne sais pas pourquoi, je ne l'ai pas fait. J'attendais tout le temps quelque chose et aujourd'hui même je ne sais pas ce que j'attendais. Après, je me suis fait pincer et j'en ai eu pour six ans. Parce que moi aussi, on me suivait, pour démanteler les restes de notre organisation, la mienne et la vôtre. On peut dire que nous nous suivions tous à la queue leu leu.

Je regarde son visage ordinaire, son cou mal rasé, le col légèrement gras de son polo, comme en portent aujourd'hui les activistes de province.

— Voyons, Kojran, tu sais bien que tu mens. L'envie t'a pris d'épater ton voisin dans la queue. Tu ne crois pas que tu te donnes de la peine pour rien ?

— Ma peine ne vaut rien, elle ne coûte plus rien maintenant. Où donc avez-vous caché vos armes à l'époque, en quittant Wilno pour toujours ?

— Je ne m'en souviens pas. Tant d'années ont passé.

— Tu t'en souviens très bien. Dans la forêt de Rudnicki sur la Butte des Insurgés, n'est-ce pas ?

— Kojran, j'ai passé toute la guerre à vendre du lard.

— Oh ! ce qu'il est faux jeton. C'était de votre cache qu'il venait mon Parabellum. Tu t'en es peut-être même servi toi-même. N'est-ce pas, Duszek ?

Le grand type en costume des années cinquante, qui, d'un jour à l'autre, sera de nouveau à la mode, ce grand type démodé à un pas de la mode, crache sèchement en direction de la télévision.

— Laissez-moi tranquille. J'ai pris mes distances, un point c'est tout.

Il est couché dans la crèche, qui viendra
Chanter des cantiques au Petit Enfant ?

Notre hôte, qui se trémousse comme un crabe, apporte une lampe à pétrole bien que la nuit soit encore loin. Mais derrière la fenêtre se dresse un mur de neige cotonneuse. Un tumulus blanc a recouvert notre Paris du Nord.

— Pour quoi faire, cette lampe, grand-père ? demande Kojran.

— Pour échanger nos vœux de Noël, parce qu'il n'y a pas de courant.

— Comment, pas de courant ? Mais la télévision marche.

L'hôte se fige sur ses béquilles comme un oiseau gelé.

— C'est vrai qu'elle marche, la salope, même sans courant. Tu parles d'un mécanisme contrariant.

Scandalisé, il appelle les musiciens. Les invalides de l'orchestre regardent l'image clignotante d'un monsieur et d'une dame qui apprennent le russe, puis ils frappent l'écran de leurs doigts, jettent un coup d'œil par les fentes à l'intérieur de l'appareil, enfin ils se retirent impuissants vers les pupitres où sont posées leurs partitions. L'hôte lui aussi se résigne à ce caprice évident de la technique.

— Quand le moment sera venu, elle s'éteindra, dit Kojran, mécontent de tout ce remue-ménage. Tu vois, si je t'avais tué à l'époque, tu n'y serais pas aujourd'hui.

Je répète, perplexe :

— Si tu m'avais tué à l'époque, je n'y serais pas aujourd'hui. Il n'y aurait pas eu toute une montagne d'incidents, d'intermèdes ennuyeux, d'angoisses, d'inquiétudes insupportables, d'erreurs, de honte, de plates lévitations, de piètres espoirs, ni cette torture continuelle pour arriver à comprendre, à embrasser, à pénétrer et pour trouver le repos. Tu sais, je suis déjà si près, que j'ai le nez dessus, mais je n'y vois pas encore.

— Tu implores la pitié ?

— Non, je bavarde.

Ma jambe droite s'est endormie sous la table. Je commence à la replier et à la déplier pour la rappeler à la vie. Je sens de légères piqûres dans mes orteils, comme si je marchais sur de la mousse ou sur ces herbes sauvages qu'on appelle sarriette dans les dictionnaires, mais que j'ai toujours appelées d'un nom de chez nous.

— Tu es un débrouillard de première. Ça fait des années que je t'observe. Voilà comment tu es.

Et il décrit de sa main droite, tout envahie de taches de rousseur, un mouvement de serpent.

C'est le foie. Ça l'a pris de bonne heure. Moi aussi, ça me prend tôt.

— Oui, je suis plutôt malin. Mais ça ne m'a rien apporté. Toute ma ruse monte droit au ciel comme la fumée. Elle n'éclaire personne, ne réchauffe personne, ne donne de l'énergie à personne.

— Oh ! Quelle tête à claques !

— Kojran, tu n'es pas très poli. Pourquoi nous enquiquiner ensemble ! Je m'en vais, salut !

— Attends ! Et écoute un peu ce qu'on te dit. Duszek, raconte-lui comment tu m'as connu.

— Je n'ai pas envie. Il te suffit d'un gobelet pour avoir envie de mettre les gens en colère.

— Je tiens plus le coup. Et de la faute à qui ?

— Pas d'allusions, je t'en prie.

— Tu sais bien que je suis ta pénitence. Tu te promènes avec moi comme avec un rosaire. Autant de paters que de vertèbres dans mon squelette.

Quelqu'un frappe du poing à la porte d'entrée. L'orchestre se tait, seule la balalaïka désorientée grince encore un moment. L'hôte se débat avec quelqu'un sur le seuil. De l'autre côté de la fenêtre, c'est l'Arctique, tout se tait, blancheur impénétrable.

C'est le type tout habillé en jean qui entre, agitant les bras pour repousser le vieil infirme.

— Je vous cherche partout, et qu'est-ce que je vois, une bouteille, le calme du foyer, et nos vieux compatriotes qui bavardent, sourit poliment le nouveau venu.

— Attention, c'est un indic, nous prévient Duszek d'une voix enrouée.

Kojran lève son verre, mais il est déjà vide. Il a tout siroté jusqu'à la dernière goutte.

— Qu'est-ce que tu voulais dire ?

— Le magasin a été livré.

— C'est bien, ça, de se souvenir de ses aînés. Et toi, Duszek, il faut toujours que tu te méfies. Allons-y, messieurs.

Je porte la main à la poche de mon pantalon où je cache une petite somme de réserve, mais Kojran lève préventivement la main.

— Du calme, c'est moi qui paie.

— C'est moi qui devrais montrer ma reconnaissance.

— Le moment venu, tu le feras.

Il règle la note du vieux, lui donne des tapes sur l'épaule à en faire tinter les béquilles de métal. L'orchestre se prépare aussi à sortir. L'accordéoniste ferme son énorme accordéon qui émet un gémissement asthmatique.

— Je ne vous dis pas « A demain », dit Kojran, car je ne serai plus là demain. Mais je vous souhaite de bonnes affaires.

— Dieu merci, déclare l'hôte, grâce à eux, je ne risque rien.

Il désigne de sa main osseuse le plancher sous lequel se cache le restaurant de première catégorie.

Soudain tu t'es arrêté au milieu de ta course rapide, fiévreuse. Tu étais penché comme une alouette au-dessus de ce cratère vert qu'emplissaient les décombres désordonnés de la ville. La ville de Czortowgorod, ou Ville du Diable [1], comme l'avait appelée dans sa jeunesse le tsar Nicolas Ier quand il y était officier dans l'un des régiments de la garde impériale.

Et l'heure était, pour parler la langue des poètes, éminemment singulière. Derrière ton dos, le soleil raclait déjà de son ventre rouge le bord de l'horizon, un soleil énorme, enflé, un soleil du bout du monde, un soleil comme l'aimeraient dans cent ans les saltimbanques qui tromperaient les gens pour de l'argent avec des images mobiles. Toi, tu étais penché au-dessus du cratère vert, tout frisé, qui tenait dans son étau une bonne dizaine d'églises, autant de palais de pierre et quelques centaines de demeures de bois, sentant la mousse et la résine, tordues, affaissées, résignées comme des oiseaux sur le point de s'endormir. Et de cette ville, de cette Rome du Nord, s'élevait une vapeur bleu-gris, qui n'était ni brume, ni exhalaison de la misère et du malheur. Les voix des cloches des églises catholiques se perdaient dans cette brume, dans ce souffle de mort, tandis que faisait les cent pas parmi elles la voix somnolente et de mauvais augure d'un clocher orthodoxe.

Tu contemplais cette ville, rendu sourd par la fièvre de la nostalgie, de l'angoisse, et d'un pressentiment funeste. Tu la contemplais, comme je la contemplerais moi-même aujourd'hui, à cette heure, au bout du chemin, au bord de ces marais de l'infini, ces marais auxquels on donne chez nous en Lituanie le nom de *rojsty*.

---

1. Il s'agit de Wilno (N.d.T.)

Mais toi, tu étais réchauffé par la jeunesse, poussé par l'espoir, exalté par la foi que tu avais gardée dans les turnes lugubres de l'École des ingénieurs militaires de Saint-Pétersbourg, gardée aux cours de la guerre de Mieroslawski à Gênes, gardée malgré la faim et le froid quand tu errais à travers les Balkans.

Puis tu as dévalé le versant boisé auquel s'appliquait déjà la première couche froide de la nuit. Tu as pénétré dans le labyrinthe des petites rues, où la boue du printemps n'avait pas encore eu le temps de sécher. A l'aveuglette, dans l'épaisseur du crépuscule qui sentait les hannetons, tu cherchais ta maison avec l'orbite brûlante de la fenêtre de la cuisine.

Furtivement, comme un espion, tu es entré dans le grand vestibule et tu es resté à écouter le rythme convulsif de ton propre pouls, à écouter l'odeur renfermée de la moisissure, les senteurs mortes du pain cuit, les parfums déclinants des fruits en train de sécher. Tu restais devant la porte de ton foyer, le reflet passé de la lumière de ta maison s'était blotti sur ta poitrine, dans les boucles de ta houppelande.

Alors, la porte s'est ouverte tout à coup et tu as aperçu, dans le faible halo balancé de la veilleuse, Rozalia qui s'était figée à mi-pas.

— Jésus, Marie ! sauve-toi, disparais, fantôme de la nuit ! s'écria-t-elle, hystérique, en faisant claquer la porte.

Puis, tu as entendu le pas lourd, inégal de ta mère qui murmurait en marchant :

— N'aie pas peur des morts. Ils viennent nous demander une prière. Allons, regarde, tu vois bien qu'il n'y a personne dans l'entrée.

La vieille porte a gémi. Ta mère est apparue dans l'embrasure, protégeant de sa paume la petite flamme d'une lampe à huile. Elle te regardait sans peur, de ses yeux devenus gris.

— C'est toi, mon petit Zygmunt ? a-t-elle demandé en se signant puis en signant ton spectre.

— C'est moi, maman.

— *Tout esprit rend gloire à Dieu* [1].

— C'est moi, maman. Je suis revenu chez vous pour toujours.

Et tu l'as prise dans tes bras, chaude comme dans ton

1. Formule de salutation en usage parmi les catholiques polonais. (N.d.T.)

enfance, chaude comme dans ta mémoire, et elle s'est mise à pleurer doucement.

— Maman, pourquoi êtes-vous tous en deuil ?

— Parce que tu es mort, mon fils chéri. Tu n'es plus parmi les vivants.

L'enfant s'est mis à pleurer dans les bras d'Albertina. Elle l'a bercé d'un mouvement monotone. Rozalia était blottie contre le poêle, les yeux écarquillés. Et toi, tu as soudain eu envie de rire, de rire gaiement et sans souci comme jadis, comme il y avait longtemps, comme dans ton enfance déjà oubliée.

— Maman, je suis de retour. Je suis de retour pour l'insurrection, as-tu chuchoté.

Alors, elles se sont approchées de toi avec une lente précaution, elles ont tâté de leurs doigts frais ton visage, tes cheveux, le drap rêche de ton manteau. L'enfant dans les bras d'Albertina a gazouillé en bégayant à travers ses larmes. Et moi aussi, je suis rentré un jour comme toi à cet instant, et maintenant encore je retourne chez nous par les nuits d'automne ou dans la fièvre de mes grippes de plus en plus fréquentes en hiver.

Moi aussi, je me rappelle cette cuisine avec son énorme poêle blanchi à la chaux, dans lequel on peut faire cuire dix miches de pain ensemble ou préparer de la nourriture pour toute une foule d'affamés. Je me rappelle ce vieux buffet qui séparait la cuisine en deux et je me rappelle ce vieux grabat derrière le buffet sur lequel tu rêvais, sur lequel moi aussi peut-être je rêvais, nous rêvions tous les deux de notre vie extraordinaire, de notre destin éblouissant, de notre prédestination exceptionnelle.

Ensuite, tu t'es mis à table, et elles, noires esclaves, t'ont apporté les fins mets que l'on garde pour les occasions exceptionnelles qui d'habitude n'arrivent jamais.

— Maman, petites sœurs, j'ai vu des neiges éternelles et un été sans fin, j'ai parcouru des milliers de kilomètres et j'ai vécu mille jours mauvais, j'ai connu des amitiés et des haines, maintenant je sais pour la vie ce qu'est le bien et ce qu'est le mal. Maman, c'est maintenant que nous commençons la grande insurrection.

— Chut ! silence, mon petit, a murmuré ta mère en tirant mieux le rideau sur la fenêtre derrière laquelle pouvait se tenir un espion patient, silencieux.

Et tu as pris tes aises à table comme un vieux soldat et tu as parlé du vaste monde, du grand univers de l'Europe en train de lever le poing contre Moscou.

— Tu as entendu les cloches avant le soir, mon cher Zygmunt ? a demandé Albertina. C'était pour le repos de ton âme, petit frère, que l'on sonnait l'angélus.

— Mais je suis vivant, petites sœurs. Je suis rentré *de la terre italienne vers la terre polonaise*[1].

Alors une *kibitka*[2] est passée dans la rue longeant l'église Sainte-Catherine. Vous avez écouté l'affreux grondement qui faiblissait entre les maisons sans arriver à se calmer complètement avant longemps.

— Chut, silence, mon enfant, a chuchoté encore une fois ta mère, et c'est alors seulement que tu as aperçu ses cheveux d'un blanc verdâtre et ses yeux déjà pleins d'un grand lointain.

Rozalia a approché de la lumière une vieille coupure de journal.

— Regarde, cher Zygmunt, ils ont imprimé là ton nom et ton prénom. Et que tu as péri près de Grochowiska dans le parti du général Langiewicz. Aujourd'hui, on a dit des messes dans les églises pour le repos de ton âme. Toute la ville prie pour ton repos éternel.

— Ce sont les Russes qui voudraient tous nous enterrer.

— Chut, silence, j'entends quelqu'un dans l'entrée.

— Demain, après-demain, dans une semaine, toute la Lituanie se soulèvera.

Vous avez alors entendu résonner des trompettes et des tambours quelque part en contrebas, au bord de la Wilia. Le vacarme étranger, assourdissant, de la retraite militaire réveillait la ville prête à s'endormir et la mettait en garde.

Quelqu'un de vos amis est passé furtivement, apportant une nouvelle patriotique, une voisine est entrée pour emprunter une broutille, et c'est ainsi qu'a grandi le cercle clandestin de tes admirateurs, venus admirer, dans cette nuit

---

1. Extrait de la mazurka de Dombrowski : composée en Italie pour les légions polonaises constituées en 1797, puis chant patriotique au XIXe siècle, enfin hymne national depuis 1926. (N.d.T.)

2. Mot russe désignant un lourd chariot couvert, souvent utilisé pour le transport des prisonniers. (N.d.T.)

inquiète de printemps, le héros de vingt-trois ans, l'envoyé de la liberté.

Puis le moment de la séparation est venu, le moment de se quitter pour un court instant de danger mortel ou peut-être pour un éternel jamais. Toute l'assemblée pleurait et toi aussi, tu pleurais, ta mère te signait avec un vieux crucifix apporté en ville du village de Balwaniszki, et tu as pensé sans doute que Byron un jour était parti comme ça vers la mort et vers la gloire ; mais tu ne savais pas que plus d'une génération de garçons de vingt ans de cette façon encore diraient adieu à leur maison natale et que moi aussi, par une nuit de décembre, je m'en irais avec la même mission, par les chemins enneigés de la campagne, je m'en irais quatre-vingts ans après toi pour accomplir mon destin ambigu et jamais achevé.

Tu es sorti de la maison. Personne ne t'accompagnait par peur des espions. Tu t'es retourné deux fois pour dire adieu à cette maison vieille et difforme, une maison sûrement semblable à la mienne, une maison orpheline, une maison étrangère qui resterait pour toujours dans la mémoire comme un nid.

Les rues étaient vides, on croisait rarement un passant avec une lanterne, sans doute muni d'un permis de circuler la nuit. Dans l'obscurité épaisse comme de la fumée, une cinquantaine de cosaques est passée au galop, faisant tinter les fourreaux de cuir des sabres contre les flancs osseux des chevaux.

Derrière le coin invisible d'une maison, l'*essaül*[1] a sifflé affreusement entre ses doigts, et tous sont partis au grand galop. Des têtes noires de femmes se montraient à quelques fenêtres. La ville faisait semblant de dormir, toute tendue dans l'attente d'un signe. Le premier signe de la liberté.

Puis tu as pris la rue Subocz, aux constructions basses, misérables, toujours pleine de boue jusqu'aux genoux. Tu as dépassé le spectre baroque de l'église des Missionnaires, et la rue est tout à coup devenue une route de campagne au bord de laquelle de vieux arbres pétrifiés dans une attente inquiète montaient la garde.

La route a bifurqué près d'une croix, et tu es parti par le

1. Officier cosaque dans l'armée tsariste. (N.d.T.)

même chemin que je prenais toujours, par la branche de gauche qui descendait vers la berge de la Wilenka. Et c'est alors que s'est montrée une grande lune avec l'ombre des traits d'une physionomie bonhomme ou peut-être avec les bords de ses continents et de ses mers, une lune, seuil du ciel. Et la lune à cette époque-là brillait puissamment, brillait comme devait briller la lune car, à cette époque, les limites ne s'étaient pas encore effacées et l'été se distinguait de l'hiver, un sexe de l'autre, la vie de la mort.

A Markuty, ce très ancien hameau qui, de ma mémoire aussi, était un antique hameau, tu as été accueilli par les aboiements des chiens, une vague d'air tiède t'a apporté le parfum des giroflées, tu as entendu grincer quelque part le levier mal fixé d'un puits et tu as aperçu le remblai du chemin de fer, le remblai encore frais, clair comme la peau des hommes et sur lequel l'herbe poussait chichement comme des poils. Et un grondement a retenti du côté de la cartoucherie, comme si, là-bas, quelque chose de surnaturel était en train de naître ; c'était un fracas qui grandissait, plein de cliquettements et le grand tronc d'un train crachant des étincelles et du feu s'est approché au milieu d'un lac de vapeur comme un navire de mauvais augure. C'était le train de Saint-Pétersbourg qui amenait des gens honnis et de mauvaises nouvelles.

— *La Pologne n'est pas encore morte!* as-tu lancé tout à coup vers le fond de cette vallée vide qui devait devenir plus tard mon univers de bonheur. Ce cri s'est accroché, avec le fracas de ferraille, aux roues des wagons et est allé rouler du côté de la ville, cette inoubliable « Ville du Diable ».

Tu as dévalé les prairies en pente vers la rivière qui, entretemps, avait tourné du côté des larges collines plantées de vieux chênes ayant gardé le souvenir de la dynastie lituanienne des Giedyminites. Et il faisait clair comme pendant un jour d'automne nuageux, brumeux. Et il t'a semblé voir de ces vieilles sorcières courbées sous leurs sacs qui cherchent des plantes mystérieuses dans l'herbe humide de rosée.

Derrière le petit pont de bois qui s'accrochait aux berges sablonneuses de la Wilenka, la ferme de Tupaciszki se blottissait sur la colline. A peine avais-tu pénétré dans l'ombre des énormes peupliers que tu as entendu le craquement sec de la crécelle du garde.

— Je te vois, je te vois ! a crié quelqu'un en russe d'une voix sénile. Qui donc le bon Dieu nous amène-t-il ? a-t-il continué en polonais.

— Je viens voir le maître. Le maître Jozef Sulistrowski, as-tu répondu machinalement au même rythme.

Un gueux a surgi d'on ne sait où avec sa lanterne noircie et un bâton de chêne. Il a regardé ta houppelande, tes bottes de cuir et, sans en demander plus, t'a conduit vers le manoir à peine plus grand qu'une chaumière de paysan. Les murs blanchis rendaient fluorescente la lumière mortuaire de la lune. Les fenêtres étaient masquées par des volets de bois où l'on apercevait de petites ouvertures noires servant à tirer comme dans les anciens forts des confins orientaux[1].

Le garde s'est approché du manoir par-derrière, a frappé de son bâton le coin de la maison, lançant un appel rapide d'une voix pleurnicharde. Enfin les fentes des volets ont laissé filtrer chichement une clarté rougeâtre, les barres de fer ont fait entendre un tintement hospitalier et un homme de haute taille est apparu sur le perron avec une bougie. Il s'était enveloppé d'une cape pour se protéger de la fraîcheur mouillée de la nuit.

— Qui est là ? Qui me demande ?

— Je suis Zygmunt Mineyko. J'ai un message pour vous, seigneur.

— Ah ! c'est vous. Nous vous attendions depuis longtemps. Je vous en prie, entrez.

Dans le vieux salon au plafond bas, tu as aperçu, dans l'éclat vacillant de la bougie, les meubles recouverts de housse en grossière toile d'étoupe. Quelques journaux français étaient négligemment jetés sur la grande table.

— J'ai besoin d'un couteau, as-tu dit. Je vais tout de suite vous donner ma recommandation.

— Wanda, apporte un couteau, a crié, en direction du vestibule obscur, le jeune homme blond à l'air intrépide.

— Quel couteau, Jozef ? a demandé une voix de femme haute et mélodique.

---

1. Cette région, dite des Confins, (Lituanie, Biélorussie et Ukraine), envahie par les Soviétiques dès 1939, est une constante symbolique dans l'œuvre de Konwicki. (N.d.T.)

— Peu importe, ma chérie, mais qu'il coupe.

Une jeune femme est entrée, coiffée d'un bonnet qui lui cachait la tête. Mais tu savais qu'elle était de la race de ces filles au teint mat et aux cheveux sombres que l'on ne rencontre nulle part ailleurs au monde que dans les confins orientaux de Pologne.

— Wanda, je te présente M. Mineyko, officier de l'école de guerre de Gênes.

Et tu l'as saluée, ajoutant :

— Et de la division du général Langiewicz.

Tu as décousu une couture grossière dans ta houppelande et tu en as extrait avec précaution un rouleau de fin papier. Elle a croisé ses mains brunes sur sa poitrine, t'a observé de ses grands yeux dans lesquels jouaient sans doute les couleurs de la mousse ou de la bruyère, car tels étaient les yeux de ces filles dans les veines desquelles battait le sang des Lechites[1] et des Lituaniens, des Karaïtes et des Tatars.

Sulistrowski approcha la bougie, lut longuement le papier et finalement en plaça le coin dans la flamme. La recommandation s'enroula à nouveau en un cornet carbonisé.

— Viens dans mes bras, cher Zygmunt.

Il s'est approché et t'a donné une accolade fraternelle.

— Tu as faim ? Tu désires te reposer ?

— Non, merci. Je voudrais tout de suite prendre mon service.

— Voilà qui me plaît. Wanda, ne reste pas là à rien faire. Va chercher de notre ambroisie et de quoi manger.

Sans rien dire, elle est sortie aussitôt du salon, tandis que le seigneur Jozef te faisait tourner entre ses grosses pattes d'ours.

— Oh ! que c'est bien, c'est merveilleux. Nous allons enfumer le Moscovite dans son trou. La Lituanie est un tas de branches sèches, il suffit de quelques étincelles et l'incendie va éclater.

Wanda est revenue avec une bouteille bleutée et de la viande enroulée dans une serviette. Elle préparait une collation en te jetant des coups d'œil curieux. Et toi, tu n'arri-

1. Premières tribus polonaises, d'après le nom de Lech, ancêtre légendaire des Polonais, qui aurait été le frère de Czech, ancêtre des Tchèques, et de Rus, ancêtre des Russes. (N.d.T.)

vais pas à détacher les yeux de cette jeune femme et une sorte de regret insensé pour la première fois, comme on disait à l'époque, t'a serré le cœur.

Sulistrowski avait sans doute remarqué quelque chose, car il t'a dit comme avec une menace joyeuse :

— Je vous conseille la prudence, mon cher Zygmunt. C'est une toute jeune épouse, il nous reste encore des jambons de la noce.

Alors, derrière le mur, la détonation lointaine d'une carabine retentit. La flamme de la bougie vacilla comme sous l'effet d'un souffle imperceptible. Tu as tendu l'oreille, saisi d'une soudaine angoisse, et Sulistrowski a dit tout bas en se dirigeant vers la pièce voisine :

— C'est la guerre. Oui, c'est déjà la guerre. Je vais tout de suite préparer votre nomination. Wanda, occupe-toi de M. Mineyko, mais n'oublie pas que tu es une jeune mariée.

Le garde faisait à nouveau retentir sa crécelle de l'autre côté de la fenêtre. Il chantait les heures ou bien peut-être parlait aux chiens réveillés. L'éclat de la bougie se balançait sur les murs noircis par la fumée.

— Vous aussi, vous êtes marié ? a demandé Wanda sans lever les yeux. C'est dur de rester seule à la maison.

— Je n'en ai pas eu le temps. Je n'ai jamais chauffé ma place longtemps. C'est le sort des soldats. Peut-être après la guerre, dans notre patrie libérée.

— Et comment sera-t-elle cette patrie ? Les gens disent toutes sortes de choses. Vous êtes peut-être mieux renseigné ?

— Elle sera différente. Juste, noble, raisonnable. Ce sera un exemple pour l'Europe entière. Elle naîtra du sang de ses meilleurs fils.

— Dieu vous entende, a murmuré Wanda.

Et tu t'es aperçu dans une brusque panique que, sous la toile fine de son corsage, deux jolis seins folâtraient en liberté quand elle déplaçait les verres et les emplissait de joyeuse ambroisie.

— Dieu m'entendra car Dieu est avec nous, as-tu gémi tout bas pour ne pas effaroucher la jeune femme.

Tu as eu l'impression de sentir son parfum, le parfum du rêve, de la livèche, de l'amour violent.

Sulistrowski s'est montré dans l'embrasure de la porte.

— Mon cher Zygmunt, quel nom prendrez-vous dans l'insurrection ? Vous y avez déjà pensé ?

— Oui. Que ce soit Maciej Borowy, Mathieu des Forêts, car ma famille est originaire des forêts.

Sulistrowski disparut dans la pièce voisine, Wanda continuait de s'affairer autour de la table, bien que tout fût déjà prêt. Et cette Wanda ressemblait extraordinairement à Hirondelle, notre messagère qui, arrêtée en 1944, a disparu corps et âme, disparu avant de connaître l'amour charnel et les douleurs de la maternité, les joies de la liberté et les humiliations de la servitude.

Sulistrowski revint, se campa au milieu du salon et proclama solennellement en te tendant un parchemin :

— Voici votre nomination en qualité de commandant du district d'Oszmiana par la volonté de la Section lituanienne du gouvernement national[1], monsieur le colonel Borowy.

Et, à nouveau, il t'a serré dans ses bras et embrassé sur la bouche.

— Je ne décevrai pas votre confiance. La liberté ou la mort.

— La liberté ou la mort, répéta Sulistrowski. Wanda, dis à Constantin d'atteler la voiture, celle qui est couverte.

— Vous voulez partir de nuit, demanda-t-elle en enlevant d'un geste alourdi de sommeil la coiffe qui s'était déplacée sur ses cheveux de jais.

— Mieux vaut voyager de nuit, as-tu dit hardiment. Je suis en retard. Ils sont capables de mettre les Russes dehors sans m'attendre.

Elle a secoué la tête et ses cheveux se sont répandus sur ses épaules. Elle est sortie sans bruit dans l'entrée. Vous avez alors entendu le bourdonnement craintif d'un moustique qui errait à la frontière entre la lumière et l'ombre.

— Eh bien, colonel, buvons à la prospérité de notre cause guerrière.

Puis le moment est venu de faire tes adieux. Vous étiez dans l'entrée, Sulistrowski déjà en tenue de voyage, Wanda tremblante dans la fraîcheur de la nuit.

— Que Dieu veille sur vous, murmura-t-elle.

Soudain, tu as senti le parfum de la menthe et la chaleur étonnante de ses lèvres. Elle s'est serrée un instant contre

1. Nom de l'organe exécutif suprême de l'insurrection de 1883. (N.d.T.)

toi comme dans un geste rituel. Tu as ressenti une brusque chaleur, une chaleur et comme un regret de quelque chose d'inconnu. C'était déjà la deuxième fois cette nuit-là que tu étais saisi de ce regret étrange, jamais éprouvé auparavant.

— C'est la première fois de ma vie que j'embrasse une femme, as-tu murmuré sans savoir pourquoi.

Elle s'est écartée doucement.

— Après la guerre, tu trouveras celle qui sera à toi.

— Si je rentre de la guerre.

— Tu reviendras, j'en suis sûre. J'ai fait un bon rêve avant que le garde ne frappe.

— Alors, au revoir, Wanda.

— A bientôt, jeune colonel.

La noble voiture recouverte d'une capote, confortable comme un cabriolet, se balançait vivement sur les ornières de la piste d'Oszmania. La lune était presque au zénith, éclairant les champs et les forêts bleutées devenus immobiles, calmés. Les chevaux allaient au pas ; de temps en temps, ils s'élançaient pour un trot rapide, lorsque vous parveniez au sommet d'une colline sablonneuse. Constantin les réveillait avec les rênes, lorsqu'ils étaient pris de somnolence dans les étroits ravins de la forêt. C'était une nuit de somnambules et d'antiques fantômes qui, à cette heure, sortaient des marais.

Tu t'es réveillé en sursaut :

— Monsieur Jozef !

Sulistrowski s'est ressaisi violemment, portant la main sous le banc de la voiture où il avait sûrement quelque chose de caché.

— Qu'est-ce que c'est ? Tu vois une patrouille, Constantin ?

— Non, j'vois pas de patrouille, mais j'vois qu'les ch'vaux fatiguent, a grommelé le vieux dans son patois.

— Eh ! Constantin, toi, tu as toujours pitié des chevaux. Pour qui les ménages-tu ?

— Pour personne, a répondu le cocher avec insolence de sa voix rauque. J'ai pitié des bestiaux. Les hommes font les fous, et c'est les bêtes qui crèvent.

— Monsieur Jozef, as-tu repris, j'écoute cette nuit étrange, j'avale l'air de chez nous, et une de ces forces monte en moi ! Nous allons faire la Pologne, monsieur Jozef !

— Au début, tu recevras quatre cents volontaires. D'ici à

un jour ou deux, ils vont arriver au point convenu. Au bout d'une semaine, tu en auras deux fois plus. Toute la jeunesse se cache dans les vieilles fermes, dans les hameaux, dans les forêts. Tous attendent le signal.

— Dieu soit loué, monsieur Jozef. Quand je regarde en arrière, quand je vois combien de kilomètres il a fallu parcourir, combien j'ai dû supporter de froid, de faim et de maladie, combien mendier d'aide auprès des gens, alors je pense que cela valait bien un instant pareil.

— Tire un peu sur les rênes, Constantin ! Mais qu'est-il donc arrivé au général Langiewicz ? Les gens racontent toutes sortes de balivernes et personne n'arrive à savoir la vérité. Dites-le-moi, entre nous, monsieur Zygmunt.

Tu es resté muet un long moment.

— Après avoir gagné deux batailles, celles de Chobrze et de Grochowiska, il a franchi le cordon autrichien pour des raisons inconnues et a déposé les armes. Faut-il donc qu'il en soit toujours ainsi ? Nos soldats paient de leur sang et les chefs trahissent nos victoires.

— Maintenant, nous aurons des chefs jeunes, d'une autre école d'officiers. Quand nous sentirons que nous avons les armes en main, personne ne pourra nous les arracher.

— Dieu nous y aide, a murmuré Sulistrowski.

Et toi, tu as porté la main à ta poitrine pour tâter le papier qui te faisait dictateur de ton canton natal. La lune s'était couchée sans qu'on s'en aperçoive et il faisait un noir d'encre. Les chevaux avaient ralenti. Ils avançaient tête baissée au-dessus des ornières de la route et ils renâclaient sans arrêt. Mais au même instant, l'horizon jusqu'alors invisible s'est éclairci devant vous.

— Ah, Pologne, Pologne de nos rêves, de nos prières, de nos souffrances, as-tu soupiré, on te voit déjà presque sortir des brumes, de l'obscurité de la nuit, du cimetière des peuples.

Vous avez entendu des chiens aboyer à l'horizon teinté de vert. Constantin a retenu les chevaux.

— Oszmiana. On passe à côté ou on traverse ?

— Passe par la ville. Ça ira plus vite.

La voiture a pénétré entre les chaumières minables du faubourg. Comme s'ils sentaient le danger, les chevaux ont cessé de renâcler et se sont mis à avancer en silence sur la bosse sablonneuse entre les ornières.

— Tu reconnais ? a chuchoté Sulistrowski.

— Rien du tout. La nuit, tout se ressemble.

Accompagnés par les aboiements des chiens réveillés, vous rouliez entre les maisons noires, hostiles. Et soudain, les chevaux, soulagés, sont partis au trot. Le sable projeté par les moyeux des roues s'est mis à chanter avec plus d'entrain.

— Les Russes ont le sommeil profond, a constaté plus gaiement le cocher, mi-étonné, mi-railleur.

— Laisse-les dormir. Ils auront du chemin à faire avant de rentrer chez eux, as-tu ajouté, réconforté par cette brusque gaieté.

— Constantin, prends par Wolozyn et ne ménage pas les chevaux. Une estafette nous attendra à la goudronnerie. Nous saurons quelle est la situation de notre colonel.

Des bois ont commencé, une grande forêt qui avançait largement vers le Sud pour se fondre, après le Niémen, avec la forêt de Bialowieska. Et toi, il te semblait que tu pénétrais dans ton royaume de toujours, le royaume dont tu étais le maître sévère et juste.

— Tu commences à avoir faim, colonel Zygmunt ? s'est enquis Sulistrowski.

— Non. Je n'ai pas le moindre appétit. Mes soldats, j'ai hâte de voir mes soldats, c'est tout.

— Ça ne fait rien. Nous mangerons à la goudronnerie. Ça donnera le temps aux chevaux de se reposer un peu.

Le jour se levait. De rares gouttes rouges s'écoulaient de temps à autre des bords de la capote. Les voix des oiseaux ont retenti dans les fourrés. Les derniers nuages de la nuit s'en allaient voguer derrière l'horizon, chercher leur repos de la journée.

— Tu veux faire la révolution comme Garibaldi vous l'a appris ? a repris Sulistrowski.

— Moi, je suis soldat. Il faut d'abord libérer le pays, as-tu dis prudemment.

Sulistrowski t'a dévisagé par en dessous mais n'a pas dit un mot.

Puis, comme le jour était déjà levé, vous avez quitté la grand-route et vous vous êtes enfoncés dans l'antique forêt, lugubre, encombrée de fougères plus hautes qu'un homme de belle prestance. Là, même les oiseaux se taisaient. On entendait tout là-haut, dans les sombres couronnes des arbres, la respiration asthmatique du vent brûlant. La voiture grinçait plus fort de toutes ses ferrailles en cahotant sur les très vieilles racines, grosses comme des bûches, des sapins séculaires. Enfin, une trouée peu étendue, et sans doute déjà oubliée, s'était ouverte devant vous. Vous avez vu une chaumière sans fenêtre et un poêle à charbon noirci.

— Ho !

Constantin a arrêté la voiture, sauté de son siège et glissé ses paumes sous les courroies pour voir si les chevaux n'étaient pas écorchés. Il grommelait en lui-même dans une langue incompréhensible.

Alors un vieux paysan en chemise sale jusqu'aux genoux, tenant un râteau comme s'il rentrait des foins, est sorti de derrière la chaumière. Il a salué très bas de son bonnet de mouton tout roussi.

— Gloire au nom du seigneur, ce n'est pas à Balwaniszki que le maître se rend, pour la fête patronale ?

— Voici votre commandant insurrectionnel, le colonel Maciej Borowy.

Et le vieux t'a observé minutieusement, clignant ses yeux ternis ; enfin, il a découvert en un large sourire ses gencives bleuies où il ne restait qu'une seule dent toute noire et soudain il est tombé à genoux, voulant saisir tes jambes dans ses bras.

— Notre jeune maître bien-aimé, et nous qui priions pour toi depuis huit jours. Alors, tu es vivant, pauvre petit ?

Tu l'as saisi sous les bras, soulevant bien haut son corps léger et tu l'as embrassé sur ses deux joues burinées qui sentaient le tabac.

— Je vois que l'estafette est de tes connaissances, colonel Zygmunt ? s'est étonné Sulistrowski.

— Et comment ! Je l'ai porté dans mes bras, le colonel, s'est vanté le vieux. J'étais économe chez le défunt père de monsieur le colonel.

— C'est bon signe, c'est plus que bon signe, a déclaré Sulistrowski en sortant le panier à provisions.

Vous vous êtes assis sur une souche noircie. Le vieux Jan découpait minutieusement le rôti fibreux en regardant obstinément la paroi de la forêt. Des moineaux, qui se rappelaient encore la présence humaine dans ce désert, sont sortis on ne sait d'où.

— Si l'on buvait à notre prompte victoire ? a proposé Sulistrowski en distribuant des gobelets de voyage.

Le vieux a posé son verre avec précaution sur une souche de conifère.

— Pourquoi ne dis-tu rien, père Jan ? l'encourageait Sulistrowski. Dépêche-toi de boire et dis-nous quand notre armée arrivera.

Le vieux mastiquait avec effort un morceau récalcitrant.

— Pour le moment, il n'y a pas d'armée, a-t-il dit en continuant de scruter la forêt.

— Comment, pas d'armée ? Sulistrowski a bondi sur ses jambes. Alors, où sont les quatre cents volontaires promis pour commencer ?

— Ils sont venus, seigneur, mais ils sont repartis. Parce qu'il y avait le foin à faucher, le colza qui mûrissait, beaucoup de travail dans les champs, seigneur. Alors, ils sont repartis.

— Ce n'est pas possible ! s'est écrié Sulistrowski près de l'apoplexie. Qui a osé les laisser repartir ?

— Au début, il y avait beaucoup de volontaires. Ô seigneur, il en est venu beaucoup. Et ce qu'ils ont apporté d'armes. Et comme ils étaient prêts à se jeter sur les cosaques ! Ça, on ne peut pas dire. Mais on a attendu, attendu, et, comme aucun chef n'arrivait, tout le monde est rentré chez soi.

— Et personne n'est resté, personne n'a attendu pour voir comment la situation évoluerait ? as-tu demandé, la gorge serrée.

Le vieux a déplacé son regard vers toi, t'a considéré un instant et, tandis qu'il te regardait, a semblé se radoucir lentement.

— Y a un détachement qui est resté. Qui a attendu. Ils arriveront demain à l'endroit convenu.

— Ils sont nombreux ? as-tu demandé en entendant ton propre cœur.

— J'ai pas compté. Il doit y avoir une vingtaine, une trentaine de jeunes.

— Vous entendez, monsieur Jozef ?

Sulistrowski était déjà en train de remballer ses provisions à la hâte.

— Il n'y a pas de temps à perdre, père Jan. Pars en estafette. Que tous les hommes conscients prennent les armes et se présentent demain à l'aube sur la butte de Krolewska Gora, tu sais, père Jan, près du carrefour, avant Rosoliszki.

— Je sais, je sais, grommelait le vieux en cherchant son râteau.

Puis il a réfléchi un moment et enfin a dit, en soulevant son bonnet de mouton :

— Moi, j'ai l'impression que, maintenant, tous vont se mettre en action. Dès qu'ils sauront qu'un élève de l'école de Gênes a été nommé commandant, ils rejoindront l'Insurrection, car pourquoi qu'ils ne viendraient pas ? essayait-il de se convaincre lui-même. C'est sûr qu'ils viendront à l'aube.

A ce moment-là, tu as pensé que le vieillard voulait te consoler, toi et Sulistrowski, bien qu'il ne crût pas lui-même à ses paroles de consolation.

— Constantin, attelle les chevaux, a crié le maître. Ah, les bougres, les gredins, que diantre ! Un feu de paille, un feu de paille à la polonaise. L'envie les a pris de rentrer chez eux, écoutez-moi ça ! Ils trouvent qu'ils se sont déjà assez battus. Il va falloir les mettre à bonne école, mon colonel, à l'école de Gênes, et qu'ils rêvent de Garibaldi toutes les nuits.

— Epuisez les chevaux, grommelait Constantin, et il n'y aura pas plus de chevaux que de votre Pologne.

Jan avait disparu. Vous avez scruté la clairière du regard mais tout était calme et silencieux, aucune herbe ne frémissait, les moineaux aussi s'étaient tus en emportant les dernières miettes.

— Dites, monsieur Jozef, est-ce possible ? as-tu demandé, les lèvres sèches.

— Partons, nous n'avons pas de temps à perdre. Tu connais les gens de chez nous. Ils ont été prompts à se réunir et tout aussi prompts à rentrer chez eux. Mais ils vont revenir. Pour le moment, peut-être pas à quatre cents, mais peut-être à trois cents, peut-être au pire à deux cents, mais tu l'auras, ta troupe, et tu mettras debout tout le glorieux canton d'Oszmiana et tu frapperas les Russes.

— Constantin, assez traîné !

Vous avez sauté dans la voiture rafraîchie. Sulistrowski a abaissé la capote d'un geste impatient comme s'il relevait sa visière, frappé les chevaux d'un coup sec, car Constantin, sur son siège, cherchait mollement son fouet.

— Le début était déjà du même genre, as-tu murmuré.

— De quoi parles-tu, colonel ?

— Je repensais à Grochowiska. Ce sont les tristes conséquences d'une victoire non exploitée.

— Mais c'est une honte de baisser la tête. On voit que tu n'as pas dû avoir beaucoup de déboires dans ta courte vie.

— Hélas, monsieur Jozef, plus qu'il n'en fallait. Mais je fonçais vers la Lituanie, pendant tant de mois, c'était comme si j'essayais de grimper sur une perche de sapin. J'ai tout consacré à ça, tout ce que peut consacrer un homme jeune.

— Tu as bien fait, colonel, la patrie te le revaudra.

Constantin s'est retourné et a déclaré, comme s'adressant au sable de la route mordu par les roues de la voiture :

— Tous les gouvernements sont les mêmes. Pour un homme simple, c'est tout pareil.

— Mais tu es polonais, Constantin. Tu ne te sens pas une âme de Polonais ?

Le cocher a coupé de son fouet une fougère fourchue qui poussait au bord de la route.

— Moi, je suis un homme d'ici.

Et il s'est signé inopinément.

A midi, vous êtes arrivés au carrefour convenu où il poussait, par un étrange hasard, trois vieux peupliers reliés entre eux par des souches trouées. Constantin a suspendu aussitôt au cou des chevaux des sacs de fourrage. Vous avez sauté sur la mousse épaisse, gonflée de sève, qui cicatrisait le chemin peu fréquenté. Dans l'ombre mouillée de la haute futaie, un coucou s'est mis à chanter. Vous n'avez pu vous empêcher de compter ses appels traînants, pleins de réflexion[1].

— J'allais oublier, a soupiré Sulistrowski en retournant vers la voiture.

Il a tâté quelque chose en dessous du siège, une sorte de balluchon en toile de jute. L'ayant ouvert avec précaution, il t'a remis entre les mains, comme s'il t'offrait un bon morceau, un revolver à tambour d'un noir flambant neuf :

— Voici de ma part. Qu'il te serve bien.

Tu as fourré l'arme sous le pan de ta houppelande. Une fraîcheur lisse collait à ta chemise. Sulistrowski se frottait les mains en souriant sans conviction.

---

1. Selon la tradition, qui compte le nombre de « coucou » sait combien d'années il lui reste à vivre. (N.d.T.)

— Tête haute, mon colonel. Demain, tu auras ta troupe. Tu seras commandant.

— Si Dieu le veut.

— Je ne te dis pas que ce sera facile. Mais nous ferons la Pologne, mon cher Zygmunt.

Et il t'a pris dans ses bras et il t'a serré comme avec exagération, comme s'il était rongé par d'obscurs remords.

Puis il est remonté à la hâte en voiture, et Constantin, soudain consentant, a frappé les chevaux fatigués. Le cabriolet a tourné en faisant grincer tout le bois sec qui le composait et s'est mis à rouler en sens inverse dans la direction d'Oszmiana, dans la direction de la Ville du Diable, de la vie passée qui désormais était restée pour toujours derrière toi. Sulistrowski ne s'est pas retourné une seule fois, bien que la tentation fût forte de jeter ne serait-ce qu'un regard furtif là où tu étais resté les bras ballants, sous cet arbre à trois troncs qui murmurait des prières païennes.

Et devant toi, comme devant moi, un demi-siècle plus tard, il n'y avait plus que l'avenir inconnu, mystérieux, plein de majesté. Il y avait ton destin indéchiffrable et le calvaire de ta patrie. Il y avait une attente fiévreuse, oppressante, un pressentiment exalté, ardent. Tu avais vingt-trois ans. Cinq ans de plus que moi et quatre-vingts de moins.

Tu as pénétré dans une pointe de la forêt encadrée par la fourche de deux chemins. Tu t'es allongé sur une dune où poussaient des buissons de myrtilles. Tu regardais le ciel à travers les aiguilles noires des pins, ton ciel de Lituanie, enfin ; mais qui ressemblait tant au ciel étranger, au ciel de Pétersbourg et si peu à ton ciel d'Italie.

Je voudrais me rappeler à quoi je pensais en un pareil moment. Je cherche à recréer cette ambiance et cette sensation, et les rêveries de cette merveilleuse époque de la jeunesse, peut-être moins tant merveilleuse que biologique, palpitante, alerte, légère, pas encore écrasée par le fardeau des expériences, empoisonnée par les déceptions, par la drogue du découragement, cette jeunesse qui est passée brutalement comme un orage de printemps.

A quoi pensions-nous sur le seuil invisible du temps ? A nous-mêmes ? A la Pologne ? Je ne me rappelle plus grand-chose et je ne parviens pas à ressusciter de ce passé mort, ou plutôt figé à jamais, ces instants d'inconcevable ravissement de soi et d'humilité, d'audace et de peur, d'espérance avide et d'incertitude frivole. Je ne parviens pas non plus à me rappeler la Pologne d'alors que nous portions en nous comme la douleur poignante de la première crampe cardiaque. Cette Pologne désincarnée, ce fantôme obsédant de la Pologne.

Et le jour de la grande forêt t'entourait de toutes parts. Non, ce jour ne t'entourait point, mais tout doucement, presque imperceptiblement, il passait, glissait vers l'Ouest sans le moindre froissement à travers les forêts immémoriales, entraînant avec lui le fardeau mouillé de la nuit. Mais tout était encore plein de lumière, de lumière épaissie, saturée de résine. Et tu pouvais entendre le mouvement indolent de la forêt profonde entre les longues pauses du silence effrayant, sans fond. Le marteau d'un pic-vert retentissait ici et là, un taon gémissait empêtré dans une profusion de fleurs, un blaireau s'approchait à pas feutrés, un daim galopait, la tête fièrement relevée, un arbre fendu par une tempête de l'automne craquait, une brise à peine perceptible s'impatientait, perdue dans des trouées oubliées.

Tu mâchais le pain fait de grains de seigle moulus. Tu suçais les doux morceaux de grain en pensant à la jeune femme qui s'était montrée à toi au seuil de la nuit précédente. Tu te rappelais chacun de ses gestes en détail, chaque mouvement de sa tête, chaque sourire sous-entendu, chaque frémissement de ses seins sous la batiste de sa chemise. Et de ces furtifs instants de beauté féminine, tu cherchais à recomposer l'image d'un corps de femme, d'un corps nu, corps encore inconnu de tes yeux comme des miens, inconnu de tes mains comme des miennes.

Et tu as senti en toi comme une sorte de mouvement. Quelque chose palpitait, quelque chose s'affolait, quelque chose se gonflait de fièvre. Un désir coupable t'a empoigné, exhalant la senteur étouffante des herbes précoces et des mousses défleuries. Les yeux agrippés aux nuages rouges, tu as aimé farouchement, peut-être pour la dernière fois, une femme inconnue, une jeune fille jamais rencontrée, une amante irréelle.

Puis la nuit est venue. La nuit d'un jeune chef avant une grande bataille inconnue. Les doigts serrés sur la crosse de ton pistolet, tu faisais les cent pas entre les arbres silencieux.

Tout là-haut, il y avait la grande agitation des milliers d'étoiles. Ta Voie lactée natale te saluait, et toi, tu pensais que l'univers te regardait par les yeux aveugles du bon Dieu.

Enfin, avant l'aube, le grincement lointain d'une voiture est parvenu à tes oreilles et comme l'écho de pas d'hommes marchant avec précaution. Tu as armé ton pistolet et tu as rampé vers les trois peupliers qui s'étaient tus, penchés sur leur secret.

Bientôt, tu as vu se dessiner les têtes des chevaux où brillaient des prunelles phosphorescentes.

— Halte, qui va là ?

— Les vôtres, fut la réponse. L'aigle blanc s'est levé.

— Avec le Cavalier [1] et l'Archange [2], pour l'éternité !

C'est toi qui as renvoyé le mot de passe d'une voix enrouée.

Un homme de haute stature s'est approché, un fusil en bandoulière.

— Je m'appelle Mokrys. J'ai amené vingt-huit volontaires.

— Et les autres ?

— Les autres arriveront dans un jour ou deux.

— Les autres viendront plus tard, as-tu répété.

L'un des volontaires qui connaissait la forêt vous a conduits dans une clairière peu éloignée, une grande prairie coupée en deux par une petite rivière sombre. Vous avez établi votre camp à l'ombre d'énormes chênes qui montaient la garde à la lisière d'un champ de hautes herbes sauvages. Déjà les premiers volontaires s'étaient débarrassés de leurs vêtements et avaient sauté dans le courant sombre de la petite rivière sans nom. La voix de basse de la surface de l'eau, brisée par les pieds des baigneurs, a résonné. L'écho des cris joyeux des jeunes gens a rebondi contre la paroi bleuâtre de la forêt immobile.

— Mon colonel, a dit Mokrys. Voici la bourse contenant la solde que vous leur verserez au moment voulu. Et voici un noble sabre car je vois que vous en aurez besoin.

Tu as posé tes lèvres sur la poignée de ce sabre, relique sacrée qui avait passé entre les mains de générations de soldats et tu l'as fixé à la ceinture de ton manteau d'insurgé.

— Je ne manquerai pas de rejoindre votre troupe, mon

---

1. Emblème national de la Pologne. (N.d.T.)
2. Emblème national de la Lituanie. (N.d.T.)

colonel, a ajouté Mokrys. Dans une semaine ou deux, vous pouvez vous attendre à me voir dans vos rangs.

— Parce que vous partez ?

— Les affaires de l'organisation me retiennent pour le moment. Mais il n'y en a plus pour longtemps. Je me présenterai pour accomplir mon devoir.

Une volée de grues se posaient dans les marais de l'autre côté de la rivière.

— Je l'ai, mon régiment, as-tu murmuré à part toi.

— Oui, vous avez déjà une armée à vous. Vous pouvez commencer, au nom de Dieu, a déclaré Mokrys à voix basse.

Et, comme Sulistrowski, il t'a donné une accolade fraternelle, t'a embrassé sur les deux joues et tu n'as pu t'empêcher de penser, pris d'une soudaine angoisse, qu'il commençait à y avoir un peu trop de cérémonies, que ce rituel de déclaration de guerre se prolongeait exagérément.

— Il est temps que je parte, a repris Mokrys en regardant le ciel dans lequel il n'y avait rien. Portez-vous bien, colonel Borowy, et à bientôt.

Il a sauté sur sa petite carriole tendue de cuir fendillé, démarré vivement entre les buissons de noisetiers, du côté où vous aviez laissé la route, la piste conduisant vers les profondeurs de ce pays de forêts. Et tu as secoué sans réfléchir la bourse toute neuve, magnifiquement brodée par quelqu'un, faisant sonner les roubles collectés par des inconnus pour la Pologne, pour la résurrection de la patrie.

Puis tu as donné l'ordre du rassemblement. Tu as réuni ton armée aux vêtements bariolés, équipée comme pour la chasse. Et il n'y avait point parmi eux de porteurs de faux, de paysans armés de faux pouvant frapper dans les combats au corps-à-corps.

— On nous avait promis des paysans avec des faux, as-tu dit d'un ton de reproche.

Mais le double rang inégal restait muet. Tu as donc passé en revue ta petite troupe. Un visage t'a semblé connu.

— Comment t'appelles-tu, soldat ?

— Khaim Karnowski.

— Tu es israélite ?

— Non, polonais de la confession de Moïse.

Il était sans arme. Il serrait entre ses deux mains un solide gourdin de chêne, farouchement ferré.

— J'ai eu, moi aussi, l'occasion de faire votre connaissance, mon colonel, a-t-il ajouté au bout d'un instant.

— Et d'où gardes-tu souvenir de moi ?

— Nous nous battions près de la synagogue, quand vous étiez encore au lycée, mon colonel.

— Distingue-toi, et je te nommerai sous-officier.

Puis tu as fait faire l'exercice à ces vingt-huit novices, tu les as maltraités furieusement pendant quatre heures jusqu'à ce qu'il fût enfin possible de distinguer les plus doués, les plus aptes au métier des armes que tu nommerais officiers des futurs compagnies et bataillons.

Tu as placé des sentinelles tout autour de votre camp plein du chant des rossignols car, cette année-là, même les rossignols éprouvaient une sorte d'inquiétude, on entendait leurs trilles non seulement pendant les courtes nuits, mais aussi pendant le jour, les après-midi de chaleur somnolents. Le reste de tes tout jeunes soldats a construit habilement un four de campagne et déjà on y avait fait cuire un pain délicieux avec la farine apportée dans les bagages.

L'odeur du pain frais, parfum séculaire de la paix du foyer, flottait au-dessus de la clairière ; les oiseaux sauvages, intrigués, levaient la tête au-dessus des marais, couvraient de la taie de leur paupière leur œil brillant, et on eût dit qu'ils se délectaient de l'odeur brûlante du four encore humide.

Quant à toi, installé sous les chênes, tu traçais les plans des baïonnettes qu'il faudrait fixer aux canons des fusils des gentilshommes. Car puisque les faux manquaient, il fallait inventer une arme blanche de remplacement pour retenir les assauts des Russes. Et tu te sentais alors le jeune père de vingt-trois ans de ce petit groupe de garçons de ton âge, comme moi je me sentais le père de paysans biélorusses de cinquante ans. Moi aussi, j'ai éprouvé ces émotions de chef, ces exaltations dominatrices, ces joies de l'action qui se préparait.

Le soleil se dirigeait déjà vers la paroi occidentale de la forêt. Les plus doués, ceux qui devaient devenir officiers, ont repris l'exercice de leur plein gré. Tu écoutais tout saisi d'étonnement ces ordres donnés en polonais, et la forêt restait muette, assistant comme incrédule à la naissance de quelque chose d'oublié, de maudit, d'interdit à jamais.

Alors, une patrouille est arrivée au pas de course, conduisant un gueux en chemise et pantalon de lin avec un balluchon maigre et sale, et un bâton de bois noueux. Le gueux était sans âge. Sous les boucles sans couleur qui lui tombaient sur le front, les moustaches jaunies et la barbe jamais taillée, pouvait se cacher aussi bien un homme de trente ans qu'un homme d'une respectable cinquantaine. Insensible aux coups de coude énergiques de son escorte, il jetait de ses yeux ternis un regard d'un calme impassible.

— On a attrapé un espion, mon colonel, référait un adolescent en vieille pelisse d'hiver.

— Il faisait le tour de notre camp.

— Il nous guettait à travers les broussailles, accusaient les autres.

Le gueux frottait de la plante sale de son pied nu la cuisse de son autre jambe et gardait un silence obstiné.

— Vous l'avez fouillé ?

— Oui, mon colonel. Mais à part un vieux bout de pain, il n'y a rien dans le sac. Même pas un scapulaire.

Vous vous êtes mesurés du regard. Le gueux te lançait un regard qui semblait venir de l'autre monde. Même sa curiosité retenue n'était pas de ce monde. Tu as fini par l'interroger.

— Qui es-tu ?

— Un homme.

— Et comment t'appelle-t-on ?

— Est-ce que j'ai besoin d'un nom ? Est-ce que je possède quelque chose, est-ce que j'exerce un pouvoir sur des gens, est-ce que je manifeste quelque aspiration ? Que ferait d'un nom un simple comme moi ? Dieu ne m'a même pas gratifié d'un surnom.

— Que cherches-tu ici ?

— Je voulais boire de l'eau de la rivière. L'eau d'ici est comme un remède, regardez comme elle miroite au soleil. Cette eau guérit bêtes et gens.

— Tu es beau parleur.

Le gueux haussa les épaules, et ce fut le premier geste au milieu de son immobilité, mais ce n'était pas un geste de gueux, mais un peu un geste de salon.

— Je rencontre en chemin des gens de toutes sortes et, avec chacun, il faut bien échanger une de ces paroles que le bon Dieu nous a données.

Le jeune blanc-bec en pelisse se jeta en avant avec colère.

— Il ment, mon colonel. Les Russes ont envoyé partout des espions. Maintenant, il y a plus d'espions que de population. Ils ne méritent qu'une branche de chêne, et c'est tout.

Le gueux déplaça vers lui ses yeux sans vie.

— Et qui vous a donné le droit de tuer les gens ?

— Nous sommes des insurgés, as-tu déclaré alors.

— Le Léviathan a étendu ses ailes et ses serres féroces, et recouvert toute la terre. Toi, le chef, tu es venu de loin et tu retourneras dans les pays lointains où le soleil ne se couche jamais. Vos affaires terrestres ne sont que poussière, cendre, vanité.

— Dis, l'homme, tu vis de mendicité ?

— C'est mon lot. Toute ma vie je mendie et je mendierai jusqu'à ma mort.

— Et si je te fais juger ? Tu sais que tout le pays se lève contre Moscou ?

— Les *États*[1] se lèvent et tombent. L'homme est à l'image de Dieu. L'homme est un oiseau libre.

Les insurgés te regardaient, attendant ton jugement dans une tension impatiente. Le gueux avait sorti une croûte de pain brûlée et commençait à la mâcher avec insouciance. Il regardait avec curiosité le soleil qui fondait déjà dans la pourpre aux confins occidentaux du ciel.

— Nous n'avons pas trouvé sur toi les preuves que tu sois un espion. Mais, comme tu pourrais nous trahir sans le vouloir si nous te laissions en liberté, j'ordonne donc de te garder dans notre camp jusqu'à ce que nous partions d'ici. Compris ?

— Je peux rester, pourquoi pas ? J'attendrai, l'hiver est encore loin, la mort n'est pas encore là.

Il a noué son sac et s'est éloigné du côté de la rivière. Il s'est assis non loin du four, a commencé à se balancer, sans doute en récitant des prières.

— C'est un vieux-croyant[2], mon colonel, murmura le garçon en pelisse.

— Plutôt une espèce de possédé, doutait le chef des sentinelles armé d'une carabine anglaise.

1. En russe dans le texte original. (N.d.T.)

2. Dissident de l'Eglise orthodoxe russe réfugié en Pologne. (N.d.T.)

— Qui que ce soit, il va son chemin. Mais pour ne pas tenter le diable, ayez-le à l'œil.

Puis vint la nuit. Le gueux chanta ou gémit jusqu'à l'aube. Personne ne réussit à le faire taire. Puis le jour revint. Les soldats s'entraînaient à l'exercice, mais à présent avec déjà moins d'ardeur. La nuit suivante, le gueux chanta à nouveau et son chant étrange semblait augurer de quelque chose de funeste, annoncer le malheur. L'un ou l'autre le frappait du canon de sa carabine ou lui envoyait un coup de fouet dans le dos. Mais rien n'y faisait. Le gueux glapissait sans faiblir au même endroit près de la rivière, près du four où personne ne faisait plus rien cuire car la farine s'était épuisée.

Karnowski s'approcha de toi et s'arrêta avec respect près d'une souche de chêne fendue. Les insurgés somnolaient dans les buissons. Personne n'avait plus envie de faire l'exercice.

— Il amène le malheur avec lui, chuchota Karnowski en détournant la tête.

— Je ne peux pas le libérer. Ce qui est écrit arrivera.

— Ce qui est écrit arrivera, admit Karnowski.

Vous êtes restés un moment silencieux, observant le manège de papillons colorés qui visitaient les fleurs déjà avancées.

— Que ferais-tu à ma place, Karnowski ? l'as-tu interrogé à brûle-pourpoint.

— Personne ne me nommerait jamais à votre place.

— J'ai misé toute ma vie sur cette seule carte. Mais je me rends compte qu'il n'est pas possible de commencer la guerre avec seulement vingt-huit recrues.

— Des renforts arriveront peut-être encore, mon colonel.

— Ou peut-être pas, puisqu'ils ne sont pas encore arrivés jusqu'à maintenant.

— Moi, je n'ai pas où rentrer. Je me suis sauvé.

— Moi non plus, je n'ai pas où rentrer. Et je ne veux pas rentrer.

— Mieux vaut mourir.

— Oui, mais mourir en se battant. Tu sais, Karnowski, je vais disperser ma troupe, nous attendrons dans des fermes jusqu'à ce que s'organise une véritable armée, une comme celle qu'on nous avait promise, d'au moins quatre cents hommes, des hommes armés et entraînés. Alors, nous mettrons sur pied tout le district d'Oszmiana, tout le pays jusqu'au Niémen.

Karnowski se taisait, enfonçant dans la terre du bout d'un bâton des glands secs. Les jeunes recrues se levèrent car dans le ciel des flottilles blanches de cygnes sauvages voguaient vers le nord.

— Il n'y a rien d'autre à faire, as-tu murmuré. Demain, je donnerai l'ordre de la dispersion.

Karnowksi fit tomber de son gourdin des restes de tourbe et s'en alla sans mot dire vers la petite rivière sans nom dans laquelle personne n'avait plus envie de se baigner.

La nuit fraîche dégouttait des parois immobiles de la forêt. La lueur du couchant alluma de rouge les coudes de la rivière. Un oiseau lançait son cri monotone de l'autre côté de la rivière. Mais c'était le chœur des rossignols qui régnait sur tout. Leurs voix pures, fortes, résonnaient de divers côtés et maintenant je sais que ce n'était pas une parade amoureuse, mais la délimitation par le chant de leurs quartiers d'habitation. Et tu écoutais leur chant comme une musique romantique qui rappelle l'inaccompli, inspire le regret de la vie qui ne reviendra jamais.

Pour tromper leur faim, les insurgés mâchaient de l'oseille sauvage qui les faisait abondamment cracher une salive verte. Tu t'es approché d'eux, tu voulais entamer la conversation, chasser la mauvaise humeur, mais les mots te manquaient et tu n'as rien dit. Le gueux était allongé sur le dos, les mains sous la tête. Il regardait l'eau où l'on voyait le rouge brique du soir et le noir profond de la nuit toute proche.

— Demain, je te laisserai partir, as-tu dit à voix basse. Demain, tu seras libre.

— Je suis libre. Libre comme une bête des bois.

— Ta liberté est déraisonnable. La véritable liberté, c'est nous qui la donnerons aux hommes, à toi aussi.

— Libre, seul un individu peut l'être, jamais la collectivité, un troupeau, la foule. La liberté, c'est un don de Dieu.

— Mais d'où viens-tu ?

— De nulle part.

— Qui t'a mis au monde, l'homme ?

— Je ne sais plus. Je suis d'ici. De ces forêts, de ces chemins fourchus, de ces petits villages.

— J'ai dû déjà te rencontrer au cours de ma vie. Je me rappelle bien ta voix, ton regard.

— Tu as peut-être rencontré des gens qui me ressemblaient, il y en a toujours eu qui erraient sur la terre et qui en seront les pèlerins jusqu'à la fin du monde.

— Mais tu n'as pas honte ?

— Honte devant qui ?

— Devant nous, les jeunes, qui allons peut-être mourir demain.

— Qu'est-ce que tu veux ? grommela-t-il soudain en biélorusse. Va au diable.

Et il redevint un sale gueux possédé. Il chantait ses heures ou hurlait à la lune car une faucille anémique venait de se découper de l'échine bouclée de la forêt.

Le garçon à la pelisse avait trouvé quelque part une luciole de la Saint-Jean. Il l'avait cachée dans ses paumes recourbées et il observait à travers les fentes de ses doigts sa lueur verte.

— Comment t'appelles-tu ? lui as-tu demandé.

Il sauta sur ses jambes avec zèle. La luciole tomba entre des herbes humides de rosée.

— Ildefons, mon colonel. On m'appelle Ildek.

— Va, Ildek, va contrôler les sentinelles. Que personne ne s'endorme.

Le garçon à la pelisse retrouva sa luciole. Comme s'il tenait une petite flamme verte entre ses mains, il se mit prudemment en route dans la nuit de printemps sans fond.

Tu as repris tes quartiers sous les vieux chênes. Tu ne savais pas encore que cette Butte Royale, on l'appellerait un jour la Butte des Insurgés et qu'on la désignerait ainsi sur les cartes d'état-major dont se serviraient des maquisards lycéens pendant la plus grande guerre mondiale. Et les rossignols lançaient des appels de plus en plus retentissants et on pouvait avoir l'impression que jusque sur la litière fraîche des feuilles, le parfum brûlant de la giroflée arrivait de très loin, le parfum du calme des maisons polonaises.

Et tu as brusquement été saisi d'une peur étrange, une peur inconnue jusqu'alors. La peur de la défaite, de la malchance, de l'échec. La peur du parti des forces malignes. La peur de l'ironie du sort. Peur de ta propre faiblesse. Tu voulais t'arracher à la terre mouillée et te mettre à courir droit devant toi. Courir à travers la forêt séculaire. Pour aller où ? Vers quoi ? Chez qui ?

Mais juste à ce moment, les branches sèches ont craqué. Quelqu'un arrivait du fond de la nuit. C'était une grande troupe d'hommes fatigués qui marchaient.

— Mon colonel, ils arrivent. Ce sont les nôtres qui arrivent, haletait Ildek tout ému, le garçon à la pelisse.

Quelques-uns des insurgés assis autour du feu de camp allumé cette nuit-là près du four mort bondirent en s'armant de torches de résine. Ils éclairèrent les arrivants qui étaient sous la direction d'un homme robuste, de petite taille, en trench de l'armée russe dont les épaulettes avaient été arrachées. Lorqu'il souleva son bonnet de chasseur en geste de salutation, il découvrit un grand crâne chauve tout en sueur.

— Major Nawalkiewicz, pour vous servir, dit-il d'une voix enrouée. Qui est votre commandant ?

Lentement, tu t'es levé du sol sur lequel rampait vers les profondeurs du bois une maigre traînée de brume montée de la rivière.

— Je suis le colonel Borowy. Montrez-moi vos papiers de recommandation, major, s'il vous plaît.

Le chef des nouveaux venus sortit de sa poche de poitrine, au lieu de documents, un bidon dans une housse de feutre. Il en but une gorgée, essuya le goulot et proposa :

— Goûte un peu, *mon petit pigeon*, de mon eau-de-vie. Tu ne trouveras pas la pareille dans tout le gouvernement[1].

— Major, nous ne buvons pas, ici. Je voudrais bien voir vos papiers tout de même.

— Mes papiers ? éclata-t-il d'un rire gras. Vous voyez, *mes braves*, il veut des papiers.

Sa compagnie répondit par un ricanement mal assuré.

— Nous t'apportons nos têtes, *fiston*, c'est plus important que des papiers. Nous nous sommes faufilés comme des lièvres à travers champs et bois pendant trois jours pour arriver jusqu'à vous.

— J'ose espérer que vous avez fait preuve de la prudence nécessaire.

— Ça oui. Je n'ai pas laissé les cosaques approcher à plus d'une verste, pas vrai, *les gars* ?

1. Subdivision administrative de l'empire russe. (N.d.T.)

— Ce qui veut dire que vous étiez observés par les Russes ?

Il s'approcha de toi dans un nuage de vapeur d'alcool. Il avança ses grosses lèvres vers ton oreille et il murmura de sa voix rauque :

— En ville, il y a plus de gibets que d'âmes qui vivent. Mouravioff[1] a fait construire une deuxième ville de potences. A chaque carrefour, il y a des *polaks* pendus comme des porcs. Et toi, tu me demandes mes papiers. Personne, *mon petit pigeon*, ne m'a donné de papiers. Il devait y avoir quarante hommes et j'ai dû attendre longtemps pour en voir venir une dizaine. Une grande peur a saisi le peuple. Mouravioff le Pendeur a promis au tsar qu'il pendrait tous les Polonais. Voilà comment vont nos affaires.

Il t'a semblé que d'énormes chênes te tombaient sur la tête les uns après les autres. Les torches s'éteignaient avec un craquement mélodieux en jetant des étincelles rouges. Les hommes du major ne disaient rien, les tiens non plus. Tous attendaient un mot de leur colonel. Et toi, jeune chef qui avais parcouru des milliers de kilomètres jusqu'à ta patrie, tu as dû surmonter un terrible découragement, une grande faiblesse, une affreuse crise morale.

— Oui, les Russes sont déjà au courant de notre présence. Dans cette situation, nous devons reculer. Oui, demain, nous nous retirerons vers le fond de la forêt. Ce n'est pas la peine d'attendre. Il est temps d'engager la lutte. Bien, je vous remercie, major.

Il voulut te prendre dans ses bras et t'embrasser, mais il trébucha sur une souche et s'accrocha à une boucle de ta houppelande ouverte.

— Tu peux être sûr de moi. Je connais le métier de la guerre. Je me suis battu trois ans dans le Caucase contre les Tchètchènes. J'ai presque eu affaire à Chamil lui-même. Le grand-duc de Géorgie m'a décoré. Je t'aime déjà bien, *fiston*.

— Ils luttaient pour leur liberté, as-tu prononcé d'un ton menaçant.

— Qui ça ?

---

1. 1794-1866, surnommé « le Pendeur ». Gouverneur général de Wilno de 1863 à 1865, il organisa une répression sanglante contre les insurgés polonais en 1831 et 1863-64. (N.d.T.)

— Les Tchètchènes. Comme nous, ils s'étaient insurgés pour leur liberté.

— Alors, ça veut dire que je suis un *gredin* ? hoqueta le major.

— Maintenant ce sont peut-être les Tchètchènes qui suivent notre trace dans les bataillons russes.

— Alors, j'avais quand même raison de les percer à la baïonnette ?

— Major, donnez l'ordre à vos hommes d'établir leur bivouac.

— Eh, tu n'as pas, *fiston*, un peu d'eau-de-vie de consolation ?

— Non, nous ne buvons pas.

— Et vous arrivez à vous endormir comme ça, à jeun ?

Ils s'éloignèrent du côté du feu de camp, se mêlèrent à tes hommes. Un brouhaha de conversations animées s'éleva. Tu entendais de plus en plus souvent prononcer avec une crainte religieuse le nom funeste de Mouravioff. De grandes chauves-souris volaient sans bruit en zigzag au-dessus de la clairière.

Soudain, le major Nawalkiewicz surgit à nouveau de l'obscurité. Il avançait d'un pas chancelant, écarquillant timidement ses yeux rougis et haletant péniblement.

— N'aie pas peur, colonel. J'ai le parler fortement mâtiné de russe, mais je suis des vôtres, je suis d'ici. Les Russes m'ont pris dans leur armée, tu sais, cette année-là, tu ne peux pas t'en souvenir, mais tu en as peut-être entendu parler, en 1848. Moi, à ce moment-là ! Demande aux gens qui j'étais ! Oui, mais après, douze ans de service, de dur service. Je me suis battu contre les Tchètchènes, contre les Turcs et même contre les Tcherquesses. Mais d'après toi, les Tchètchènes, on n'aurait pas dû ? Tu trouverais peut-être quand même une goutte d'eau-de-vie ? J'ai toutes sortes de pensées en tête avant la nuit. Tu penses qu'on va la faire, la Pologne ?

Tu te taisais, il sauta d'un pied sur l'autre, se moucha élégamment entre deux doigts et se dirigea lourdement vers le feu de camp d'où jaillissaient vers le ciel noir des gerbes d'étincelles farouches.

Puis tu as somnolé jusqu'à l'aube et le sommeil se mêlait à la veille. Tu voyais de réelles patrouilles de cosaques, de vrais attelages d'artillerie et des silhouettes presque tangibles de soldats qui marchaient sur toi avec des baïonnettes.

Et tu rêvais du feu de camp, des insurgés somnolents flottant dans l'éclat sanglant de la flamme et tu rêvais de la clairière pleine des brumes de la rivière.

Lorsque le soleil s'est levé dans un cortège de nuages sombres, pleins d'un nouvel espoir, vous avez récité en commun votre prière et tu as donné l'ordre de lever le camp. Les restes du feu de camp ont été arrosés d'eau de la rivière, on a renvoyé les chariots inutiles et une colonne de marche s'est formée sur la route. L'adolescent au fusil anglais a tiré de ses bagages l'étendard de ton détachement, l'étendard de ta troupe d'insurgés. Tu l'as donc nommé porte-drapeau, et Ildek, le garçon en pelisse, et l'un de ses cousins ou voisins se sont aussitôt portés volontaires pour l'escorter. Et sur cette pelisse, trop chaude pour ces jours de printemps, trop large pour ces épaules minces, sur cette pelisse provinciale, démodée, on voyait des restes de bâtis, les dernières traces de vigilantes mains maternelles. Moi aussi, j'étais parti comme ça par une nuit de décembre, vêtu d'une pelisse confectionnée par ma mère, une pelisse sans queue ni tête, une pelisse-crêpe de deuil, une pelisse touffe d'étoupe de mon nid familial.

Et le vent vif s'est emparé de l'étendard et l'a déployé au-dessus de la tête des soldats, bande amarante avec les emblèmes blancs de l'Aigle et du Cavalier. Vous êtes partis vers le sud, laissant au milieu du chemin le gueux libéré. Le vagabond barbu vous a suivis du regard un long moment, puis il a levé sa main et a tracé le signe sacré de la croix.

Tu entendais derrière toi des bruits de pas nombreux, une joie soudaine est descendue sur toi du ciel nuageux. Tu as entonné le chant des élèves de l'école des officiers de Gênes :

Roses, roses de chez nous
Longtemps encore, longtemps
Les tempêtes de neige mugiront
Plantons-les pour l'été qui vient.

De plus en plus de voix fortes se joignaient au chœur. Ce chant leur avait plu tout de suite, peut-être certains d'entre eux le chantaient-ils en cachette chez eux pendant les interminables soirées pluvieuses de l'automne.

Arrachés à notre terre natale,
Nous ne verrons peut-être pas leurs fleurs
Plantons-les donc pour d'autres
Pour un monde plus heureux
Plantons-les.

Au-dessus de vous, dans le ciel qui s'assombrissait, une énorme bande de choucas tournoyait. De rares gouttes de pluie clapotèrent dans les feuilles d'érables et cessèrent aussitôt.

Comme notre sort est beau, élevé,
Où nous passons, il n'y a que des églantines,
Derrière nous, les roses ont poussé
Ne nous éloignons donc pas de notre chemin.

Après quelques heures de marche les estafettes t'ont prévenu qu'il y avait devant vous un petit village de forêt et qu'il n'y avait pas moyen d'en contourner les quelques chaumières. Tu as fait arrêter ton détachement au bord de la route. Les plus faibles se sont aussitôt allongés sur les feuilles sèches de l'année précédente. Les plus débrouillards fouillaient déjà l'herbe à la recherche d'oseille sauvage.

Tu as sorti la bourse remise par Mokrys et tu as partagé la solde entre les insurgés.

— Vous pouvez acheter de quoi manger au village, as-tu dit. Le major sera responsable de l'ordre. Je donnerai l'ordre du rassemblement en sonnant du cor.

— Eh ben, tu nous amènes à Varsovie *à pied*, fit Nawalkiewicz amer.

Du dos de sa main, il essuyait la sueur abondante de son front. Il était évident qu'il n'appréciait pas cette marche forcée.

— Les Russes ont peur des bois. Plus nous nous enfoncerons dans la forêt, plus nous serons en sécurité.

— Ils nous suivront même au diable. Moi, je les connais. Je sens tout le temps leur puanteur dans l'air.

Ils se dirigèrent vers le village en troupe désordonnée. Toi, tu étais resté à la lisière de la forêt. Des frissons brûlants te parcouraient l'échine et tu savais bien que c'était le début d'une attaque de la fièvre que tu avais rapportée de Turquie. De nouveau, des gouttes de pluie tombèrent, grosses comme des grêlons. Le ciel se cacha derrière des monceaux de nuages noirs. Mais les choucas se montrèrent à nouveau au-dessus des couronnes immobiles des arbres. Ils jasaient sur un ton monotone, décrivant de grands cercles au-dessus de la forêt épaisse séparée en deux par la cicatrice du chemin.

La carriole d'un Juif arriva du village au galop. Elle était conduite par le major lui-même qui, dans l'excitation, avait perdu son chapeau. Tes soldats couraient derrière la carriole, tout excités, suivis du commerçant juif, encore plus ému.

Le major arrêta l'attelage près de toi et sauta à terre.

— J'ai apporté de quoi nous soigner. *Donne l'argent*, mon colonel, déclara-t-il triomphalement.

Sur la carriole il y avait un petit tonneau cerclé de cuivre.

— Voyons, major, ce n'est pas le moment de faire la noce. Nous sommes en marche.

Le major s'est approché et t'a regardé dans les yeux d'un air entendu.

— Je sais, moi, *mon pigeon*, ce que c'est que la fièvre paludique. J'ai été au Caucase et dans les Balkans. Je t'ai observé, *fiston*, quand tu dormais. Moi aussi, j'ai eu des frissons cette nuit. Le vin de raisins secs ne fera de mal à personne, et ça nous requinquera tous les deux.

Le commerçant juif s'est approché également, faisant des révérences jusqu'à terre.

— Je vous prie de me payer, monseigneur le militaire. Mon cheval est fait pour le commerce, pas pour le galop. Ces messieurs les insurgés m'ont pris toute ma marchandise. Je me sauve, ajouta-t-il en yiddish.

Tu lui as jeté la bourse avec le reste de l'argent. Il l'a attrapé au vol et, sans en vérifier le contenu, l'a fourré cupidement sous sa chemise.

— Mais tiens ta langue. Ne dis à personne que tu nous as rencontrés.

— Ça va de soi. Dieu vous donne la santé et des enfants intelligents, puissant seigneur.

Il bondit vivement sur le cabriolet vide, cingla le ventre du cheval d'un bon coup de fouet et s'élança dans un galop encore plus effréné vers le nord, en direction d'Oszmiana. Pendant ce temps, les insurgés avaient décacheté le tonneau et le petit vin juif limpide coulait déjà dans les bidons et les gobelets.

— Karnowski, Karnowski, viens voir ici, as-tu appelé.

Il s'empressa d'accourir avec son gourdin à faire tomber les bonnets. Son épaisse tignasse bouclée était déjà mouillée par les premières gouttes de pluie. Des mèches de cheveux sombres couvraient ses yeux noirs attentifs.

— Qu'est-ce que tu en penses, ce commerçant va nous trahir ?

— On ne peut pas être sûr. C'est un homme ignorant. Il peut trahir par peur ou par bêtise.

On sentait dans sa voix gutturale une ombre de contrariété. Il t'en voulait de l'interroger lui, et pas un autre, sur le commerçant.

— Cela n'a plus d'importance. Ils sont au courant, de toute façon.

Tu as été secoué de violents frissons, car à nouveau la pluie tombait, cette fois plus fine et plus drue.

— Qu'il pleuve, cela effacera nos traces.

— Attends, Karnowski. Notre sort va bientôt changer maintenant. C'est nous qui allons les poursuivre et eux qui se mettront à fuir.

— Je suis du même avis, mon colonel.

— Alors va rejoindre les sentinelles d'arrière et surveillez bien la route.

Le tonneau était déjà vide. Un gaillard l'a soulevé au-dessus de sa tête et lancé dans les épais buissons de bourdaine. Le major Nawalkiewicz t'a tendu son bidon russe dans lequel résonnait un quart de vin de raisin. Tu as fait couler dans ta gorge brûlante quelques gorgées de liquide douceâtre et un brusque dégoût t'a fait tousser.

— Tu as avalé de travers, a remarqué le major. Tu as pris l'habitude des vins italiens ou français, *mon pigeon*. Mais ici, il faut se contenter du vin *juif*. Force-toi à boire, pour ta santé, sinon cette fièvre va te secouer comme un prunier.

Le murmure de la pluie augmentait, recouvrant d'un désespoir automnal cette forêt qui venait à peine de s'éveiller à la vie. Les choucas s'étaient tus, ils se posèrent quelque part derrière le village dans la haute verdure du seigle ou de l'orge.

— Major, puis-je savoir pour quelles raisons vous vous êtes joint à mon détachement ?

Il t'a lancé un regard prolongé de dessous ses sourcils poivre et sel.

— Peut-être par caprice, ou par pénitence pour expier mes péchés. Qu'est-ce que ça peut te faire ?

Vous avez alors aperçu le chef de la garde arrière qui courait sur la route : un grand gaillard avec une carabine et un grand sabre de uhlan. Il s'est précipité vers vous et la voix brisée par l'émotion a déclaré, oubliant le règlement :

— Les Russes, il y a plein de soldats derrière nous.

— A quelle distance ?

— Est-ce que je sais, à une verste, une verste et demie.

— Ils avancent en colonne de marche ?

— J'ai pas eu le temps de voir les détails. Ils se montrent à la lisière de la forêt puis s'y recachent.

Tu as sorti ton pistolet de ta ceinture. Le silence était si profond alentour que vous pouviez entendre le grincement régulier d'un levier au-dessus d'un puits à la lisière du village. Les insurgés restaient figés dans une attente incertaine.

— Sonnez le rassemblement. Nous partons.

Aussitôt, le gémissement du cor de chasse retentit. Avec une rapidité exemplaire, les insurgés se mettaient en ordre sur le chemin déjà détrempé. La pluie s'épaississait comme pour voler au secours des hommes traqués.

— *Fiston*, s'est écrié le major, je ne sais pas qui t'a appris à faire la guerre, mais à mon avis on n'aura pas assez de toute la forêt pour nous enfuir. Est-ce qu'on est des couards ou des *moucherons* ! Viens, arrêtons-nous au village et sautons sur les Russes. Tu verras, ils s'affoleront tout de suite.

Tu as pris un ton menaçant.

— Major, vous avez été placé sous mes ordres. Je vous somme de prendre le commandement de la garde d'avant et de vous mettre tout de suite en marche dans la direction de Rosoliszki.

— Ce n'est pas notre affaire de marchander le beurre quand on nous donne des ordres, a répondu par un proverbe biélorusse le major Nawalkiewicz.

Il a rectifié sur sa calvitie toute rouge son étrange chapeau de chasseur et il est parti en direction du village en dépassant la colonne des insurgés.

Vous marchiez le long du chemin sinueux à travers la forêt uniforme dans la brume. Vous étiez déjà complètement trempés par la pluie et le dos courbé des hommes était fumant de fatigue.

Quand la tête de la colonne s'arrêtait un moment devant quelque obstacle et que le bruit des pas cessait, tu entendais le chant lointain des soldats russes, la plainte sauvage, asiate, d'un chœur orthodoxe. Toi aussi, il n'y a pas si longtemps, tu chantais des chants du même genre à l'école de guerre de Saint-Pétersbourg, sous l'œil peu attentif et distrait du tsar observant les manœuvres forcées.

Tu écoutais donc, le cœur battant, ce chant lointain qui t'était comme familier et pourtant si odieux. Et c'est alors que tu as été soudain pris de panique devant cette bataille qui devait avoir lieu, qui allait avoir lieu dans les prochaines heures, car désormais, ils ne vous quitteraient plus des yeux, ils vous suivraient même au diable, s'il le fallait. Et cette bataille ferait retentir le grondement déchirant des détonations, répandrait l'odeur de la poudre et la soudaine facilité de la mort vous serrerait la gorge. Des gens en priveraient d'autres de vie, ce don de la nature, ou ce don du Ciel. Et brusquement, tu t'étonnes, l'espace d'un instant, du caractère définitif de l'affrontement, de la lutte, de l'acte de tuer. Et tu essaies de penser au lendemain, ou au jour qui viendra dans un an, dans trente ans. Ce jour existera-t-il seulement pour toi ou seras-tu happé par un purgatoire difficile à imaginer, ou par le néant pressenti depuis toujours, le vide noir du non-être ?

La tête de la colonne est repartie, toi de même, qui fermais la marche ; tu as mis le pied dans le fond d'une grosse flaque, t'éclaboussant. Quelqu'un marchait derrière toi avec un halètement rauque.

— Karnowski, as-tu appelé, sans te retourner.

— A vos ordres.

— Combien de soldats nous suivent ?

— On dirait une centaine environ.

— C'est possible. Une unité. Deux fois autant que nous. Tu es malade, Karnowski ?

— Oui, j'ai un mal de poitrine. Mais ce n'est rien, c'est comme ça depuis des années. J'en ai pris l'habitude.

— Dans le nouvel État polonais, tu pourras te reposer, Karnowski.

— Oui, nous prendrons du repos, mon colonel.

Soudain le chemin s'est interrompu brusquement. Vous êtes montés sur un étroit remblai fait de vieilles poutres pourries. Il était si exigu que vous étiez obligés d'avancer en file indienne. De chaque côté s'étendaient des marais séculaires, terribles, sans fond, couverts d'une herbe chétive où restaient plantées des souches d'arbres morts. Dans la blancheur mortuaire de la brume se terraient des hérons impassibles comme des statuettes de pacotille. Sous vos pieds, l'eau noire et pourrie du marais gargouillait furieusement.

Ton cœur s'est vraiment mis à battre la chamade. Le sang palpitait distinctement à tes tempes. Tu as tourné vers le ciel ton visage, tes lèvres, t'efforçant de saisir quelques gouttes de pluie stérile pour rafraîchir ta gorge desséchée. C'était ton sort de jeune chef qui se décidait. Le sort de ta guerre.

— Fais passer jusqu'à la tête, as-tu chuchoté à celui qui marchait devant toi, arrêtez-vous à la fin du remblai et attendez les ordres.

Le sentier qui traversait le marais avait moins d'un kilomètre. Rapidement, vous avez gagné un terrain plus sec où renaissait la route à travers la forêt. Quelques-uns se sont jetés sans force sur la mousse gorgée d'eau. Tu as crié :

— Major, venez ici !

Vieil épouvantail trempé, le major Nawalkiewicz dans sa vareuse ennemie s'est présenté devant toi. Il avait suspendu son fusil, le canon vers le bas, pour qu'il ne prenne pas la pluie.

— Major, nous allons livrer cette bataille. Vous occuperez la partie gauche avec vos hommes et moi la droite. Les Russes, comme nous, devront franchir le remblai en file indienne. Nos chasseurs auront une cible idéale. Ce doit être le Ciel qui nous envoie une telle occasion. Nous aurons un bon début. Une rencontre victorieuse remontera le moral et non seulement de notre détachement mais de tous les autres. Major, êtes-vous prêt ?

— Tu es malin. Bah ! faut essayer. Mais tu les as entendus chanter ? Oh là là ! ce qu'ils ont de bons chanteurs. Ça donne des frissons dans le dos.

— Major, au nom de Dieu, surtout ne tirez pas sans ordre. Nous devons les laisser arriver le plus près possible. Nous ouvrirons le feu au signal de la trompette, c'est-à-dire du cor. Est-ce que vous m'avez compris ?

— Comprendre quoi ? Eux aussi, *mon pigeon*, ils savent bien que nous les attendrons sans faute à la fin du remblai.

— Alors, à votre poste, et Dieu vous garde ! A nouveau, tu étais secoué par un méchant et funeste frisson.

— *Qui vivra verra*, soupira-t-il. Le pire, c'est que j'ai une dent qui commence à me faire mal.

— Major, je vous demande d'attendre le signal du cor.

— Je sais, je sais, mon colonel. Ce n'est pas à moi qu'il faut faire la leçon.

Non loin de là, sous un érable aux branches étendues, le porte-drapeau continuait de tenir l'étendard déployé dont les bords laissaient tomber de grosses gouttes aux reflets verts. L'inévitable Ildek était en faction tout près. Il serrait hystériquement son vieux fusil au point d'en avoir les phalanges blanchies.

— Pliez le drapeau, as-tu ordonné. Ildek, tu sais viser juste ?

— Je suis le meilleur de la région, se vanta le jeune garçon. Je touche une cible à cent pas, mon colonel.

— Alors, passez de l'autre côté, avec le major, et surtout cachez-vous bien derrière les arbres. Que je ne voie personne traîner sur le chemin.

— Nous sommes tous des chasseurs, mon colonel, fit le porte-drapeau condescendant. Nous savons bien.

— Dommage qu'il n'y ait plus de vin, ajouta Ildek. On a les mains comme des râteaux.

— Nous n'avons pas besoin de nous donner du cœur avec du vin. A vos postes, les gars.

A nouveau, tu es saisi par une crise de tremblement, annonçant un retour de ta maladie. Tu t'effrondres sur la verdure de la forêt cachant ton visage dans tes mains brûlantes. A travers la brume, la pluie, l'indolence de la forêt figée, à nouveau le chant étranger te transperce comme le hurlement des loups.

— Mon Dieu, accorde-nous la victoire, murmures-tu entre tes mains le long desquelles coulent des gouttes de pluie brûlantes. Que tout cela ne soit pas vain. Que ma vie, que la souffrance et le sacrifice de tant de gens... Mon Dieu, Dieu tout-puissant...

Ensuite une détonation retentit et son écho alla errer longtemps par la forêt. C'étaient les soldats qui avaient atteint le remblai. Ils tournaient autour sans oser s'engager sur l'étroi sentier conduisant à travers le marais. Vous entendiez leurs cris et leurs appels, le cliquettement métallique des baïonnettes aux fusils, les ordres gémissants des sous-officiers. Mais personne, semblait-il, n'était pressé d'attaquer. Les hérons, comme s'ils n'étaient pas curieux du spectacle sanglant, s'élevèrent au-dessus du marais et voguèrent majestueusement au-dessus du mur brumeux de la forêt.

Tu as vu tomber juste devant toi une de ces graines d'érable mortes, de l'année précédente, que l'on appelait « nez », car les enfants l'automne, s'amusaient à les ouvrir en deux et à se les fixer sur le nez. Cette petite aile dorée tombait d'une hauteur immense en tournoyant frénétiquement, elle n'en finissait pas de tomber, ne réussissant pas à atteindre la terre mouillée, déjà saturée de pluie.

Enfin, quelques soldats se sont engagés sur la piste noire du remblai. Ils avançaient sans entrain, tergiversaient, s'arrêtaient à chaque instant pour crier quelque chose à ceux qui restaient de l'autre côté. Le bord du marais égrena encore quelques petites silhouettes mouillées, courbées, toutes hérissées par les baïonnettes. Et ils avançaient sans avancer, voulant attaquer sans attaquer. Et vous, vous attendiez, cachés derrière les arbres, les oreilles pleines du bruit de votre sang déchaîné.

De plus en plus de soldats s'engageaient sur le remblai. Ils s'y groupaient en petites assemblées, discutaient de quelque chose, parfois l'un d'eux tirait dans la forêt, la forêt qui gardait un silence méprisant, indifférent, la forêt noyée de pluie.

A la fin, trois audacieux se sont approchés à vingt pas et se sont agenouillés sur les poutres pourries, mettant leur carabine en joue dans votre direction. Tu as levé la main, donnant le signal au trompette. Le cor a retenti timidement, mais avant qu'il n'ait eu le temps de résonner pleinement, avant qu'il ne se changeât en ordre, l'un des soldats a tiré à la sortie du remblai. Alors, tu as entendu à travers le bruit faiblissant de la détonation, le hurlement affreux, inhumain d'un homme en train de mourir, un violent bruit de pas, le craquement de branches brisées et ces clameurs pleines d'effroi : « Sauve qui peut ! », « Sauve qui peut ! »

Les soldats sur le remblai eux aussi ont pris leurs jambes à leur cou. Ils couraient de toutes leurs forces de leur côté de la forêt. En un clin d'œil, toute l'unité russe avait disparu dans la brume blanche uniforme. Il s'est fait un tel silence que tu pouvais entendre claquer du bec une cigogne qui venait de se poser sur son nid.

— Karnowski, viens ici ! as-tu lancé d'une voix étouffée.

Mais personne n'apparut ni ne répondit. Seules les gouttes de pluie tombèrent plus drues sur un buisson de lilas noir. Dans les hauteurs, le premier vent s'approchait déjà, le vent de nord-est qui gâte souvent de gelées blanches un printemps trop précoce.

Secoué par la fièvre, tu t'es levé de la terre glacée. Tes insurgés n'étaient plus derrière les arbres voisins. Tu as fait quelques pas sur le chemin.

— Major, où êtes-vous, major, que s'est-il passé ?

Le vent abaissa son vol. Les arbres se penchèrent avec un bruissement élevé, comme un chœur en colère prononçant une malédiction. Tu as bondi de l'autre côté du chemin, trébuchant sur un fusil abandonné encore chaud des mains qui l'avaient tenu.

Et soudain, tu t'es arrêté et tu as ressenti un froid terrible. Devant toi, dans un buisson dévasté, gisait un homme mort. C'était Ildefons, le garçon à la pelisse, le benjamin des insurgés. Il était allongé sur le dos, les bras en croix, ses doigts s'étaient agrippés aux feuilles de chêne sèches et il en tenait de pleines poignées comme s'il voulait vous les jeter dans les yeux. Au-dessus de son sourcil gauche, un grand trou bleu brillait d'une lueur rouge.

— Mes hommes ! as-tu hurlé. Où êtes-vous ? Je vous en conjure, au nom de Dieu !

Il n'y avait plus ni Russes, ni insurgés. Il n'y avait que la forêt tout occupée d'elle-même, la forêt qui grondait comme un moulin, et la pluie et une brume d'automne stagnante. Tu as parcouru les chemins de traverse au bord de la route. Partout, il y avait des armes abandonnées : des fusils, des sabres, des revolvers, des cartouches. A côté d'un arbre déraciné, tu as aperçu votre étendard, près duquel on voyait la tache noire d'une houppelande que quelqu'un avait abandonnée pour alléger sa fuite. Tous avaient fui au premier coup de feu. Les assaillis comme les assaillants. Moi aussi, j'ai dû vivre un pareil moment et même, si je me souviens bien, plusieurs de ces instants bizarres, pleins d'une étrange épouvante.

Tu es retourné auprès d'Ildefons, retenant tes spasmes de plus en plus forts, provoqués par la fièvre ou tout simplement les sanglots. Tu as fermé ses yeux écarquillés. Tu as joint sa bouche comme pleine de dents trop grandes, croisé ses mains encore tièdes sur sa poitrine. Il gisait sans défense et s'imprégnait d'eau. Tu l'as couvert d'une large branche de merisier en fleur. Et maintenant il était là, allongé dans l'immense touffeur mauvaise des petites fleurs blanches.

Le vent chassait les nuages. Un ciel inondé de pourpre se montra. C'était la fin d'un mauvais jour. A nouveau, venait la nuit sereine qui allumait les lumières des galaxies lointaines. Tu as rassemblé les armes abandonnées, ramassé le drapeau lourd de pluie et traîné tout ça jusqu'à l'énorme tronc creux d'un vieux chêne. Tu y as caché également ton sabre, ne gardant sur toi que le revolver de Sulistrowski. C'est ainsi que s'est terminée ta campagne de 1863.

Toute la nuit, tu as somnolé debout comme un héron sous un arbre qui soupirait plaintivement dans le vent. Tu voyais sans cesse émerger de la forêt tes anciens amis et ennemis qui te voulaient quelque chose, te maudissaient et te menaçaient. Ils semblaient un moment disparaître pour surgir à nouveau de derrière l'arbre déraciné et tendre vers toi leurs mains crochues. Tu voyais, dans cette campagne, ton père et les colonels de l'École des ingénieurs de guerre de Saint-Pétersbourg, tes sœurs en deuil et tes geôliers turcs, tes camarades de Gênes et le prêtre qui t'avait appris le catéchisme, les zouaves français et Garibaldi. Toute ta courte vie fondait sur toi de toutes parts. Tout ton modeste univers t'adressait les plus affreux, les plus terribles griefs que tu ne pouvais repousser, dont tu ne pouvais te justifier.

Parfois, tu te réveillais, rappelé à la conscience par tes propres gémissements. Lentement, la mémoire te revenait, mémoire de ton sort affreux et de votre défaite absolue. Le sort et la défaite d'une génération de plus dans le pèlerinage de tant de générations de Polonais. Et tout près, dans l'obscurité, le bouillant Ildek, à qui sa mère avait confectionné une pelisse démodée, dormait de son dernier sommeil, et, du haut du ciel, les étoiles lançaient de leurs yeux myopes des regards distraits.

Enfin, l'obscurité pénétra dans la terre amollie. Une grue lança un cri au milieu des marais comme réveillée d'un cauchemar nocturne. Les premiers arbres familiers émergèrent de l'obscurité. Un nuage du soir attardé se consumait en plein ciel.

Tu t'es fabriqué une canne avec une branche et, chassé par tes frissons, tu t'es mis en marche dans la direction de Rosoliszki. Tu avançais en boitant, trébuchant sur des racines difformes, varices pétrifiées de la forêt; enfin, tu as aperçu une maison robuste à la lisière de la forêt, une maison avec des fenêtres et une cheminée au-dessus de laquelle montait un mince filet de fumée. Non loin de là, Rosoliszki s'éveillait sous sa couverture bouclée de verdure printanière.

Tu as poussé la porte de l'entrée, pleine de l'odeur des champignons, et tu as pénétré dans une vaste cuisine dont le coin gauche était occupé par un énorme four. Autour de ce four s'affairaient trois jeunes femmes en jupe et chemise de lin, le visage rougi par la chaleur, échauffé par le travail. Elles sortaient du four de terre cuite des braises saupoudrées de cendres, préparant la place pour enfourner de grandes miches de pain brillantes où étaient gravés de profonds signes de croix. Dans l'échancrure de leur chemise, tu voyais leurs beaux seins lourds recouverts du fin vernis d'une sueur délicate. Tu observais cette agitation domestique, séculaire, évoquant quelque chose de très poignant; elles ne t'avaient même pas remarqué, occupées par leur rituel. Enfin, les étincelles ont jailli du petit monticule de charbon de bois, elles ont fait un bond en arrière, se réfugiant sur le coin du sol en terre battue où s'étalait le reflet brumeux du soleil levant.

Et c'est à ce moment-là qu'elles t'ont aperçu.

— *Gloire à notre Seigneur Jésus*[1], as-tu prononcé avec peine.

— Pour les siècles des siècles, a répliqué l'aînée.

— Je demande l'hospitalité. Je suis en voyage et j'ai grand-faim.

Elles te dévisagèrent, échangèrent un regard et la plus

---

1. Forme de salutation traditionnelle encore en vigueur dans les campagnes. (N.d.T.)

jeune, apparemment la maîtresse de cette maison, dit d'une voix chantante :

— Eh bien, qu'il se mette à table. Nous allons déjeuner tout de suite.

Tu as eu de la peine à t'installer sur le vieux banc sous la fenêtre. La plus jeune, au nez retroussé, reluquait de ton côté d'un air curieux.

— Où donc allez-vous comme ça, jeune seigneur ?

Elle t'interrogeait tout en faisant couler de la pâte sur une grande poêle en fonte.

— A Nowogrodok, as-tu répondu après réflexion.

— Vous avez un long chemin à faire. Nous allons servir le déjeuner, vous pourrez manger, jeune seigneur. Nous, nous nous levons avec le soleil, la forêt aime l'aube, nos hommes sont au bois.

Les plus âgées poussaient dans les sombres entrailles du four les miches sentant l'acidité forte, tandis que la cadette faisait cuire des blinis sur la braise qui refroidissait. Sous le rebord du toit, on entendait les cris d'hirondelles querelleuses.

— Vous tremblez de fièvre, jeune seigneur, remarqua l'aînée avec bienveillance.

— Ce n'est rien. C'est le manque de sommeil. Je me suis perdu dans la forêt.

— Par les temps qui courent, la forêt n'est pas sûre. C'est dangereux de voyager seul comme ça.

— Je n'ai pas peur des brigands.

— Des brigands, peut-être pas. Mais d'autres choses, oui.

Tu es resté muet, désirant éviter ce sujet épineux. Un grand chat aux rayures sombres a sauté du poêle, s'est étiré en bâillant de plaisir, puis s'est approché de toi et s'est frotté contre tes jambes.

— Regardez-le, il a tout de suite adopté l'étranger, s'est étonnée la plus jeune des trois.

Elle te souriait avec une candeur enfantine :

— *Minou, minou, où étais-tu, avec qui as-tu bu le lait* ?

Les jeunes et jolies paysannes, sentant ton regard sur elles, bougeaient avec une grâce dansante. Certes, elles rectifiaient avec de petits rires étouffés leur chemise brodée sur leur poitrine, mais on devinait tout de même, sous la toile grossière, leurs corps chauds, palpitants et sentant l'eau de rivière. Moi aussi, je rêvais de leur beau corps mystérieux par les soirées d'automne de l'année 1944, quand nous distillions en secret notre vodka cachés dans le foin et qu'elles, invisibles dans la nuit, chantaient leurs chants poignants, leurs chants pareils à des pleurs, leurs chants pareils à une lamentation, leurs chants comme une terrible nostalgie d'on ne sait quoi. Et je ne peux m'empêcher de repenser à cette petite Emilia aux cheveux pâles, aux cheveux cendrés, Emilia aux cheveux d'argent, au teint clair comme les pommes de chez nous ou le miel de juillet, peut-être plutôt comme la bruyère légèrement cendrée, ou plutôt non, pas du tout, car ce teint, cette peau, il est impossible de les décrire; mais son frémissement, son éclat, ses palpitations délicates me rendaient fou et toi aussi, ils te faisaient perdre la raison, car à toutes les époques ont vécu, dans les manoirs et les villages de cette terre lointaine, et même dans les hameaux perdus dans la forêt, de petites Emilia roses et dorées dont on rêve jusqu'à la fin de ses jours.

Or, la plus jeune, qui pouvait aussi bien être une petite Emilia, t'a apporté sur la poêle un grand blini d'avoine et te l'a posé sur une écuelle de terre cuite. A côté, dans une petite casserole, craquait du lard fondu. Tu as détaché un morceau de blini, tu l'as roulé, t'apprêtant à le plonger dans la graisse et c'est à ce moment-là que trois hommes, des forestiers, ont brusquement fait irruption dans la cuisine. Sans rien dire, ils ont rangé dans un coin leurs haches de balivage; en silence, ils t'ont regardé, toi qui luttais contre une brusque envie de dormir, tenant entre tes doigts sales un morceau de blini brûlant.

— C'est un voyageur. Il se rend à Nowogrodok, s'est empressée de dire celle qui pouvait être Emilia.

Sans rien dire, ils se sont attablés à côté de toi. Il montait d'eux une fatigue pleine de l'odeur de la résine. Ils avaient beau fixer leur regard sur la table noueuse, tu sentais bien qu'ils t'observaient. Tu grignotais sans appétit le blini séché où brillait une goutte de graisse dorée.

— C'est dangereux de voyager dans un pareil costume, a dit l'un des forestiers, noiraud aux grands yeux douloureux.

— C'est un costume comme un autre, pourvu qu'il soit confortable, as-tu répondu avec une amabilité affectée.

— La saison aussi est dangereuse, reprit le noiraud. C'est

une année pas comme les autres, la nature est détraquée, les hommes sont furieux comme des loups.

— Je me rends chez des parents, je veux arriver pour la moisson, as-tu déclaré avec un zèle qui t'a semblé suspect à toi-même.

Le noiraud gardait les yeux fixés sur toi ou, derrière toi, sur les vitres troubles dont le verre était marqué par les cicatrices de petites bulles d'air figées. Emilia s'est alors approchée doucement, elle a caressé, de sa main échauffée, tes cheveux, ton front, comme si elle prenait sous sa protection un malade pour le protéger des hommes, d'un moment funeste, de la vie inconnue.

— Ce n'est pas l'homme qui changera le monde, dit le noiraud, le regard perdu dans des souvenirs aveuglants de douleur. L'homme est né pour souffrir. Souffrance et néant. J'ai perdu mon bonnet dans la forêt. Il faut retourner le chercher.

— Mange les blinis, sinon ils vont refroidir, est intervenue la petite Emilia.

— Non, petite femme, il faut d'abord retrouver ce qui est perdu.

Il s'est levé de table, s'est dirigé vers la porte. Il s'est arrêté sur le seuil, t'a regardé, a hésité un instant mais, en fin de compte, il s'est précipité dehors en faisant fuir de grandes troupes de moineaux.

— Il est bon, a dit Emilia avec douceur. Il a la vie dure, il souffre, il lui arrive de pleurer, la nuit. Mais il est bon, honnête. Il a passé toute sa jeunesse en Sibérie.

— Et pourquoi a-t-il été déporté ? as-tu demandé, assourdi par la fièvre qui battait la chamade dans chaque fibre de tes muscles alourdis.

— Qui sait ?

Emilia caressait machinalement tes cheveux secs, énergiques, car à cette époque-là, comme moi, tu avais sur la tête une grosse meule de cheveux abondants, rebelles, secs comme du foin de printemps.

— Il ne dit jamais rien. Parfois, seulement, il lui arrive de crier avant l'aube, il se réveille et il reste muet jusqu'au lever du jour.

— Un gueux errant m'a prédit que je vivrai dans de lointains pays du Sud où le soleil ne se couche jamais.

— Ce que Dieu voudra, cela sera, intervint l'un des forestiers barbu, les yeux fixés sur son écuelle de lardons. On peut vivre partout. Tout est écrit là-haut, pour nous tous.

Il montra le plafond au-dessus duquel il y avait le ciel de printemps délavé par les pluies.

— Mange, jeune seigneur, mange, tu reprendras des forces et tu iras rejoindre ta promise, chuchota Emilia.

Tu sentais sur tes tempes sa chaleur mêlée à l'odeur de la fumée.

— Ma promise — as-tu murmuré comme dans un rêve qui n'était autre que l'étourdissement provoqué par la fièvre, ma promise, c'est la Pologne. Pologne aux cheveux d'or, sanglante, captive.

Le barbu s'est penché par-dessus la table :

— *Qu'est-ce que tu racontes ?*

A ce moment, la porte s'est ouverte. Le forestier noiraud aux yeux douloureux est apparu sur le seuil, masquant de ses larges épaules deux paysans dont l'un portait sur l'épaule un grand rouleau de cordes, c'est-à-dire de courroies de chanvre. Ils sont entrés dans la salle avec précaution et les paysans ont retiré pieusement leurs bonnets de mouton passés.

Le forestier a sorti de sous sa chemise un rouleau de papier raide, l'a déroulé et t'a demandé avec un petit sourire douloureux :

— Le jeune seigneur peut-il nous lire ça ?

— Est-il possible que vous ne sachiez pas lire ? as-tu dit en relevant avec peine ta tête qui bourdonnait.

— Personne ne sait lire ici. Et pourtant, il faut bien lire ça car on nous l'envoie d'Oszmiana.

Tu l'as regardé un moment dans les yeux, ses yeux pleins de douleur et de méchanceté, de tristesse et de haine, de peur et de détermination.

— Tu es un drôle d'homme, as-tu murmuré.

— Les paysans te demandent une faveur. C'est un papier officiel. Lis-leur et passe ton chemin, l'homme.

Tu t'es levé du banc malgré toi. Les femmes ont fermé le four d'une plaque de fonte. Sous le plafond, flottait l'odeur douceâtre, traître, de l'oxyde de carbone. Brusquement, la pièce s'est mise à tourner devant tes yeux avec ses occupants qui s'étaient figés, le sol s'est mis à fuir dans un abîme, te forçant à te retenir au bord glissant de la table.

— Donne ce papier, as-tu dit, pris d'une angoisse soudaine, incompréhensible.

Il t'a glissé le rectangle où l'encre n'avait pas encore séché. Les lettres dansaient devant tes yeux, mais tu as fait un effort pour surmonter ce chaos déchaîné de la fièvre et tu as commencé à faire sortir de cet embrouillis d'encre, des mots séparés :

— « Aux paysans des Gouvernements Occidentaux de l'Empire. En raison des troubles provoqués par des individus disposés à la révolte, en raison du désordre régnant dans certains cantons, en raison des protestations portées devant le trône par des sujets bien-pensants, en vertu d'un Ordre Supérieur, je recommande à tous les paysans de prendre part activement à la lutte contre les manifestations de révolte criminelle. Il convient de capturer et de remettre sans délai aux autorités militaires tous les individus armés se présentant aussi bien dans les bois que dans les villages, tous les inconnus de sexe masculin ne possédant pas de papiers crédibles, ainsi que tous les individus suspects quels qu'ils soient. J'établis comme suit les récompenses offertes pour la capture des criminels : pour un individu non armé, trois roubles... »

Tu as interrompu ta lecture, relevant les yeux de l'avis. Ils étaient tapis devant toi comme près de bondir. Quelque part dans les prés, près de Rosoliszki, un berger chantait, nostalgique, d'une voix de fausset plaintive : « *Et toi, Halina, jeune Halina...* » Tu t'efforçais d'avaler ta salive sèche dans ta gorge serrée.

— Eh bien lis, jeune maître, ce que le gouverneur offre de récompense aux pauvres gens, a dit sourdement le forestier noiraud.

— Soyez damnés, as-tu voulu murmurer en portant la main sous le revers de ta houppelande, là où était ton pistolet.

Mais ils ont été plus rapides que toi. Ils ont bondi de tous côtés comme des loups, en un clin d'œil ils t'ont allongé sur la terre battue et déjà ils te ligotaient de leurs cordes de chanvre comme un mouton. Tu entendais dans le lointain les cris étouffés des femmes, les sanglots désespérés de la petite Emilia qui peut-être essayait de te défendre, les cris furieux des paysans ou peut-être des forestiers ; enfin, tout s'est calmé, tout est devenu mou, sourd, comme si on t'avait plongé dans de l'eau chauffée au soleil.

Puis une douleur aiguë dans les bras t'a réveillé. Tu avais les bras énergiquement tordus dans le dos et ligotés avec une minutie de paysan.

Les deux villageois retournaient tes poches sous l'œil du forestier lugubre. Ils en ont sorti, l'un après l'autre, ton pistolet, ta montre en or, ton argent, tes papiers d'insurgé et tes notes. Le forestier les examinait avec une étrange dextérité et les posait sur la table.

— Prenez la montre et l'argent. C'est plus que vous ne recevrez en récompense, as-tu gémi.

— Tu t'es révolté contre ton propre destin, a déclaré le forestier, tu auras la peine que Dieu t'a réservée.

— Une terrible malédiction s'abattra sur vos têtes et sur celles de tous ceux d'ici.

— C'est Dieu qui a institué l'autorité. Ce n'est pas à nous, pécheurs, de mettre en cause Ses jugements.

— Pourtant toi-même, l'inconnu, tu as un jour souffert comme moi aujourd'hui.

— Conduisez le colonel dehors. Qu'il regarde encore le ciel et la forêt, a ordonné le forestier.

Ils t'ont traîné à travers le vestibule obscur jusque sur le perron envahi par le liseron. Les petites fleurs violettes s'étaient déjà recroquevillées par peur du soleil importun. Le berger continuait son chant nostalgique sur Halina, l'inconnue.

Près du chemin, il y avait une charrette entourée de soldats qui pouvaient être des Tchètchènes du lointain Caucase. Deux cosaques retenaient à grand-peine leurs chevaux importunés par les taons.

L'attelage souillé de purin séché s'est dirigé vers le perron et s'est arrêté devant toi qui étais soutenu par les deux paysans silencieux. Les cosaques, entraînant leurs montures fougueuses, se sont précipités derrière la charrette. L'un d'eux portait les insignes d'*essaül.*

— *Va, mon gars,* l'un des paysans t'a donné une tape dans le dos.

Ils t'ont fait descendre du perron. L'autre cosaque, simple soldat, a avancé sur toi avec son cheval et, lorsque tu as trébuché, il t'a cinglé de son fouet sur la tête. Cela t'a donné très chaud et le sommet de la tête s'est mis à te démanger, mais tu ne pouvais pas te gratter car tu avais les mains liées dans le dos.

Alors les paysans ont crié « ho-hisse ! » pour prendre leur élan et t'ont jeté sur la voiture. Ensuite, ils t'ont attaché les jambes aux ranches avec une minutie de fermiers tatillons.

Des soldats en capotes déboutonnées sont accourus ; ils avaient la peau mate, les yeux noirs ; sans doute des Tchètchènes.

— *Gare à toi, rebelle, fils de pute*, a crié l'un d'eux d'une voix rauque et il t'a donné un coup de crosse dans les côtes.

Un autre a complété par un coup dans ta gorge découverte. Tu n'as pu retenir un gargouillis de douleur en te cachant le visage dans le creux de l'aisselle.

— *A Wilno, on te jugera et ce sera la potence, tu comprends, monsieur le Polonais* ? t'a dit un vieux sous-officier aux moustaches grises tombantes.

Il te regardait attentivement, il était curieux de ta réaction. Mais toi, tu ne faisais qu'écouter le bruit qui résonnait sous le cercle de tes côtes, ce tumulte brûlant prêt à faire éclater le crâne qui te démangeait. Par la fente de tes yeux, entre tes paupières gonflées, tu voyais un petit bout du chemin et une croix de bois au bord de la route et à côté de cette croix moussue, tu voyais passer quelqu'un de courbé, de malheureux et il te semblait que c'était Karnowski qui s'en allait Dieu sait où, comme moi aussi, plus d'une fois, j'ai eu l'impression de voir mon Karnowski, celui dont toute ma vie, sans raison particulière, j'ai gardé le souvenir depuis mon enfance.

L'essaül te regardait de la hauteur modeste de son petit cheval maigre. Il répétait à mi-voix, comme à l'adresse de son prisonnier, mais plutôt pour lui-même, ces strophes célèbres du plus grand poète des Slaves de l'Est :

A nouveau nos étendards se ruent
Dans les brèches de Varsovie abattue
Et la Pologne comme un régiment en marche
Jette dans la poudre sa bannière en sang
Et la révolte écrasée se tait[1]...

Il a levé le bras, donnant le signal du départ. Les soldats ont entouré étroitement la charrette, le paysan a fouetté les

1. Vers de Pouchkine, en russe dans le texte (N.d.T.)

chevaux. Tu as tourné la tête péniblement, pris du désir absurde d'apercevoir cette petite maison de forestiers avec sa fumée claire, réconfortante, qui jaillissait tout droit dans le bleu printanier du ciel. Et tu as aperçu le forestier qui t'avait livré. Il regardait ton corps maltraité, tes jambes honteusement écartelées comme celles d'un porc étripé, le sillon sanglant collé à ton front comme une sangsue; et il murmurait quelque chose. Dans ses yeux, il y avait peut-être quelque chose d'humide et dans sa voix, quelque chose d'incertain lorsqu'il remuait ses lèvres de bois; quant à toi, mon frère d'il y a quatre vingt un ans, tu as lu sur les lèvres frémissantes du forestier cette question que nous connaissons depuis toujours :

— A quoi bon ?

Dans la queue, rien de nouveau. On dirait qu'elle s'est un peu gondolée, desserrée et un rien déplacée. Pourtant non, tous sont restés à leur place. La lumière chiche des bougies couvertes de larmes de cire déforme les proportions et dénature les visages fatigués. Iwona regarde de ses grands yeux à fleur de tête, c'est nous qu'elle regarde ou peut-être moi, tandis que nous secouons la neige collée à nos chaussures en entrant dans le magasin.

La directrice du magasin, aidée d'un homme en blouse noire, apporte la première boîte de carton. La queue se resserre, se presse contre le comptoir où il est écrit : « prière de ne pas s'appuyer ». Je reconnais l'écriture d'Iwona, bien que je n'aie jamais vu l'écriture de cette jeune Méditerranéenne.

— Où étais-je donc, où est ma place ? s'affole la paysanne affublée depuis plusieurs heures de son énorme balluchon.

Tous se taisent avec une indifférence vigilante.

La directrice du magasin montre la tête de la queue :

— Venez par là.

— Eh là ! s'écrie l'un des ouvriers du bâtiment. Qu'est-ce que c'est que ces histoires ?

— Vous voyez bien que cette personne n'est pas d'ici, dit froidement la directrice en rectifiant d'un grand ongle rouge sa coiffure affaissée.

Des cris retentissent à l'arrière :

— Ne la laissez pas passer ! Défendez-vous !

Le petit groupe se ramasse, se penche au-dessus du comptoir de verre, les flammes des bougies se balancent, affolées, le carton de l'emballage craque, la directrice plonge les mains à l'intérieur, tâte le contenu en nous toisant d'un œil sévère et injecté de sang, produit des bruits de froissement et de frottement, abaisse une paupière, sort sa langue, se crispe sous l'effort, essaie d'extraire quelque chose qui lui échappe ; finalement, elle tombe presque à la renverse avec seulement une poignée de sciure de bois.

Ceux qui sont les plus près la relèvent, et lui demandent avec sollicitude :

— Et alors, qu'est-ce qu'il y a là-dedans ?

La directrice hoche la tête :

— C'est bizarre.

— C'est de l'or.

— Plutôt de l'argent.

— Peut-être de l'argent par-dessus et de l'or en dessous ?

— Vous la sortez cette marchandise, bon Dieu, notre patience a ses limites, gronde Duszek.

La directrice remonte sa manche et bouge les doigts comme un chirurgien avant une opération.

— Eclaire-moi, mon petit, dit-elle derrière elle.

Iwona prend une bougie, s'approche de son chef, le regard perdu au-dessus de nos têtes dans la vitrine couverte de poussière de neige. Un unique flocon tombe du plafond, par un hasard incompréhensible, tout droit sur la flamme de la bougie. Iwona s'en saisit et écoute un instant le crépitement douloureux.

— Pas là, éclaire de ce côté, lui conseille la directrice.

Enfin, elle se penche au-dessus du carton et y plonge le bras jusqu'au coude. Elle respire péniblement, danse d'un pied sur l'autre, se raidit et réussit à extraire avec un craquement quelque chose de brillant qui était coincé dans les rabats du carton.

— De l'argent ! s'écrie mi-triomphante, mi-désespérée, la dame au manteau trop grand.

— Au diable l'argent, grogne Kojran. Donne vite l'or car Noël approche.

La directrice redresse cette chose brillante et la pose sur le comptoir cristallin.

— Un samovar. Un samovar électrique soviétique, constate-t-elle d'une voix sans couleur.

— Des samovars, doux Jésus, et nous qui faisons la queue depuis ce matin ! éclate de désespoir l'un des ouvriers du bâtiment.

— Continuez, mon cœur, vérifiez tous les paquets.

La directrice et son escorte disparaissent dans l'arrière-boutique. Elle revient au bout d'un instant et déclare :

— Malheureusement, il y a des samovars dans tous les paquets.

Les gens se pressent devant le comptoir. Moi aussi, je me précipite en avant bien que, pour une raison ou pour une autre, l'air commence à me manquer.

Je rugis de mon dernier souffle :

— Ils devaient pourtant livrer de l'or !

— Je n'y peux rien.

— Allez téléphoner. C'est un scandale. Ça fait une semaine qu'on attend. Et moi qui pars demain, enrage Kojran.

— C'est comme ça, putain, que vous traitez les ouvriers ? menacent les hommes du bâtiment.

Seuls l'anarchiste et l'étudiant gardent leur calme, ils s'agrippent au comptoir et attendent leur tour.

— Ils vont peut-être encore livrer ? demande timidement la paysanne dont le fichu a glissé, découvrant une coiffure de fête à la mode : on la croirait sortie de chez un coiffeur de Londres.

— Il y aura peut-être une deuxième livraison, acquiesce la directrice. Ils ont annoncé quelque chose pour aujourd'hui. Qui désire un joli samovar moderne ? C'est une marchandise très recherchée.

— Vous pouvez vous le mettre où je pense, votre samovar, jure l'un des ouvriers du bâtiment.

Duszek sourit d'un air rusé.

— Vas-y, Kojran, achète-toi un samovar, ne regrette pas tes sous. Tu le feras marcher en Amérique, tu te prépareras du thé, tu feras « schlurp » et ça te rappellera notre chère patrie. Tu es un sentimental.

— Vous êtes à l'aise pour blaguer. Mais moi, je pars demain. Qu'est-ce que je vais faire de mon argent ?

— Attendons, ils vont peut-être livrer, puisqu'ils ont promis, dis-je.

— Mais qu'est-ce que tu veux acheter ?

— Des alliances.

— Tu te maries sur le tard ?

— Dieu m'en garde.

— Alors pourquoi as-tu besoin d'alliances ?

— Comme ça.

— Comment « comme ça » ? Tu dépenses comme ça le fric durement gagné à des combines ? Tu pourrais pourtant acheter un petit brillant, pourquoi justement des alliances ?

— Je ne peux acheter ni brillant, ni alliances, parce que la livraison n'est pas arrivée.

— C'est vrai.

Kojran ouvre furtivement la fermeture à glissière de son sac de pédé et en vérifie rapidement le contenu.

Je lui demande, railleur :

— Tu vérifies si on ne t'a pas fait la caisse ?

— Tu ferais mieux de surveiller la tienne.

Un couple, avec des têtes d'employés de bureau, renonce à faire la queue. Ils sortent en maudissant le commerce nationalisé. La porte, ouverte un instant, laisse entrer une bourrasque de neige et une bribe de cantique joué non loin de là par l'orchestre des invalides. La paysanne s'est débarrassée de ses fichus et de ses chiffons comme d'un uniforme désormais superflu. On voit maintenant qu'elle porte un manteau d'astrakan un peu râpé, mais encore élégant. Elle s'arrête à côté de nous. Dans une main, elle tient une petite carafe plate, dans l'autre un petit jeu de gobelets de voyage en métal.

— Vous ne refuserez pas, messieurs ?

— Moi, non, merci, dis-je. Je suis mal fichu, aujourd'hui.

— Lui, il est toujours comme ça, grommelle Kojran. C'est pour qu'on s'intéresse à lui

La dame remplit trois gobelets en faisant briller une chevalière d'or avec ce qu'on appelle une patinoire, c'est-à-dire un chaton vide, sans blason, faute d'armoiries familiales. Le type en jean des pieds à la tête se rapproche de nous avec un sourire charmeur.

— Il y a peut-être une petite goutte pour moi. Je m'appelle Grzesio.

— Tu es un mouchard, fiston, dit M. Duszek, sinistre.

— Je ne comprends pas de quoi vous voulez parler.

— J'ai fait ce métier-là avant que tu sois né.
— Quel métier ?
— Celui d'indic.
— Je ne pige pas du tout.
— Alors bois et laisse-nous tranquilles.
Iwona s'est approchée de la vitrine. Elle souffle sur la vitre et dans la vapeur bleutée, elle écrit un mot du bout de son doigt. Et moi, je recommence à avoir une douleur dans le sternum. J'ai froid et en même temps j'étouffe.
— Vous vous plaignez des queues en buvant du whisky, intervient ironiquement la dame en pelisse trop grande.
— Allez-y, dites-nous qu'en Amérique aussi, les gens font la queue.
— Bien sûr qu'ils la font. Vous, vous ne voyez le mal que chez nous.
— Vous connaissez la blague sur le secrétaire du parti ? s'interpose Grzesio.
— Ça va, ça, se rembrunit Duszek. Tu ferais mieux de ne pas nous chercher. On n'aime pas ça.
Kojran secoue les dernières gouttes de liquide de son petit verre.
— Attendez, attendez. Tu te rappelles le dahu, Konwa ?
— Je crois que je me rappelle quelque chose.
— Toi, tu crois toujours te rappeler quelque chose, mais jamais plus qu'il ne faut. Pourquoi ne te rappelles-tu jamais jusqu'au bout et vraiment ?
— Pourquoi je ne me rappelle jamais jusqu'au bout et vraiment ? En effet, c'est un problème.
— Je vais vous le rappeler à vous tous et à moi-même le dahu. Une bête de la taille d'une chèvre, parfois même un peu plus grande. Le dahu avait trois pattes, la quatrième était cachée. Par le museau, il faisait penser à un ours ou, cela arrivait, à un hibou. Il se nourrissait de champignons, d'herbe, d'écorce mais il ne faisait pas la fine bouche devant un mulot ou un lièvre. Tu ne te rappelles pas le dahu, Konwa ?
— Je l'ai vu une fois vers la fin de la guerre. De loin.
— Il vivait dans les forêts. Les forêts de Nabolicka, Ruska, celle des bords du Niémen. Un forestier en avait même rencontré un dans la forêt de Rudnicka. Les gens disaient qu'il était plus intelligent que les hommes. Plus d'une fois, il avait

sauvé des gens égarés dans la forêt et les avait reconduits dans leur village. Il avait défendu un enfant, chauffé un vieillard, pendant l'hiver, de sa chaleur. Mais les nuits de lune, Dieu vous en garde ! Il était capable de sucer le sang d'un homme, de mordre les chevaux des voyageurs, de brûler une grange pleine de blé. Je ne me trompe pas, Konwa ?

— Qui veux-tu qui te croie ? ricane de sa voix rauque Duszek. Tu as encore inventé quelque chose. Vous tous qui venez de là-bas [1], vous êtes légèrement cinglés. Toi, c'est sûrement ton dahu qui t'a rendu cinglé ?

— Il avait des yeux comme un homme. Mais beaucoup plus grands, douloureux, plus savants. Cette quatrième patte, celle qui était cachée, il s'en servait pour tuer quand il le fallait.

— Et qu'est-ce qu'ils sont devenus, ces dahus ? On n'en dit pas un mot, ni dans les journaux, ni à la télévision, raille Duszek.

Kojran s'accoude sur le comptoir cristallin, regarde d'un œil trouble les pierres de l'Oural dans leur écrin de velours.

— Ils ont été exterminés par l'occupant.

— Et pas un seul couple n'en a réchappé ?

— Peut-être. Mais nous ne le savons pas.

J'ouvre ma veste car je recommence à suffoquer. Iwona a brisé un petit glaçon accroché au cadre de la vitrine. Et maintenant, elle déguste cette sucette de glace et fait sortir de sa bouche de minces cercles de vapeur.

— Kojran, dis-je, pourquoi pars-tu en Amérique ? Tu sais bien qu'un jour tu te mettras au lit, tu commenceras à frissonner comme de fièvre et à gémir qu'il faut que tu rentres. Une peur folle te saisira, tu voudras te retrouver ici en un clin d'œil, dans cette queue devant la bijouterie où les gens attendent et râlent en attendant; au fait, qu'est-ce qu'on attend ici ?

— Toi, tu attends un miracle et moi des alliances soviétiques.

— Que veux-tu faire de ces alliances ?

— Toute ma putain de vie, je vais l'échanger contre trois alliances et je plongerai dans une vie nouvelle.

La dame en pelisse trop grande se regarde dans la glace pour rectifier la position de son chapeau trop grand.

---

1. De Lituanie. (N.d.T.)

— Il paraît qu'en Amérique, il gèle si fort que même les plus âgés ne se rappellent pas pareilles gelées.

Kojran la considère longtemps d'un regard fixe :

— Et alors, chez nous il ne gèle pas, peut-être ?

— Vous avez pris l'habitude de vous plaindre.

— Duszek, est-ce que je me plains, moi ?

— Ça t'est arrivé.

— Les Polonais, quand ils se plaignent un peu, ils se sentent tout de suite mieux.

— Qui a dit ça ?

Duszek tend le cou d'un air menaçant.

— Moi, répond Grzesio.

— Qui t'a appris ce genre de sentence ?

— Vous.

Duszek se ramasse en lui-même, souffle un nuage de vapeur et soupire :

— Tu iras loin. Peut-être plus loin que moi.

Un néon s'est allumé quelque part dans la rue. La lumière amarante embrase un instant le profil d'Iwona debout devant la vitrine, puis aussitôt s'éteint. Elle dessine autour de la jeune fille un contour sanglant comme s'il s'agissait d'une apparition de l'autre monde. Du fond de la ville ensevelie sous la neige suinte une musique à peine audible. L'orchestre des invalides ne chôme pas, il gratte des cantiques patriotiques, un patriotisme de cantique.

— Et si je m'approchai d'Iwona et que je lui propose le mariage ? chuchote Kojran.

— Elle est en train de rêver. Elle n'est pas là.

— Je lui montrerai mon passeport, une liasse de billets avec le portrait de Washington, la photo de la station-service sous l'église multiconfessionnelle. Pour un début, ça peut suffire. Et toi, tu es marié ?

— Oui, j'ai deux filles.

— Quelle horreur ! Cette vie de petit-bourgeois. Toi, Konwa, tu es un petit-bourgeois qui joue les romantiques.

— Et toi, tu as une femme ?

— J'en ai eu plusieurs. Elles m'ont toutes lâché. Mais j'essaierais bien encore une fois.

— Tu vois, tu es un type bien, mais tu les fais fuir. Tu as ce qu'il faut mais tu ne sais pas t'en servir, alors n'essaie pas d'être mon juge.

— Je suis ton juge. J'ai lu tout ce que tu as concocté. J'ai un placard où je te garde sous clef, car c'est volatil ce que tu fais. Ça ne tient qu'à un cheveu, à un instant. Tu es l'écrivain de l'instant. Tes livres mourront avec toi.

— Chut ! pas si fort, j'ai une femme et des enfants.

— Tu essaies de plaisanter ? Je ne te juge pas mal. C'est aussi un don des dieux d'avoir le sens de l'instant. Ce zèle qui te pousse à jouer avec le feu. Tu te brûles les ailes, mais ça marche. Les gens t'achètent, te lisent, discutent. L'illusion d'authenticité est parfaite.

— Parle un peu de ma ruse. Je sais bien que tu gardes ce reproche pour la bonne bouche.

— Tu vois, Konwa, tu te connais. Ta ruse, ce n'est pas cette pauvre combine de ces gratte-papier conjoncturels, de ces ratés qui pleurent, font la grosse voix, mendient les faveurs, se font mousser, mettent de l'argent de côté, font la cour aux femmes d'influence, tombent le régime par derrière, font des coquetteries à la bonne société et cherchent à plaire aux cercles influents à l'étranger. Ta ruse à toi est écœurante, insaisissable, exaltée, suintante de sincérité, sordide, sentimentale, elle prétend à la sainteté, aspire au tragique. Ta ruse est telle que chacune de ses étincelles te tue pour toujours, pour l'éternité. Personne ne touchera plus jamais à tes bouquins pourris.

— Je voudrais bien. Tu me flattes avant un long voyage qui te fait peur.

— Vraiment, tu ne te rappelles pas le dahu ?

— Tu t'es amusé à inventer quelque chose en cette mystérieuse nuit de Noël. S'il y avait des dahus dans la région de Wilno, il y en aurait ailleurs aussi.

— Et les tremblements de terre, est-ce que s'ils se produisent dans un pays, il doit y en avoir aussi dans un autre ? Le dernier dahu, ce sont les Soviétiques qui l'ont attrapé en entrant dans Wilno en 1944. Ils l'ont emmené à Alma-Ata, pour le mettre au zoo en Asie centrale. Le dahu, quand il mordait, c'était la tombe. Mais quand il léchait, même un lépreux guérissait.

Dehors, on entend le tintement monotone des tramways bloqués dans les congères. Le long des murs, on racle mollement. Ce sont les prisonniers qui ont commencé à déblayer la neige. Iwona s'est assise sur son petit siège, posant sur ses genoux son livre ouvert, mais il est impossible de lire à cause de l'obscurité ; alors elle pose ses doigts sur les pages froides, ferme les yeux et lit du bout des doigts ou entre en léthargie, cette léthargie de la nuit de Noël, léthargie de l'espoir, des pressentiments, des folles attentes. Non, tout simplement, elle nous ignore. Elle vérifie sa liaison télépathique avec son univers à elle, sa planète natale. Si seulement...

La directrice rentre de l'arrière-boutique. Elle porte un imprimé administratif. Elle s'approche de la bougie, met ses lunettes aux verres coquettement fumés. La queue devient muette, se resserre instinctivement au début du comptoir.

— Messieurs-dames, commence la directrice. Votre attention, je vous prie. J'ai reçu une lettre de la direction. Nous informons nos chers clients d'une surprise préparée par notre centrale. Ceux qui font des achats dans nos magasins sont priés de conserver leurs factures. L'an prochain, cinq gagnants seront tirés au sort parmi les possesseurs de ces factures : nous leur offrirons des voyages en Union soviétique.

— Et la marchandise ? s'écrie avec violence l'un des ouvriers du bâtiment.

— Il y en a autant que vous voulez. Vous n'avez qu'à choisir.

— Il devait y avoir des alliances soviétiques !

— Et des pierres précieuses !

La directrice replie son papier.

— Vous voyez bien que je ne peux pas les fabriquer ! La camionnette a déjà quitté le dépôt. Elle est peut-être bloquée par une congère. Vous voyez bien, messieurs-dames, ce qu'il tombe.

Soudain un éclair d'un bleu cadavérique brille et un déclic retentit. Brusque comme la foudre. Une mêlée éclate au milieu de la bijouterie.

— Donne ton appareil, grommelle Grzesio dans son jean en essayant de s'emparer de l'appareil-photo du gros anarchiste.

— Excusez-moi, excusez, excusez, répète d'un ton monotone le gros type roux en se battant avec frénésie contre l'assaillant.

— Donne-moi ta pellicule ou j'appelle la milice.

— Doux Jésus, il nous a photographiés, se lamente la dame en pelisse trop grande.

— Et alors, c'est interdit de prendre des photos ?

L'étudiant essaie de défendre l'anarchiste.

— C'est écrit où ?

— Là où il faut, t'en fais pas. Donne la pellicule tout de suite, sinon t'auras affaire à moi en particulier.

La dame en pelisse trop grande se joint à la bagarre. Elle saisit à la taille l'ex-terroriste français.

— Madame la directrice ! Il a pris des photos !

— En principe, c'est interdit, admet la directrice consternée. Et qu'est-ce qu'il a photographié ?

— Nous. Toute la queue.

— Justement, voilà, intervient la paysanne. Nous ne sommes pas du tout d'accord.

L'étudiant essaie de séparer les combattants. Il protège de son anémique personne l'étranger victime des assauts.

— C'est une honte ! Que va-t-il penser de nous ?

— Qu'il pense ce qu'il veut, mais qu'il rende sa pellicule. Ils sont encore capables d'imprimer ça dans un journal étranger. Et qui sera responsable ? se scandalise la dame à la pelisse trop grande.

Le Français marmonne en se livrant à de furieuses manipulations sur son appareil. A nouveau le déclic retentit. Les ouvriers du bâtiment se cachent le visage instinctivement.

— Il dit, traduit l'étudiant, qu'il vient d'exposer la photo de tout à l'heure. Il voulait faire une photo-souvenir, mais puisque c'est non, alors non. Il aime la Pologne. Il a l'intention de demander la nationalité polonaise.

— Et pourquoi est-ce qu'il nous aime ? interroge Duszek méfiant.

— Vive la Pologne ! tente de lancer l'anarchiste français.

— Du calme, du calme ! s'affole la directrice. Pas de remue-ménage, s'il vous plaît, ou je ferme pour inventaire.

— *La Pologne n'est pas encore morte*, entonne le Français.

Et moi, je n'arrive pas à reprendre mon souffle. J'inspire de toutes mes forces cette humidité fraîche et j'étouffe par manque d'oxygène. Plus j'essaie d'inspirer frénétiquement ce vide raréfié, plus je vais mal. Je me jette vers la porte à l'aveuglette. Elle ne veut pas céder. Elle est gelée ou bloquée par la neige. Enfin, elle cède avec un grincement perçant.

Je me précipite dans la rue et je ne vois rien qu'une blancheur muette, grisâtre. La douleur dans ma poitrine se calme. Les gorgées d'air deviennent plus consistantes. Je distingue les fenêtres noires aux façades des maisons, de petites troupes de moineaux qui passent et deux messieurs qui s'efforcent de traverser une haute congère en luttant avec un enthousiasme d'alcooliques.

— Ce que c'est beau ! lance le cul-de-jatte installé au sommet d'une pyramide de neige. On dirait qu'il s'est plongé avec délice dans un bain moussant. Le monde est magnifique. Il suffit de savoir le remarquer.

— Et moi qui commençais à casser ma pipe.

— Eh ! ça ne m'étonne pas. Des heures à faire la queue. Ça vous serrait les côtes, hein ?

— Oui, et je suffoquais. Vous savez, comme dans un cercueil.

— Je sais, je connais ça, rit le mendiant complaisant. Jetez un coup d'œil à votre extrait de naissance. Le cent mètres, ça n'est plus pour vous. Pour moi non plus, d'ailleurs.

Dans le restaurant chic, les prisonniers sont attablés et boivent du thé en regardant d'un air railleur par la fenêtre la neige et les malheureux passants. Le groom en livrée marron surveille leurs pelles appuyées contre la façade de marbre. De but en blanc, je demande au mendiant :

— Et qu'est-ce que vous en dites ?

— De quoi ?

— De tout ça.

Le mendiant dégage une de ses narines, puis l'autre.

— Je crois qu'à ce set-là nous allons déclarer forfait.

— Vous voulez parler de notre dernier set ?

— Au premier set, je me suis fait couper les deux jambes. En 1944. Vous êtes méfiant et tous le sont. Chacun se creuse la tête : où ce pauvre type a-t-il pu laisser ses jambes ? Peut-être sous un tramway, peut-être en sautant du troisième étage, ou un jour qu'il était saoul. Mais moi, monsieur, tout simplement en 1944. A cette époque-là, j'étais le plus grand, le plus beau, presque un saint. Les filles les plus exaltées embrassaient mes moignons. C'était mon abaissement qui m'élevait. Ne pas avoir de jambes, c'était comme d'en avoir quatre. La belle époque. Mais aujourd'hui, ça tourne aussi. Seulement, le monde, on ne le changera plus.

— Qu'est-ce qu'il est tombé ! Tout est blanc. C'est peut-être pour toujours ? C'est peut-être la providence qui nous a enveloppés comme ça pour un long voyage au fond de l'univers ? Ça vous plairait de voguer vers l'infini ?

— Dans le quartier de Praga habite un charpentier que Dieu et la nature ont complètement oublié. Il vit et continue à vivre sans fin, il commence même à avoir honte d'avoir été oublié. Dans sa jeunesse, il était tonnelier, maintenant il joue les charpentiers car personne ne sait plus ce que c'est qu'un tonnelier.

— Non, pour ce qui est de la fin, il n'y a pas d'exceptions. Il est possible de ne pas naître par un concours de circonstances, mais mourir, tout le monde y est obligé.

— Je vous le jure, bon Dieu, vous n'avez qu'à aller faire un tour à Praga. Tout tient à une exception. Pourquoi est-ce que sur des millions de destins semblables, il ne pourrait pas se produire une exception ?

— Eh ! Je n'ai pas envie de me déplacer. Je retourne faire la queue.

Je suis pétri de trois pâtes. Et ce mélange, c'est-à-dire moi, a ensuite été trempé à la douce chaleur de l'enfer de trois éléments. Ces trois substances dont je suis constitué, ce sont l'atome polonais, le lituanien et le biélorusse. Et ces éléments, ce sont la polonité, la russité et le judaïsme ou, plus précisément, la judéité.

C'est une vieille histoire. Nombreux sont les coins d'Europe où se sont mêlés, sans se fondre, divers groupes ethniques, des communautés linguistiques variées, des sociétés bariolées par leurs coutumes et leurs religions. Mais mon coin perdu, ma région de Wilno, me semble d'une plus grande beauté, meilleure, plus élevée, plus magique. Il est d'ailleurs vrai que j'ai moi-même, à la sueur de mon front, travaillé à embellir le mythe de cette contrée frontalière entre l'Europe et l'Asie, cet antique berceau de la nature européenne et des démons asiatiques, cette vallée fleurie d'harmonie éternelle et d'amitié entre les hommes.

J'ai tant travaillé à cet embellissement que j'ai fini par croire à ce pays idéalisé où l'amour était plus intense qu'ailleurs, les fleurs plus hautes que sur d'autres terres, les hommes plus humains que partout au monde.

Et pourtant, cette enclave ne pouvait pas se distinguer

considérablement des autres subdivisions de ce vieux nid de l'humanité qu'est l'Europe séculaire. Ces milieux nationaux et religieux exotiques vivaient ensemble sur un petit morceau de terre, mais sans se vouer un amour évangélique. Toujours et partout, je me suis efforcé de cacher ces conflits honteux, ces animosités, ces haines auxquelles j'avais participé et dont je ressentais une honte cuisante. C'est pourquoi, par la suite, après avoir quelque peu maîtrisé ce métier de plume, j'ai patiemment enfilé les perles de notre sort uni et désuni sur le fil fragile de la solidarité humaine, de l'amitié, de la magie d'une prédestination commune.

Il y eut un jour ou un moment — c'était tout au début de ma fragile carrière d'écrivain — où je me suis dit que je n'observerai fidèlement qu'un seul commandement, celui-ci : tu n'utiliseras pas ton verbe contre un étranger. Tu n'utiliseras pas de métaphore, de parabole émouvante, de moralité tendancieuse, contre un autre homme, une autre religion, une autre langue. C'est pourquoi j'ai péché contre les miens, mais jamais contre des étrangers.

J'ai pris soin de m'orienter moi-même du côté de l'universalisme — cela va sans dire, de l'universalisme de toute l'humanité —, je me prenais pour un cosmopolite savamment camouflé qui avait jeté en douce les tabous de son propre peuple à la poubelle, et porté à broyer au moulin éternel de l'histoire les souvenirs de l'époque des conflits nationaux et religieux.

Je feuilletais avec un étonnement plein d'horreur les romans patriotiques de mes amis ou ennemis de plume ; je parcourais avec condescendance les traités minables consacrés au martyre sacré de notre peuple ; je considérais avec une désapprobation hautaine les spasmes d'inimitié ou même de haine littéraire à l'égard des autres peuples. Moi, je volais haut. Dans l'aura stérilisée de l'objectivisme universel. Moi, je commerçais avec l'homme, l'homo sapiens, et seule son âme m'importait et m'inspirait, l'âme de cette espèce qui régnait sur la terre entière.

Un beau jour ou peut-être un beau moment, je lus la première critique qui me traitait d'écrivain polonais, noyé dans la polonité, limité à son petit coin de Pologne. J'éclatai d'un rire franc et cordial devant ce malentendu évident. Pour des raisons de principe, les conditionnements émotionnels, moraux ou intellectuels des habitants des villes détruites des bords de la Vistule m'étaient complètement indifférents. Moi qui étais originaire d'un Eden cosmopolite, de l'Atlantide engloutie du peuple originel, de la langue-mère, de la religion des origines.

Mais ensuite, je cessai de rire. Cette polonité revenait dans toutes les critiques. Cette polonité commença à se retourner contre le malheureux auteur. Cette polonité involontaire faisait que je devenais incompréhensible, monotone et irritant. Je me mis à la combattre en moi-même, prophylactiquement, je me mis à en avoir honte et peur ; et pourtant, je n'en avais jamais fait usage, je n'y avais jamais touché, je ne l'avais même pas effleurée du bout de ma langue. C'était pour moi le tabou le plus coupable. Bien sûr, j'avais recours à certains éléments de la réalité, je peignais la nature dont j'avais gardé le souvenir : les arbres, les plantes et les mousses qui poussent aussi bien au Canada ou en Belgique ; je notais des incidents de guerre qui auraient pu aussi bien se produire en Italie ou en Norvège ; je constatais des déviations psychiques ou morales tout aussi bien caractéristiques des Allemands ou des Américains.

Comment ai-je bien pu devenir un auteur polonais, mauvais ou bon, mais polonais ?

Pourquoi ai-je accepté ce rôle que j'avais renié depuis des lustres ? Qui m'a changé moi, l'Européen — non, le citoyen du monde, l'espérantiste, le cosmopolite, l'agent de la puissance étrangère des Destins Universels —, qui donc m'a changé, comme dans un méchant conte, en cette espèce de petit Polonais furieux, obscur, enragé ?

Dans la bijouterie calme, tranquille, assoupie, un petit groupe de supporters s'est formé autour de l'étudiant et de l'anarchiste.

— A l'Ouest, l'envie leur en est passée, explique l'étudiant. Ils sont fatigués par la crise. Mais lui, il a voué sa vie à la révolution.

— A quelle révolution ? interroge Grzesio.

— Comment laquelle ? La révolution en général. Où qu'elle se produise. C'est pour ça qu'il est venu chez nous.

— Ça veut dire qu'il va y avoir la révolution chez nous ? accroche Grzesio.

— Il est fort comme indic, sourit Duszek. Il travaille bien. Il ira loin dans ce métier-là.

— Je n'ai pas dit qu'il y aurait la révolution.

— Alors, qu'est-ce que vous avez dit ?

— J'ai pu dire, par exemple, que chez nous, la révolution continue.

Grzesio réfléchit un long moment. Il sort un petit peigne de la poche de son jean et coiffe les ondulations de son abondante chevelure.

— Vous m'avez l'air de raconter des histoires.

— Moi aussi, je trouve suspect qu'il soit venu chez nous et qu'il se promène par ce froid, ajoute la dame dans ses atours trop grands.

— Et alors, vous aussi, vous faites la queue pour des bagues ? — Grzesio reprend son fil. — Il a besoin d'une chevalière pour faire la révolution ?

— Nous gardons le tour d'un d'invalide.

— Il vous donne combien ?

— Deux cents balles.

— C'est pas cher.

— Nous pratiquons des prix raisonnables.

M. Duszek écoute avec complaisance ce duel verbal. Par habitude, il avait pris le parti de Grzesio, mais à la fin, c'est l'étudiant maigre, gelé, qui a gagné sa sympathie :

— Il est fort, il a un alibi.

Sur le rebord de la fenêtre, au-dessous de la vitrine, un petit lac s'est formé avec l'eau du givre et de la glace fondus. Iwona prend une grosse bougie et fait goutter la cire dans cet étang peu profond. Elle observe les formes de la cire figée dans l'eau froide [1], avec des traces de peinture rouge sang.

La paysanne, discrètement parfumée de Christian Dior, s'approche :

— Vous prendrez peut-être encore un verre ?

— Ce n'est pas de refus, s'incline Kojran.

— Je préfère y renoncer. Je ne me sens pas particulièrement bien.

1. Le 30 novembre, jour de la Saint-André, on fait couler de la cire de bougie dans de l'eau et on lit l'avenir en interprétant les formes qu'elle prend. (N.d.T.)

— Tu es le seul à te sentir mal. Et nous, alors ?

— Lui, vous comprenez, madame, c'est un artiste. La société a besoin de sa santé, souffle Duszek.

— Moi aussi, j'étais artiste autrefois, chuchote la paysanne. Mais maintenant j'ai une ferme d'élevage. Buvons à l'art et à la culture.

Je reçois un petit gobelet froid plein d'alcool écossais.

— Buvons à l'élevage, dis-je, résigné.

— Et pourquoi est-ce que tu vas à Kalisz ? me demande Kojran à brûle-pourpoint.

— Pour un procès, mon procès.

Kojran siffle d'admiration.

— Et qui a porté plainte contre toi ? Tes anciens amis que tu as trahis ou les institutions qui se sont trompées sur toi ?

— Un inconnu. Il s'est mis dans la tête que toute ma vie, dans chacun de mes livres, je ne fais que décrire son destin.

— Tu diffames son destin ?

— C'est ce qu'il affirme.

— Et c'est vrai que tu décris ton propre destin ?

— Kojran, toi, tu sais tout. Heureusement que demain tu pars en Amérique pour toujours.

— Tous ne peuvent partir. A la fin, il en restera bien un de ceux qui savent tout sur toi.

La porte tinte. Quelqu'un se débat avec la vitre cristalline givrée d'un duvet neigeux. Enfin, la porte cède après une récidive de grincement venimeux. Une foule de gens en bonnet de fourrure se précipite à l'intérieur du magasin. Ils secouent leurs chaussures pour en faire tomber la neige, toussent, reniflent. Ils sont conduits par une dame énergique en pantalon moulant sur un énorme postérieur et en veste de mouton aussi courte qu'un gilet. Ils se concentrent à la tête de la file d'attente, à ce point névralgique de la douloureuse queue.

— Qu'est-ce que ça veut dire ? Nous sommes là depuis ce matin, nous ! s'écrie la vieille femme qui, au début, a profité de l'amabilité de l'étudiant. Ce n'est que maintenant qu'on s'aperçoit qu'elle n'est pas si vieille et que, depuis un certain temps, elle fait l'objet d'assiduités de la part de l'un des hommes du bâtiment.

Les nouveaux venus ne disent rien, ils se pressent en silence contre le comptoir comme des sourds-muets. Seules

les grosses volutes de valeur qui sortent de leur bouche témoignent de leur énervement.

— Hé là ! appelle Kojran. Qu'est-ce que ça veut dire, madame la directrice ? Ils sont mieux que nous, les clients ? Ils n'ont pas le temps de faire la queue ?

La directrice interrompt sa conversation confidentielle avec le guide des nouveaux clients. Elle jette sur Kojran un regard hautain.

— Vous l'avez bien deviné. Ce sont des clients prioritaires : des touristes venus d'Union soviétique pour nous rendre visite.

— Ils ne sont pas tenus de faire la queue ? hurle Grzesio qui aussitôt change de place pour qu'on ne reconnaisse pas qui a crié.

— Non, répond froidement la directrice. Je vous préviens, si nous recevons des bagues et des alliances avant la fermeture du magasin, ces messieurs-dames, c'est-à-dire ces touristes, auront le droit de faire leurs achats sans être forcés de faire la queue.

Au lieu des injures et des protestations, au lieu du désespoir et de la colère attendus, la foule des autochtones tombe dans une brusque dépression. Le silence s'établit. Quelqu'un a le ventre qui gargouille affreusement. Les nouveaux venus répandent autour d'eux l'odeur légère du célèbre parfum « Soirs de Moscou ».

— La première étoile s'est mise à briller, chuchote Iwona.

Nous courons à la fenêtre, nous soufflons sur la vitre, la frottons de nos gants.

— Quelle étoile ? Où est-elle ?

— Là-bas, au-dessus de ce toit, à côté de l'antenne de télévision, nous indique Iwona d'un mince doigt rose.

— C'est un avion qui se prépare à atterrir, dément Kojran.

— Un avion qui atterrit pendant une tempête de neige ? Tu es fou ? le contredit Duszek. C'est une illusion d'optique. Aujourd'hui nous ne verrons pas d'étoiles. Il faudra partager l'hostie[1] à tâtons.

Je regarde Iwona qui est là, tout près, de profil par rapport à moi. Ce genre de filles ne m'a jamais plu, et voilà que

1. Avant le dîner, la veille de Noël, les Polonais partagent l'hostie et échangent des vœux. (N.d.T.)

celle-ci me plaît. Des cheveux sombres, presque noirs, genre « afro », des yeux marron à fleur de tête, des lèvres gonflées, rose clair, et un teint qui avait l'intention d'être mat, mais en est resté à une pâleur réchauffée par une trace de rose. Cette fille me plaît. J'ai envie de la saisir à la pliure de son bras frêle, et il y a, dans cette envie, de la tendresse et un éclair timide de désir. Oui, cette fille me plaît beaucoup, même si je ne la saisirai jamais à la pliure de son bras frêle, comme jamais je n'effleurerai ces milliers de filles de dix-huit ans que je rencontre tous les jours dans la rue. Elles passent sur l'autre rive. Elles descendent le même fleuve mais elles sont encore près des sources. Le sort les destine à ces jeunes mâles qui sont séparés de moi par plusieurs générations.

Iwona tourne son visage vers moi. Elle me regarde, et moi, je baisse les yeux. Cette fille a la majesté d'une femme mûre. Des filles comme elle, j'en ai connu avant la guerre, à l'ère oubliée depuis longtemps des femmes royales et des hommes virils. Ce n'est pas une petite fille attardée en jean. C'est mon égale de vingt ans, alourdie de féminité.

— Bonjour, dis-je.

— Bonjour, sourit-elle, et moi, j'ai le cœur qui s'arrête un instant dans sa course.

— Nous ne nous sommes pas vus depuis longtemps.

— C'est vous qui ne vouliez pas me voir.

— C'est impossible, mais il est vrai que je suis myope.

— Vous aimez les blondes.

— J'ai toujours aimé toutes les femmes. Je n'ai jamais eu de préjugés.

— Comment va votre chat Ivan ?

— Vous connaissez mon chat, mademoiselle ?

— J'en ai entendu parler.

Dehors, la brume se raréfie. On aperçoit les maisons de l'autre côté de la rue. Des peaux de lapin poudrées de neige pendent aux balcons. Une grande femme mince approche, venant de la place. Je la regarde à travers la vitre humide, et je sens que quelque chose ne va pas. Je devine dans son pas énergique, sa tête rejetée en arrière, sa minceur, une anomalie tragique, poignante. Un moment, elle est cachée à ma vue par un fragment du cadre de la vitrine. J'attends, anxieux, qu'elle apparaisse à nouveau. Iwona, qui s'était mise à écrire quelque chose du doigt sur la vitre froide, attend également. Enfin, l'inconnue réapparaît. Elle marche en plein milieu du trottoir. Les passants la croisent, indifférents, mais aussitôt, restent figés sur place d'étonnement, se retournent et la suivent du regard sur cette neige friable, encore sèche. C'est alors seulement que je m'aperçois que cette femme, ou plutôt cette jeune fille, s'avance d'un pas désinvolte, vêtue d'une robe de chambre de percale imprimée de grands chrysanthèmes qui lui descend jusqu'aux chevilles ; qu'elle relève de deux doigts les pans de cette robe de chambre comme le bas d'une robe de bal et que cette robe de chambre à chrysanthèmes découvre une chemise de nuit rose soyeuse ; ensuite, je remarque soudain ses pieds nus qui s'enfoncent dans la neige comme dans le sable d'une plage et encore, bouleversé, je suis frappé par sa tête claire rejetée en arrière et son visage jeune, de petite fille, mais comme marqué par la folie, un visage pétrifié par une décision sans appel, un visage de spectre ou de revenant, un visage comme on en rêve par les terrifiantes nuits de lune.

La femme, pieds nus, en robe de chambre, passe devant la bijouterie. Elle regarde droit devant elle et vers le haut comme si elle fixait la lointaine perspective du quartier de Praga, cet immense espace d'où soufflent les vents d'est glacés. Puis, elle disparaît derrière l'encadrement de la vitrine. Il ne reste que les traces de ses pieds nus et le paysage enneigé de la ville qui se fige dans la nuit de Noël.

— Savez-vous, mademoiselle, que cette conversation m'intimide ?

— Mais qu'est-ce donc qui vous intimide ?

— La banalité. La banalité de l'indécence.

— Vous pensez à mon âge et au vôtre ?

— Je ne cesse de penser désormais à cette longue traîne de temps noir que j'ai derrière moi.

— Moi, je ne ressens pas la différence.

— Moi non plus, mais je sais qu'elle est là. C'est pire.

— Quel est le miracle que vous attendez ?

— Le miracle de la compréhension. Ce miracle, cela fait des milliers d'années que les hommes l'attendent.

— Et vous espérez être le premier à comprendre ?

— Oui, j'ai cet espoir qui pourtant peut bien ne pas se réaliser. Mais c'est lui qui me fait vivre ; dernièrement, lui seul m'absorbe. Il m'arrive de vivre des moments où le processus de compréhension semble commencer, où j'ai l'impression de saisir le premier maillon comme le premier grain d'un rosaire, mais au bout d'un instant, la petite flamme s'éteint, soufflée par le biologique, la routine de la vie, le terre-à-terre et je recommence de zéro le processus préparatoire de la compréhension ; je recommence la concentration de toutes mes forces spirituelles et j'attends ce miracle de l'illumination dont parlent les rares individus qui, étant déjà morts, ont été rappelés à la vie par les médecins. Mais ils ne parviennent pas à donner à leurs impressions la forme d'une maxime généralisante, d'une conclusion eschatologique, d'un acte de foi nouveau, altier, ou la forme d'une nouvelle conscience. Moi, j'en serais capable, j'y suis préparé depuis des années, j'attends cette explosion à chaque heure du jour et de la nuit, à chaque heure propice et mauvaise, à chaque heure qui sonne pour la Voie lactée tout entière ou qui n'est qu'une illusion.

— Et si je vous disais ce qu'il en est ? Si je vous transmettais la formule que vous déchiffreriez vous-même et expliqueriez ?

— Vous travaillez dans ce magasin jusqu'à quatre heures et ensuite vous suivez les cours de commerce d'un lycée technique du soir. Plus d'une jolie fille de bonne famille a laissé tomber le lycée et travaille maintenant comme coursière ou aide dans un bureau pour avoir le droit de suivre des cours du soir, le droit de passer le bac, ce petit papier qui donne la possibilité d'un modeste début. Votre maman vous a acheté un pull à col roulé à la mode et bien chaud ; votre papa a mis de l'argent de côté pour un voyage en Bulgarie, en cas de réussite à l'examen, et votre grand-mère va prier pour vous tous les soirs pour qu'il ne vous arrive pas une de ces mauvaises aventures.

Iwona sourit et essuie de la paume le hiéroglyphe ou la formule de physique qu'elle a commencé de tracer sur la vitre.

— Non, j'ai passé mon bac dans un lycée normal et après les quatre ans d'études réglementaires, j'ai obtenu ma maîtrise. Ma grand-mère ne prie pas pour écarter de moi les mauvaises aventures. Je suis vieille, cher monsieur.

Les touristes soviétiques offrent aux hommes de la queue

des cigarettes soviétiques de luxe. Les clients fatigués dansent d'un pied sur l'autre, pataugeant dans la boue qui recouvre le dallage d'albâtre.

— D'après vous, mademoiselle, pourquoi cette jeune fille marchait-elle pieds nus et en robe de chambre à travers la tempête juste un soir de Noël ?

— Il a dû lui arriver quelque chose d'impossible à supporter.

— Personne n'a osé la retenir.

— Nous aussi, nous avons été saisis de crainte, d'une pieuse angoisse devant l'extrémité.

Kojran s'approche, tenant d'un geste élégant, entre deux doigts, une cigarette soviétique à filtre.

— Tu vois, je ne t'oublie pas, me dit-il en fusillant Iwona d'un œil injecté de sang. Vous aussi, vous fumez, mademoiselle ?

— Non merci, je ne fume pas.

Iwona se retire derrière le comptoir, elle égalise du doigt le bord de la bougie pour que la cire ne coule pas.

— Tu as emballé cette fille ? demande Kojran.

— Ça ne marche pas fort. J'ai dû m'y prendre à l'envers.

— Dans tes livres aussi, ça ne va pas fort de ce côté-là. C'est plutôt balourd et ça ne fait pas trop vrai. Il y a plus de baratin que d'érotisme. C'est vrai que tu ne peux pas bander si tu ne repenses pas à la guerre ?

— Ça m'arrive d'être long à la détente, mais ça n'est pas à la guerre que je pense. Je pense à beaucoup d'autres choses. Comme quand on va mourir.

— Espèce de vieux roublard, va !

Il m'allume la cigarette soviétique. A la lumière vacillante de l'allumette, je vois ses mains qui ont l'air propres mais en même temps un peu sales, les mains d'un homme qui sort de chez lui à l'aube et rentre tard. A la naissance de son pouce, sur le dos de sa main, on distingue faiblement cette devise bleue, injectée sous sa peau : « Honneur et patrie. » Une inscription tatouée dans sa jeunesse qui a grandi en même temps que sa main et s'est flétrie en même temps que sa peau.

— Et quand vas-tu à Kalisz ?

— Tout de suite après les fêtes. Pour l'instant, j'ai deux jours de répit.

— Tu l'as vu, l'homme qui t'a intenté ce procès ?

— Non, je ne l'ai pas vu. Mais je sens constamment sa présence. Même maintenant, à l'instant où je te parle. Je parle avec toi, avec Iwona, avec M. Duszek, et par une partie de moi-même je communique avec cet homme qui me persécute de ses lettres, de ses nouvelles se voulant la réponse philosophique à ma propre philosophie, cet homme qui me menace de lointaines connaissances communes ; qui me traque de sa présence agressive, de sa haine endurcie, de son mystère insistant. Il est fort, car il ne vit que de l'idée de me détruire et cette destruction n'est pas celle d'un individu quelconque, châtain, de taille moyenne, titulaire de la carte d'identité numéro SJ 6311687, c'est l'extermination d'un spectre, d'une sorte d'abstraction hostile, d'une sorte de sens maléfique au milieu du non-sens général. Il a renoncé à tous les charmes de la vie, il s'est peut-être même séparé de sa femme, il ne se nourrit que de racines, ne boit que l'eau du robinet, et ce qui le fait vivre, c'est le désir supernaturel de me réduire en poussière et de disperser cette poussière dans les couches supérieures de l'atmosphère. Je suis désormais uni à lui jusqu'à ma mort, ou à la sienne, par des liens terribles. Ce procès, c'est la première station de notre calvaire à tous deux.

— Tu peux remercier le Bon Dieu de ne pas avoir de plus graves soucis.

— Il n'y a pas de plus grave souci. La bioénergie d'un étranger qui me bombarde vingt-quatre heures sur vingt-quatre, même dans mon sommeil ou quand je perds connaissance.

La lumière électrique est rétablie. La joaillerie redevient une élégante boutique européenne, la directrice éteint les bougies en étouffant les mèches brûlantes entre ses doigts mouillés de salive. A nouveau, on entend le son lointain de l'orchestre de rue qui joue des cantiques.

— Reprenons la queue, décide Kojran. Si la nature t'a donné des dons pareils, ce n'est pas pour jouer les nihilistes et chercher midi à quatorze heures. Ecris *pour conforter les cœurs*[1], bordel !

— Tu as raison. Ce serait merveilleux de conforter les

1. Devise de Henryk Sienkiewicz (1846-1916), prix Nobel de littérature en 1905, auteur de *Quo vadis ?*. (N.d.T.)

cœurs. Mais j'ai l'impression que tout s'est emmêlé. Toutes les obligations, tous les devoirs, les droits et les concessions. Je ne sais plus par quoi commencer.

Nous restons à nos places, les pieds dans la flaque noire qui reflète l'éclat doré des lustres de cristal. La petite vieille qui s'est révélée moins vieille qu'on ne croyait et que l'ouvrier du bâtiment est en train d'emballer, se débat avec son filet que fait danser de tous côtés une énorme carpe[1] en train de crever depuis plusieurs heures sans pouvoir y parvenir.

— Il dit, explique l'étudiant qui traduit sans faiblir les paroles de son anarchiste, que la Pologne a quelque chose. Une sorte de génie. Une force d'inquiétude éternelle. Il a vu les films polonais, il connaît l'école polonaise du cinéma.

— Bien des gens objectifs sont pleins d'admiration pour notre pays, déclare la dame en pelisse trop vaste.

Le bonheur et le malheur des peuples rappellent souvent l'heur et le malheur des simples particuliers, des gens ordinaires perdus dans la foule, l'existence sans éclat de tous les jours. Il est des peuples qui ont de la veine, qui ont le vent dans les voiles et font des carrières étourdissantes ; et d'autres qui ont la poisse, des malchanceux, des Lazares. Il est des peuples qui tirent les bonnes cartes jusqu'à un certain moment, puis soudain la chance leur tourne le dos et tout leur gain s'en va brusquement jusqu'au dernier sou ; mais il en est aussi à qui la providence attribue pour chaque époque une modeste part de succès peu voyant. Il est des peuples avides et rapaces qui, un beau jour, deviennent fainéants et passifs ; il est aussi des peuples légers et insouciants qui, soudain, apprennent à réfléchir et à prévoir. Il est des peuples vils et vénaux que l'histoire rend tout à coup nobles et héroïques ; il est des peuples vertueux, honnêtes qui, aux heures noires, quittent le droit chemin pour s'adonner à l'usure, au chantage et au proxénétisme.

Je me passionne pour l'histoire. J'observe la vie des peuples et des individus. Je me plonge dans notre histoire de Pologne et je la parcours dans un sens et dans l'autre, en long et en large. Tantôt, je me laisse emporter par l'émotion et

1. Plat traditionnel de la veille de Noël. (N.d.T.)

par des lévitations exaltées, tantôt, je tombe au fond de l'abîme de l'humiliation et du désespoir. C'est alors que je me tourne vers le curriculum vitae de notre sœur, la Russie. Celle-là, elle en a eu de la chance et tout le temps des bonnes passes. Les tsars saignaient à blanc leur propre peuple, instituaient les lois les plus insensées, les plus arbitraires, s'engageaient dans les guerres les plus risquées, fixaient des projets politiques impossibles et toujours, l'absurde se changeait en sagesse, la réaction en progrès, les défaites en victoires. L'un des plus grands tsars de Russie, Pierre le Grand, avait perdu la guerre contre les Turcs et se trouvait prisonnier chez le Grand Vizir, et voilà qu'en cet instant, le plus néfaste pour lui et pour son pays, il lui vint l'idée lumineuse d'un vulgaire pot-de-vin, d'un minable bakchich transmis de la main à la main, d'un pourboire comme nous en donnons à notre plombier ou à notre concierge. Le Grand Vizir accepte le pot-de-vin, délivre Pierre, aussitôt l'histoire caresse les cheveux du géant russe et la carte change sur-le-champ ; la Russie franchit un nouvel échelon de sa puissance politique. Un simple pot-de-vin — une montagne de pièces — décide du destin d'un Etat gigantesque. Voilà une des plaisantes farces de l'histoire. L'Etat russe aurait dû être poussé, précipité, par toute son organisation sociale, économique et culturelle dans l'abîme de la destruction et du néant. Le despotisme ignare et obscurantiste, l'abrutissement des plus hautes sphères de la société, la misère du peuple, le pouvoir discrétionnaire de fonctionnaires stupides et vénaux, l'invraisemblable indolence des chefs, les mœurs et les lois les plus réactionnaires, la barbarie dans les relations entre les gens ; tout cela, au lieu de plonger l'Etat russe dans une honteuse anarchie, au lieu de dévaster la structure de l'Etat, au lieu d'exclure la nation russe de la communauté européenne, tout cela a contribué à la construction laborieuse de la puissance de l'ancienne Russie, à sa suprématie, à sa grandeur parmi les peuples du vieux continent.

Dans notre pays, en Pologne, la noblesse des monarques éclairés, l'énergie des ministres raisonnables, la bonne volonté des citoyens, la foi dans les idées les plus hautes de l'humanité — dans notre pays —, toutes ces valeurs positives, exemplaires, modèles, se sont inopinément dévaluées. Elles se prostituaient sans raison et entraînaient par le fond, comme une pierre, l'honorable cadavre de la République des Deux Nations [1].

Nous autres, nous connaissons bien le pourquoi et le comment. Nos historiosophes ont ausculté avec précision la colonne vertébrale de notre histoire. Ils en ont mis à jour tous les vices, tous les défauts et toutes les malformations. Nous savons bien que c'est notre *liberté dorée* qui nous a perdus. L'attachement forcené, insensé, aux libertés individuelles du citoyen, à l'autonomie et à l'indépendance de l'homme. Toute notre misère vient de cette liberté effrénée. Tout notre calvaire de cette intempestive éruption d'individualisme. Toute notre incertitude du lendemain, de notre inexplicable inclination pour le « moi » effréné, sans aucune contrainte, opposé au « nous », au « vous » et au « eux ».

Nos sages historiosophes barbus, comme à de mauvais élèves, à des ânes du dernier rang, à des voyous de banlieue, nous donnent l'exemple de nos voisins modèles qui, au lieu de se vautrer dans la liberté, au lieu de la diviniser et de s'en faire une religion, se sont appliqués à construire des États forts, despotiques, des organismes reposant sur la tyrannie, la violence acharnée de l'État à l'égard de l'individualité désordonnée, le culte de l'écrasement de l'individu au nom des desseins génocides des potentats sanguinaires. Notre histoire peut envier à celle de nos voisins les têtes coupées, l'arbitraire institutionnel et l'asservissement définitif de cet être pensant que les biologistes, frères des historiens, appellent « homo sapiens ».

Eh bien, que le diable l'emporte, cette carrière avortée de despotes et de tyrans. Que le diable l'emporte, ce rôle non réalisé de gendarme de l'Europe. Que le diable l'emporte, cette vocation ratée de bourreau exécutant des victimes sans défense et des peuples entiers sans force.

Faut-il que nous ayons honte de notre amour de la liberté ? Fût-ce une liberté insensée, folle, complète, anarchique, provinciale, dût cette liberté nous conduire à notre perte !

Je sais, je sais. Je connais bien les funestes avatars de notre *liberté dorée* qui a eu pour conséquence des chaînes entiè-

1. Pologne et Lituanie. (N.d.T.)

res de malheurs et de tragédies nationales; je vois l'énormité du mal issu de notre liberté polonaise, sarmate[1], nobiliaire, individualiste, nihiliste, inconsidérée, cette égoïste liberté du « chacun est maître chez soi ». Mais quand bien même nous serions une société de fourmis, une société réglementée, disciplinée, de type anglo-saxon, le despotisme avide nous épargnerait-il, le totalitarisme agressif de nos voisins ne débiterait-il pas notre cadavre en quartiers ? Car, toujours, il faut que la noblesse le cède à la bassesse, que la vertu tombe aux pieds du crime, que la liberté périsse des mains de la servitude. Bien qu'on puisse tout aussi bien dire que la justice triomphe du péché, que le bien est vainqueur du mal et que la liberté l'emporte sur la servitude. Mais n'oublions pas que le bien est aussi libre et lent qu'un nuage dans le ciel et le mal rapide comme l'éclair.

Une femme de ménage, armée d'un seau, d'un balai et d'un chiffon noir, sort de l'arrière-boutique. Indifférente au luxe du magasin, aux relations qui se sont établies dans la queue et sans égard pour nos chaussures, elle se met à balayer la boue et à la ramasser avec sa serpillière qu'elle essore dans le seau. Nous lui cédons le passage en essuyant discrètement les jambes de nos pantalons éclaboussés. Personne n'a le courage de lui faire des remarques sur le maniement risqué de sa serpillière.

— Les Polonais, si on leur donnait la liberté, ils dépasseraient tout le monde, lance M. Duszek qui se tait aussitôt, gêné par le brusque silence dont la queue gratifie sa maxime.

Grzesio rompt enfin le silence :

— Il n'y aura plus de livraison.

— On dirait que non, le soutient la paysanne parfumée au Christian Dior. Quelqu'un a froid, peut-être ?

De son doigt mince à l'ongle au vernis pistache, elle montre ses petits gobelets argent. Kojran jette discrètement son mégot dans le tas de boue et l'écrase du bout de son caoutchouc, rebut de l'exportation.

1. Peuple guerrier des steppes du nord de la mer Noire. Les nobles polonais s'étaient inventé une origine sarmate. Sarmate est aujourd'hui synonyme d'obscurantiste, égoïste, conservateur et baroque. (N.d.T.)

— Si les soviets attendent, ça veut dire qu'il y aura sûrement de la marchandise.

En effet, les touristes soviétiques se sont installés pour de bon dans le magasin. Ils somnolent, serrés les uns contre les autres, petit groupe discipliné, ou admirent avec mollesse la décoration rococo des murs et du plafond. Seul, l'un d'entre eux garde les yeux fixés sur moi avec obstination. Il me regarde et sourit aimablement d'un air qui me semble familier. D'ailleurs, même son visage me dit quelque chose, je me rappelle ces yeux gris de myope, ce nez un peu épais, et ces lèvres minces de la couleur des vers de terre au printemps. Il me sourit, me fait des signes à la fois frustes et familiers. Je jette autour de moi des regards circonspects pour m'assurer qu'il n'a pas jeté son dévolu sur quelqu'un d'autre. Non, mes camarades de queue regardent le comptoir de cristal d'un air hébété. C'est bien moi que ce Russe a en vue, à moi qu'il envoie des sourires, à moi qu'il fait signe d'approcher de sa lourde main de travailleur.

Je m'approche donc timidement, et lui aussi vient à ma rencontre.

— Tadek ? Konwicki, c'est toi ? me demande-t-il. Le fils de Jadwiga ?

— Et toi, Kaziuk ? Le fils de Constantin ?

— Bah, oui ! On se rencontre, à la fin ! Tu parles d'un événement !

Nous nous étreignons, nous embrassons sur les deux joues, pas loin de la bouche. Il sent le gros tabac et la peau de mouton, et moi, sans doute, l'after-shave « Green Water ».

Kaziuk s'étonne et sourit aussi cordialement, aussi sincèrement et joyeusement que les gens sincères de chez nous en Lituanie étaient les seuls à savoir le faire, le plus simplement du monde :

— Tu vois ça, à la fin de notre vie, voilà qu'on se rencontre !

— Nous ne nous sommes jamais vus, n'est-ce pas ? Je ne connaissais que ta sœur Alina que j'avais rencontrée pendant des vacances.

— Nous avions seulement entendu parler l'un de l'autre. Mais, moi, je t'ai tout de suite reconnu. Tout le monde disait toujours que nous nous ressemblions comme deux gouttes d'eau.

— Attends, mais nous avions une grand-mère commune ?

— Oui, nous avions une grand-mère commune, mais aussi il y avait une sœur de mon père qui était mariée à l'un de tes oncles. Et le premier mari de ma tante Malwina était le parrain de ta mère. Quant à ta mère, je veux dire Jadwiga, elle était devenue la belle-sœur de la nièce de ma mère. Les deux frères qui vivaient près de Wormiany avaient épousé des filles de la sœur de ta mère, je veux dire Jadwiga.

— Attends un peu, je n'y comprends rien. Mais je me souviens de ce qu'on racontait sur toi. Tu avais tué un coq en tombant d'un toit ?

— Oui, chez nous tout est emmêlé. Nous-mêmes, nous n'arrivions pas à nous y retrouver, dans toutes ces alliances. Mais dans les parentés, oui.

— Alors je suis ton parent ?

— Forcément ! Et en plus, nous nous ressemblons comme deux gouttes d'eau.

— Où habites-tu donc maintenant, Kaziuk ?

— Chez moi. Près d'Oszmiana. Et toi ?

— Ici, à Varsovie.

— On peut s'y faire, bien sûr, admet Kaziuk.

Une mèche de cheveux grisonnants, collés par la sueur, s'échappe de son bonnet de mouton à la russe et lui tombe sur le front. Sur le menton, un petit bout de papier à cigarette imbibé de sang. On voit que Kaziuk se rase à l'ancienne avec un rasoir à main.

Je regarde sa pelisse de lièvre à la mode d'Oszmiana il y a cinquante ans. J'étais un jour parti à la guerre dans une pelisse semblable. Parti à la conquête du monde.

— On va jusqu'à chez vous en longeant la forêt de Rudnicka ?

— On peut passer par là, mais c'est plus long. Mais la forêt de Rudnicka, elle n'existe plus.

— Comment, plus de forêt de Rudnicka ?

— Ni forêt de Rudnicka, ni forêt de Nalibocka, ni de Ruska. Les gens les ont coupées. Chez nous, maintenant, c'est l'Europe.

Et voilà, nous n'avons plus rien à nous dire. Nous nous regardons en souriant, mais désormais d'un sourire forcé, car les muscles des mâchoires nous font mal à force de sourire. Nous nous étreignons donc à nouveau. Du coin de l'œil, je remarque à son poignet une montre russe de la marque *Pobieda*[1], et lui, s'il est observateur, peut voir la même à mon poignet.

— J'ai entendu dire que tu as perdu ta mère.

— Oui, et toi ?

— Moi aussi, j'ai perdu mes parents.

— Tu travailles sans doute dans un kolkhoze ?

— Oui, je suis chef d'équipe à l'étable.

— Comment s'appelle votre kolkhoze ?

— « Pobieda », comme tous les kolkhozes. Toi, tu es au moins directeur ?

— Pas tout à fait. Mais je me débrouille.

— Tu t'es acheté une veste de berger, Tadzia ? remarque Kaziuk d'un air mi-étonné, mi-réprobateur.

— C'est la mode ici, en ce moment.

— Tu n'as pas besoin d'argent, au moins ? Dis-le franchement, j'ai des roubles plein la poche.

— Merci, j'ai ce qu'il faut, moi aussi. Si tu as besoin...

— Je n'arrive pas à dépenser les miens. L'argent, c'est pas ce qui manque, c'est la vie qu'en est pas une.

Kaziuk rit de sa propre plaisanterie et me donne une tape dans le dos de sa grosse patte.

— N'aie pas peur, me dit-il à moitié en russe, à moitié en polonais. J'aime plaisanter. Moi, j'ai le droit parce que je suis un *héros du travail socialiste.*

— Ho ! ho ! Tu as fait carrière. En voilà au moins un qui a réussi dans toute la famille !

— Ça arrive ! Tu veux voir ?

Et, sans attendre ma réponse, il ouvre sa veste et me montre une petite étoile d'or au revers.

Nous restons muets un long moment. Dans la rue un tramway armé d'un chasse-neige patine sur les congères. Les deux queues, la soviétique et la polonaise, nous regardent d'un air réservé. Et nous, nous sommes en plein milieu du magasin, fatigués déjà par cette rencontre inattendue.

— Tu as des enfants ? me demande Kaziuk.

— Oui, deux filles, et toi ?

— Moi aussi, j'ai deux fils. Le cadet va à l'école et l'aîné est déjà militaire, il sert dans le Caucase.

---

1. La Victoire. (N.d.T.)

— Dis-moi, Kaziuk, il n'y a pas de revenants chez toi, la nuit ? J'y retourne souvent là-bas. Quand je suis malade, ou déprimé, ou en rêve. Je passe la frontière illégalement grâce au bonnet de nostalgie qui rend invisible, je me promène sur les sentiers de mon enfance, je me baigne dans les rivières de ma jeunesse, je jette un coup d'œil dans les chaumières de mes premières années d'homme.

— Fais attention, Tadek, que les gardes-frontière ne t'attrapent pas parce que tu te réveillerais en prison, sourit Kaziuk. Tu as peut-être mal fait de quitter Wilno ?

— Mais quelle serait ma vie là-bas, maintenant ?

— La même que la mienne. Il est grand, notre kolkhoze. Tu n'en ferais pas le tour en trois jours. Il y a de la place pour tout le monde.

— Tu es content de ta vie ?

— Je n'y ai jamais pensé. Ça pourrait être pire. Et toi ?

— Moi, je réfléchis tout le temps à ma vie, et je n'arrive à rien en sortir.

— L'homme est fait pour travailler. Je reste près d'Oszmiana et je garde notre terre, nos bois, notre patrimoine. Je n'en sais pas plus. *Tout le reste est baliverne*, ajoute-t-il en russe.

— Tu es un héros positif, lui dis-je en polonais.

— Qu'est-ce que ça veut dire ?

Je lui traduis en russe :

— Un héros positif.

— Des héros, il y en a beaucoup chez nous, rit Kaziuk qui me répond dans la même langue.

A nouveau, j'ai l'impression d'avoir froid et en même temps d'étouffer. Je n'ai pas de brusque douleur, je n'ai pas les mains qui tremblent, les yeux qui s'obscurcissent, mais j'ai la sensation de commencer doucement à mourir avec un sentiment de regret. Je m'observe moi-même avec un étonnement bienveillant et je vois naître en moi une terrible obscurité, une noirceur veloutée doublée d'une lente angoisse. Je ne ressens pas de faiblesse paralysante, mais j'ai envie de me coucher par terre, j'ai absolument besoin de me coucher sur la terre froide et d'appliquer ma joue contre sa fraîcheur humide. J'entends un bruit assourdi, tout s'éloigne progressivement, comme par le petit bout d'une lorgnette ; je veux chercher de la main une chaise derrière moi et je veux dire une amusante formule d'adieu... et je veux ne rien vouloir.

L'aube d'une ère nouvelle pointe à l'horizon. L'humanité se fond en un nouveau peuple, unique, le peuple des Terriens. La facilité des transports, la facilité de l'information, de la communication de la pensée, des mœurs et de la culture ont rapetissé l'univers naguère énorme de notre monde. Le globe terrestre est devenu une coquille où nous restons prostrés par l'angoisse de l'avenir inconnu.

Il naît une sorte de communauté biologique, il se forge un germe de langue universelle qui, au début, comme le veulent les professeurs qui détestent la littérature, peut bien être la langue des images, la langue des hiéroglyphes dont on compose les affiches. On unifie l'économie et la politique sur des domaines de plus en plus étendus, jusqu'à ce que se crée l'océan mondial de notre somme. L'art contemporain s'est universalisé, les frontières des Etats se sont effacées en bien des endroits ; de plus en plus de gens de races et de nations différentes contractent mariage. Demain, nous ne serons plus qu'un seul grand peuple fraternel.

Mais aujourd'hui, comme s'il pressentait sa perte, le sentiment national, tribal ou régional, se déchaîne, explose et met en branle des réactions catastrophiques. Les plus petits groupes nationaux, les îlots les plus tranquilles, les héritiers les plus modestes de sociétés mortes depuis longtemps revendiquent partout leur liberté. C'est pourquoi nous assistons à la triste capitulation des vieilles démocraties râpées devant je ne sais quels archipels de corail, quels cantons ambitieux, quels troupeaux humains déchaînés.

La liberté est soudain devenue une des plus importantes ressources de notre terre, désormais facile à parcourir. L'exploitation de la liberté se trouve à la tête des statistiques de l'exploitation des ressources du globe. Le jour est donc arrivé où la liberté est devenue notre principal besoin. La liberté des peuples, des corporations et la liberté du simple individu anonyme qui se débat contre sa piètre vie, sa femme mauvaise et l'absence totale de tout talent. La démocratisation universelle rend accessibles à tous les hommes tous les biens de ce monde. La liberté également.

Nous autres, nous avons pourtant toujours été les champions fervents de la liberté. Nous nous sommes donné bien de la peine dans ce processus risqué de découverte et de diffusion de cette vitamine divine. Le XIXᵉ siècle est l'époque de notre grandeur et de notre chute. Pendant quelque cent cinquante ans, nous avons hurlé à la liberté d'une voix de loup et vous autres, vous vous bouchiez les oreilles. Pendant cent ans, nous avons couru de par le monde, les armes à la main pour défendre ceux qui luttaient et vous, vous nous dénonciez aux agents de la police secrète.

Certes, il vous arrivait, à de courts instants d'exaltation, de nous porter en triomphe comme des symboles de la liberté, mais le lendemain, vous nous expulsiez de vos Etats repus et qui n'honorent la liberté qu'en paroles et à la lettre. Rarement, il vous arrivait de baiser nos chers fronts de martyrs mais, le plus souvent, vous conspuiez, railliez et abaissiez notre lutte contre la terreur, notre lutte qui ignorait le détournement des navires avec leurs passagers innocents, ignorait les enlèvements, les meurtres de protestation perpétrés contre des femmes et des enfants.

A présent, on distribue la liberté comme du pain. Au grand bazar des Nations unies, on octroie la liberté à tous ceux qui le désirent. De couleur ou monochromatiques, bossus ou droits, sages ou fous, tous emportent de Manhattan la liberté à pleines poignées, à pleins sacs ou par containers entiers. Nous aussi, que diable, laissez-nous un peu renifler de cette liberté.

Je m'éveille au ciel. Je suis au cœur même d'une douce chaleur, dans le centre de la douceur, je suis étrangement léger, si léger que je suis sans doute délivré du poids de mon propre corps. J'entends la musique sereine et majestueuse que Haydn compose dans le ciel à l'usage du chœur des archanges. Une légère lumière rosâtre imprègne l'air parfumé et cette lumière elle-même est paradisiaque, bien qu'elle puisse aussi, par sa nuance, faire penser aux couleurs du vestibule des enfers. Et, au-dessus de moi, flotte l'image tridimensionnelle de l'un de ces anges qui nous sont bien connus grâce à l'ancienne peinture méditerranéenne. Je vois ses cheveux sombres à un doigt du style « afro », je vois ses doux yeux bombés, je vois ses lèvres à peine gonflées et je vois la douceur de son cou tendu d'une peau pâle mais à la fois brûlante.

— Veux-tu vivre ?

— Modérément, chère Iwona.

— Ne m'appelle pas Iwona. Si tu préfères, je peux être Basia.

— Très bien, mademoiselle Iwona. Soyez donc Basia. Mais pourquoi Basia ?

— Cela n'a pas d'importance, mais Basia sonne mieux. Ça me rappelle quelque chose. Alors, tu veux vivre ?

— Pas trop. Cela fait déjà assez longtemps que je vis.

— N'exagère pas. Je ne vois pas sur ta tête un seul cheveu blanc.

— C'est vrai, mes cheveux sont un peu en retard. Mais s'il s'agit de tout ce qu'on peut vivre dans une vie, tout cela, je l'ai à mon actif. Je n'ai plus de curiosité, ma curiosité est épuisée ou plutôt, à dire vrai, elle est inassouvie et rien ne pourra plus la satisfaire.

— Et que voudrais-tu donc encore connaître ?

— Une question me brûle la langue, cette question définitive, si affreusement banale, si ennuyeuse et irritante par le fait même qu'elle tourmente continuellement chaque individu tout au long de son existence, question indécente à force d'être désarmante, question honteuse d'être sans réponse, question que ne posent jamais les gens qui ont de la fierté. Et, subrepticement, j'attends un miracle. J'attends continuellement une réponse. Je me berce de l'illusion qu'une nuit, je verrai venir à moi l'un de mes morts familiers, mon père ou ma mère, ou l'un de mes amis ou une jeune fille suicidée sans raison, je verrai venir un spectre qui me donnera la réponse que j'attends depuis tant d'années et dont l'attente sans doute ne sera jamais satisfaite.

— Tu m'as déjà parlé de cette question et moi, je t'ai proposé de te donner une formule à résoudre pendant les longues soirées d'hiver.

— Convenons entre nous que vous êtes la conscience de l'une des galaxies exotiques de notre Voie lactée ou d'un million d'autres Voies lactées exotiques et que cette conscience étrangère ou plutôt cette supraconscience ou superconscience a été revêtue d'un corps humain, terrestre, comme d'un habillement standard, et que ce vêtement charnel a été choisi avec un certain goût, et que vous le portez avec désinvolture, nonchalance, légèreté, comme un lambeau de vent cosmique ou une poignée d'algues de l'un des canyons de l'univers.

— D'accord, convenons que je suis une âme d'une autre dimension parée pour tes yeux et, à ce que je t'entends dire, incarnée avec bonheur de telle sorte que tu n'émettes pas de restrictions. Je préfère une âme à une conscience.

— Cette incarnation comportait un certain risque. Si la providence avait exagéré un peu la nuance, elle aurait perdu en moi son client.

— Gloire à la providence pour sa mesure. Acceptes-tu aussi que j'aie jeté sur toi mon dévolu voici plusieurs centaines de milliers d'années et que j'aie attendu l'instant où votre soleil entrerait dans votre signe du Capricorne, c'est-à-dire où votre terre s'inclinerait vers la mort à un millimètre près avant de se remettre à tourner vers la vie, l'instant où, dans cette seconde d'immobilité, tu te mettrais à languir de l'avenir et à languir d'un passé inconnu.

— Je suis d'accord, même si c'en est trop pour moi. J'ai toujours eu un faible pour les femmes un peu mystérieuses, mais un peu seulement.

Je ne vois ni les murs ni le plafond. Partout une obscurité rose. Et une musique pleine de sons de cloches ou de triangles. Mais son parfum est celui des herbes de la terre.

Je tends vers elle des mains étrangement légères. La jeune fille se penche. Je sens son souffle frais sur mes joues. Je vois dans ses yeux un consentement ou plutôt une curiosité à l'oreille tendue. Je soulève donc à peine ma tête légère et nos visages sont si proches que la chaleur de ses lèvres touche ma bouche. Je lui demande :

— Et après ?

— Après, rien, répond-elle.

— Nous allons voir si les anges ont des lèvres.

Nous nous embrassons en nous regardant dans les yeux. Il se passe quelque chose dans ses pupilles. Comme si la membrane d'un obturateur montait et descendait. Comme si venait d'y passer un éclair d'angoisse, de douleur, ou de souvenir. Ses lèvres ont le goût de l'herbe qu'on mâche au printemps, non, je reconnais la suavité volatile de la sève de bouleau printanier ou de jeune érable. Soudain, je sens un bruit monter en moi, un bruit sans doute aussi printanier et je m'aperçois que je ne suis pas encore si vieux que ça et que je sens s'éveiller en moi ce frémissement assourdissant dont je garde le souvenir depuis de lointaines années. Je soulève le pull et mes doigts rencontrent les minces travées de côtes recouvertes de matière chaude et palpitante. Elle aussi, suivant la mode des Terriennes, a renoncé au soutien-gorge. J'enlace des seins pleins de vie, de vrais seins, des seins de rêves érotiques, des seins comme en avaient autrefois les femmes dans mes années de jeunesse. Des seins couronnés de mamelons superbes, cratères couleur de miel d'un mystère éblouissant. Des seins comme on peut en rencontrer une fois seulement dans sa vie, et Dieu veuille qu'il ne soit pas trop tard. Les mamelons, eux, n'ont pas le goût de l'herbe, de la sève, mais du soleil, de la chaleur de juillet, de cette heure étouffante de fin d'après-midi.

— Tu viens d'avoir une crise cardiaque, murmure la jeune fille.

— Vérifions si les anges ont des seins terrestres.

— Tu n'as pas peur de la mort ?

— Ce n'est pas le moment de penser à des sornettes.

Et le frémissement se transforme en ces convulsions qui me secouaient déjà quand j'habitais près de Wilno, quand j'apprenais l'a b c du désir. Je me débats contre les atours de l'ange qui défendent la jeune fille et moi-même du péché. Je lui retire ses écailles de décence et la voici devant moi, chaude, haletante, réelle comme en rêve ou quand on languit. Moi aussi, tout à coup, sans que je sache comment, je me retrouve complètement nu, sans doute aussi brûlant et jeune. Haydn ou un autre musicien céleste fait monter près de nous une voix pleine de cloches ou de triangles. Ses jambes comme les ailes d'une hirondelle blanche, comme des ailes déployées pour voler.

— Assurons-nous que les anges sont des jeunes filles.

— Non, non. Tu as le cœur qui bat à faire peur.

— C'est pour me faire ouvrir ton cœur à toi.

L'obscurité nous enveloppe, la nuit rouge des paupières fermées. Un court assombrissement voilant le fracas des artères, des conjurations rauques, et son cri inhumain ou le mien qui transperce la phrase céleste de Haydn. Nous écoutons longuement s'apaiser en nous ce cri, instant infini de bonheur poignant ou de volupté qui nous semble être du bonheur. Une sueur froide me coule sur l'échine en me chatouillant comme une goutte de pluie printanière.

— Pousse-toi, mon petit vieux, grommelle Basia.

Elle rejette d'un coup de pied le reste de nos vêtements et reste étendue sans gêne dans sa nudité, sur le dos, les bras en croix, sa paume se retrouvant sous ma nuque. Elle respire avidement, avec délice. J'ai devant moi la douce élévation de sa poitrine aux mamelons recroquevillés de désir. Sous sa peau blanche palpitent, laborieuses, ses veines bleues, les canaux réels, terrestres, de son système sanguin. Je vois luire également à son cou l'humidité rose de la sueur. Et si elle brille de reflets roses, c'est qu'au-dessus de nous se balance une ampoule nue recouverte nonchalamment par quelqu'un de la couverture rouge d'un hebdomadaire illustré. C'est notre fureur qui fait vaciller cette lampe, et elle se calme lentement à mesure que nous nous calmons.

— Tu n'as pas besoin de m'appeler « mon petit vieux ». Je m'en souviens assez, tout le temps.

— Mais tu es un petit vieux. Regarde les plis que tu as sur le ventre.

— C'est parce que je suis détendu. Il faudrait que tu me voies sur un stade.

Basia, cet ange de naguère, bâille largement. Pendant un instant, j'aperçois le dessous de ses dents et un plomb dans l'une des molaires. C'est tout simplement une femme, une grande femme jeune et belle. Je pose ma main sur son ventre chaud et elle ne se dérobe pas à cette familiarité. Elle regarde la couverture de l'hebdomadaire qui joue les abat-jour. La lumière de l'ampoule transperce les lettres d'un titre intrigant.

— Tu ferais bien d'aller voir un médecin, je te le conseille, reprend-elle, indolente.

— Quelque chose n'était pas comme tu voulais ?

Elle tourne la tête de mon côté, me pose un banal baiser sur la tempe.

— De ce côté-là, tout va bien. Mais tu t'es trouvé mal dans le magasin.

— Je n'aurais pas dû boire.

— A partir d'un certain âge, il faut faire attention à son cœur.

— Tu recommences avec mon âge ?

— Ne te fâche pas, j'aime les messieurs d'un certain âge.

— Que diable, c'est incroyable de devenir comme ça du jour au lendemain, un vieux monsieur.

— Mais quel âge as-tu ?

— Qu'est-ce que ça peut te faire ?

Basia sourit, rejette une mèche de cheveux de son front pâle.

— Cela m'amuse de te taquiner.

Maintenant seulement, je comprends pourquoi il fait si chaud ici. A côté de la banquette tachée sur laquelle nous nous sommes allongés, il y a un chauffage électrique. Il découvre de notre côté la spirale de sa résistance chauffée au rouge. Haydn a terminé son morceau. Quelqu'un lit un communiqué météorologique. Bourrasques, gelées, brusques dégels, pluies continuelles. Ici un golfe a gelé, là des crocus sont éclos. Ici un déluge, là les gens meurent de soif.

— Ecoute, mon petit vieux, qu'est-ce que tu as à te promener avec tes questions définitives, à attendre un miracle, alors qu'en vérité tu ne décolles pas du trottoir d'un millimètre ? En fait, c'est bien la terre qui t'intéresse et pas le ciel. Cette maladie de cœur, tu l'as attrapée par fureur contre de piètres affaires terrestres.

— Comment se fait-il que tu me connaisses si bien ?

— Admettons que j'ai appris ça à l'école.

— Je suis curieux de savoir de quelle école il s'agit. Normalement, je ne suis pas au programme des écoles.

— Tu risques de craquer à t'agripper au ciel d'une main et de l'autre à la terre.

— Oui, j'ai envie de craquer. Parce que j'en ai assez de ma propre végétation, et encore plus du destin de ces gens bizarres, insensés et malheureux avec lesquels je cohabite sur les bords de cette rivière de moyenne grandeur, empoisonnée par les détritus d'une industrie au développement malencontreux.

— Parle lentement sinon tu vas t'embrouiller.

— Tu as raison. Je suis écartelé. Je suis un étranger qui a trop pris à cœur sa patrie d'adoption.

— Pourquoi es-tu un étranger ?

— Et toi, pourquoi es-tu une étrangère ?

— Moi, je suis Basia, élève de terminale dans un lycée commercial. J'accomplis un stage dans une bijouterie où j'ai été séduite par un client d'un certain âge. Heureusement que j'ai dix-huit ans révolus, sinon tu aurais pas mal d'ennuis.

Sur une petite table bancale recouverte d'une nappe en

papier, une radio vieillotte cligne de son œil vert, magique. Un grand orchestre symphonique joue un cantique polonais solennel. Dans les cavernes de leurs appartements, sous des montagnes de neige, les gens partagent l'hostie de Noël.

— Où suis-je, Basia, élève de terminale commerciale ?

— Chez moi, dans ma pension. Ou dans l'arrière-boutique d'une joaillerie. Comme tu préfères.

— Je préférerais que ce fût un défilé montagneux un jour d'été.

— Tu aimes les montagnes ?

— Je les hais. Elles cachent la vue.

— Tu es tombé à la renverse subitement et l'ami qui était avec toi ne voulait pas qu'on te porte secours. « Il fait semblant, il nous taquine, c'est pour faire pitié », hurlait-il. Il t'aurait achevé.

— Qui ? Kojran ?

— Celui qui part demain en Amérique. Dans l'autre monde.

— Oui, c'est Kojran. Il a raison. Je la lui dois, ma vie.

— Tu parles toujours aux femmes de cette façon ?

— J'ai de plus en plus rarement affaire à des femmes. De plus en plus souvent à des amies.

— Et nous aussi, si nous devenions amis ? Tu viendrais me chercher devant le magasin à dix-neuf heures, quand je termine le travail. L'hiver, nous irions au cinéma, puis nous ferions l'amour sous une porte cochère. L'été, tu m'amènerais au bord de la Vistule dans les bosquets d'osier, là où nichent les oiseaux. Tu raconterais confidentiellement à tes amis que tu as une de ces petites brunes qui est folle de toi, bien qu'elle ait trente ans de moins que toi. Moi, je te mettrais de côté des articles déficitaires du commerce de la joaillerie. Nous passerions ainsi quelques années jusqu'à ce que se dresse devant nous l'obstacle de ta santé délabrée ou que je me résigne à prendre un mari.

— Pourquoi me dis-tu ça ?

— Parce que je me marierais bien avec toi. Cela fait longtemps déjà que je t'ai remarqué. Tu es délicat, sensible, tout à fait différent des autres. Les femmes aiment ce genre d'homme.

— Impossible, mon enfant. Je suis marié selon le rite romain. Tu sais ce que ça veut dire.

— Oui, malheureusement. Un mariage qu'on ne peut dissoudre que devant Dieu.

— Il nous reste le cinéma ou la plage au bord de la Vistule. Si, bien sûr, tu le désires.

— Je vais réfléchir à cette proposition, quoiqu'elle n'ait pas un avenir encourageant.

— Tu n'as pas froid ?

— Ça te gêne que je sois nue ?

— Non, au contraire. Ce qui me gêne, c'est que des désirs indécents me reprennent.

Sur le mur dont la peinture imite le marbre, il y a un calendrier. Quelqu'un a rayé d'avance les jours de la semaine de fêtes. Le temps s'est arrêté et attend les gens jusqu'au premier jour ouvrable. Si Dieu leur prête vie.

Basia est plus grande nue qu'habillée. Ses larges mamelons détendus regardent le plafond enfumé. J'embrasse le plus proche. Aussitôt, il devient sucré comme du miel. Basia fait semblant de ne pas voir mais retient son souffle. Mes doigts glissent sur son ventre palpitant. Je rencontre l'herbe sèche d'une toison frisée. Basia a les oreilles en alerte, bien qu'elle regarde quelque chose sur le côté, sans doute l'œil vert félin de la radio d'où suintent des chants de Noël pathétiques. Comme un vieux mari, je me mets à l'ouvrage.

— Arrête. Ce n'est pas bien, murmure Basia, mais elle écarte les jambes et soulève les genoux.

Je caresse ce qu'il faut caresser et je la vois tout entière devant moi avec tous ses mystères désormais assez révélés à la lumière rougeâtre de l'ampoule, domestiqués par les quarts d'heure, les heures peut-être, que nous sommes allongés ici.

— Ne te fatigue pas, mon petit vieux, chuchote-t-elle, et elle serre ma main entre ses cuisses et aussitôt la relâche.

— Tu vas voir le petit vieux.

Je m'affaisse paresseusement sur son corps grandi par la nudité, je trouve mon chemin et elle s'empresse de m'aider. Elle soupire quand je suis déjà en profondeur. Je lui grommelle à l'oreille :

— Remettons peut-être ça à demain.

— Bon, tant pis maintenant, s'efforce-t-elle de répondre avec indifférence.

Puis nous grimpons péniblement vers la prédestination

physiologique. Elle, franchement, ou de plus en plus franchement? et moi, avec des détours de renard, hypocrite comme toujours ou faux, comme la première fois, comme depuis longtemps. Je me joins à son exaltation, je feins l'extase et quand elle s'étire et se fige comme si vraiment elle expirait, moi, je recommence furtivement, avec précaution, mon activité depuis le début.

Elle remue les lèvres à peine perceptiblement et j'y lis ce reproche :

— Tu m'as trompée.

— Je ne sais pas. Je suis distrait.

Ses lèvres s'écartent à peine en un sourire intérieur. Puis elles retourneront lentement à la forme qui est le signe d'un tendre baiser somnolent. Enfin, elle ferme ses paupières. Mais maintenant, c'est moi qui suis pris par cette force étrange, incontrôlée. Je m'efforce de feindre, de tromper, de détourner ce choc saisissant, mais je n'y parviens pas, je ne suis pas capable de le freiner, de le différer. Et ensemble, accordés, soudés par cette douleur qui est un don de Dieu ou de la nature, accrochés l'un à l'autre, nous volons à nous rompre le cou vers cet éclair de lumière d'un rouge aveuglant.

— Et alors ? demandé-je en m'étouffant d'air chaud, métallique.

Elle se serre contre moi ou me serre contre elle, car je n'y vois plus rien, étranglé par mon essoufflement, elle embrasse ma bouche qui n'est plus jeune, mon nez vieilli et mes yeux myopes et chuchote pudiquement :

— Rien. Je crois que j'ai outrepassé mes attributions professionnelles.

— J'ai fait tout mon possible. Mais trop tard.

— Il n'est jamais trop tard, comme disent d'habitude les gens à diverses occasions quand il est trop tard.

— Tu suis des cours de philosophie dans ton lycée technique !

— Dis-moi, mon petit vieux, c'est le mystère de l'être qui te tourmente ou l'infortune de tes proches qui parlent la même langue ?

— Tantôt l'un, tantôt l'autre. Vois-tu, petite stagiaire en bijouterie, moi, il faut que je fasse mes comptes maintenant. Que je vérifie à quel point j'ai gaspillé ma vie de pécheur.

— Il n'y a pas si longtemps, tu t'es livré à l'adultère.

— Cela, justement, le Bon Dieu me le pardonnera peut-être. S'il a remarqué, s'il a considéré de près les ambitions d'un homme vieillissant, s'il a mesuré tous les risques liés à ses efforts, je suis sûr qu'il me pardonnera.

— Tu ne te doutes pas que je voulais te tuer ? Te tuer avec la dernière crampe de ton propre désir ?

— Pourquoi aurais-tu voulu me tuer ?

— Mieux vaudrait peut-être que tu disparaisses tout de suite.

— Je vois que tu sais ce qui m'attend. Je voudrais te regarder dans les yeux, mais je n'en ai pas le courage.

Elle m'embrasse à nouveau avec une attention inquiétante.

— Pourquoi ne dis-tu rien ? lui demandé-je.

— Donne-moi une cigarette. Tout s'est passé autrement.

— Et comment cela aurait-il dû se passer ?

— Que me veux-tu encore ? Je viens de me rappeler que j'ai beaucoup de devoirs pour demain.

— Mais tu n'es pas allée au lycée aujourd'hui.

— Pas allée ? s'étonne Basia. C'est vrai, je n'y suis pas allée. Et demain, c'est fête.

— On pourrait peut-être prendre rendez-vous pour après les fêtes ?

— Est-ce que ça en vaut la peine ?

— Je ne sais pas moi-même. J'ai maintenant une énorme masse de scrupules. Mais je m'ennuierai peut-être de toi.

— Mieux vaut s'ennuyer et ensuite oublier. S'ennuyer un peu et oublier.

— Mais je ne sais pas comment demain, après-demain, je ferai le compte de tout ça.

— Tu fais toujours tes comptes ?

— Je compte mal, mais j'ai une tête à compter. C'est pourquoi on dit que je suis un malin, un rusé, un débrouillard.

— Tu es bien malheureux, mon petit vieux.

— Pas tellement. Il m'est arrivé de ne plus y penser. Ou peut-être avais-je envie d'être comme tous les autres. Tout au plus, c'est moi qui suis perdant.

— Tu sais quoi, je te téléphonerai peut-être, d'accord ?

De la couverture rouge qui sert d'abat-jour s'élève un mince filet de fumée raréfiée. L'ampoule commence à faire brûler le papier.

— Bien.

— Mais non. Tu attendras mon coup de fil. Cela te mettra à la torture.

— Un peu. Je ne te demande même pas comment il se fait que tu me connaisses si bien.

— Puisque c'est ça, je viendrai te voir chez toi. Ou je ne viendrai pas.

— Bon, tu viendras ou tu ne viendras pas. Ce sera peut-être moi qui viendrai ou ne viendrai pas.

— Et comment sais-tu où me trouver ?

— Peut-être dans la bijouterie, ou devant le lycée technique ou sur la dernière planète de notre Voie lactée.

— D'accord, Konwa. C'est comme ça qu'on t'appelle ?

— Oui, dans ma jeunesse, il y a quelques époques de cela, non, plutôt quelques ères décisives pour l'évolution de l'humanité.

— Bon, alors, donne-moi de quoi fumer.

Je cherche mon veston. Il est là, enfoncé dans la veste qui a scandalisé Kaziuk. Je tâte mes poches. L'une d'elles fait entendre un craquement traître. Sans doute des billets de banque. J'en extrais à moitié une lettre à l'enveloppe déchirée couverte avec prodigalité de cachets par notre poste et notre scrupuleux office de douane. Cette enveloppe de couleur contient une lettre de mon ami d'enfance, Seweryn P. Nous nous sommes vus pour la dernière fois devant ma maison à Kolonia Wilenska, et c'était l'aube du 6 juillet 1944 ; et tous deux, nous avions des fusils français sans munitions ; et tous deux, nous courions attaquer un train blindé allemand qui s'était arrêté dans notre petite gare, retenu par l'insurrection de Wilno ; car chez nous aussi, vers la fin de la guerre, il s'est produit une insurrection ; mais personne ne s'en souvient ; moi-même, je me la rappelle de plus en plus rarement. Cette lettre de Seweryn P., c'est-à-dire de mon ami Sewek, je la porte sur moi depuis plusieurs semaines déjà et je n'arrive pas à m'en séparer. J'entends sans cesse sur ma poitrine son pouls qui se fige. Je sens tout le temps ses arêtes aiguës comme de vagues remords de conscience.

— Que se passe-t-il ? demande Basia, inquiète. Le cœur te fait mal ?

— A présent, il ne cessera plus de me faire mal.

Cher camarade de ma jeunesse, cher ami, j'espère que ma lettre te parviendra et seul cet espoir rationnel justifie les efforts de tous les gens de cœur qui participent à son expédition. Je ne connais pas ton adresse, sur l'enveloppe je n'ai donc écrit que ton nom et le nom du pays où tu habites, et, rien qu'en écrivant le nom de ce pays, j'ai éprouvé bien des sensations et des pressentiments compliqués mettant les nerfs à l'épreuve.

Je sais que tu es vivant, que la guerre ne t'a pas effacé de la surface de notre terre lasse, puisque dans la presse du pays qui est devenu ma patrie marâtre, dans cette presse immonde, j'ai découvert un jour une mention injurieuse concernant l'un de tes films présenté à un festival de peu d'importance.

Je suis actuellement à l'hôpital, dans un grand bâtiment surpeuplé, plein de douleur, de souffrance et de malheur. Et tous ces malheurs pour la première fois depuis bien des années m'humanisent, construisent autour de moi les murs invisibles d'un asile sûr, me séparent des circonstances inhumaines dans lesquelles mes compatriotes d'adoption sont forcés de vivre. Les pratiques du système, toute l'horrible violence de l'homme contre l'homme, doivent rester sur le seuil de ce lugubre bâtiment, union mélancolique du laboratoire et de la chapelle de cimetière. Mon asile est dirigé par la providence éternelle et apolitique ; mon asile est parcouru la nuit dans ses couloirs de pierre par la mort familière et terrible ; de mon asile on voit déjà le contour lointain de l'autre rive et le commencement d'un infini hostile.

La raison qui m'a conduit ici n'est pas très élevée. Je souffre en effet d'une vulgaire constipation mais je constate, non sans étonnement, que ma maladie jouit ici de la même considération qu'une crise cardiaque ou qu'une ancienne blessure par balle. Et cela est sans doute dû au fait que, quelle que soit l'affection qu'un homme apporte avec lui dans ce sanctuaire, il ne peut en sortir que par la seule issue qui conduit à la morgue.

Le chef de service qui s'occupe de moi avec une certaine sollicitude est un éminent proctologue et, ce qui est particulièrement important, un respectable monsieur sans parti. Et, pour cette raison, jamais il n'aurait pu occuper un poste aussi enviable ni m'aider à expédier cette lettre, si les circonstances n'avaient pas voulu qu'un certain ministre influent de notre régime souffrît également de constipation, mais d'une constipation dite chronique, une constipation capable, à ce qu'il paraît, de mettre en danger les jours mêmes de ce dignitaire inconnu. C'est pourquoi, depuis un certain temps, mon chef de service est devenu, officieusement, même sans doute secrètement, le médecin attitré de l'homme d'Etat. C'est pourquoi également il lui arrive de temps en temps, en tant que membre de l'escorte personnelle du ministre, de franchir les frontières de ce pays qui est une prison habilement maquillée. Ces remarques m'ont incité à prendre un risque, le risque tentant de faire parvenir un message clandestin quelque part dans le lointain monde libre. Qu'aurais-je bien pu choisir d'autre, sinon la vieille Europe libérale, sinon ma patrie devenue folle, sinon toi avec qui j'ai appris à fumer ma première cigarette, toi qui étais amoureux de la même fille que moi, avec qui j'essayais de lutter pour la même liberté, celle dont rêvent tous les captifs du monde.

Attiré dans le piège des obligations morales, mon chef de service sans parti s'est décidé, non sans crainte, à transporter cette lettre jusqu'au premier pays libre et à la mettre à la poste en cachette. Si donc on ne le déshabille pas à l'aéroport, si la fouille ne met pas à jour ce manuscrit tortueux, tu recevras cette lettre d'un autre monde, mais d'un autre monde terrestre qui, à mon avis, est tout simplement un enfer modeste au piètre fonctionnement.

Je vais tout de même commencer par le début. A la fin de la guerre, je me suis retrouvé à l'Ouest (à l'ouest de l'Europe, s'entend). J'ai tenté diversement ma chance, mais rien n'a marché. Alors j'ai été chercher fortune sur un autre continent comme nombre de naufragés semblables à moi. C'est ainsi que je me suis trouvé dans un pays assez sympathique à l'histoire tumultueuse et dramatique, pays libre seulement depuis quelques dizaines d'années, moyennement aisé, mais non pauvre, peuplé par des gens insouciants, un brin romantiques et doués du sens de l'humour. Comme tu vois, ce pays pouvait me rappeler un peu ma patrie perdue.

A peine m'étais-je installé qu'une surprise imprévisible se manifeste. Un changement de régime se produit sous l'influence du tout-puissant voisin du nord. Une junte imposée par ce voisin catégorique prend le pouvoir. Et cette junte apportée dans des malles ou plutôt des cantines militaires se met à gouverner avec un sérieux mortel. Elle proclame une idéologie très décidée, obligatoire, et un programme extrêmement radical. Bref, elle annule toute la vie précédente et procède à la construction d'une existence entièrement nouvelle. On fonde un parti politique unique, monopoliste, dirigé par un chef envoyé de l'étranger, d'abord inconnu de la société locale, tout à fait impopulaire, mais qui, avec le cours du temps, semble se sacraliser, se transformer progressivement, grâce à une propagande hystérique, en raison universelle ou tout simplement en Dieu. Tu te doutes bien sûr que l'implantation de cette nouvelle religion politique a dû coûter quelques centaines de milliers d'existences humaines. J'ajouterai, à l'occasion, que je suis moi-même demeuré un temps sous le charme de cette religion agressive, bien qu'à toi, habitant de la vieille et sereine Europe, cela te semble certainement bizarre et incompréhensible.

Comment te décrire ma vie, mon destin sans retour ? Le mieux serait peut-être de te dire que ni ma vie n'existe, ni mon destin. Ma vie est une sorte de gémissement au milieu d'une mixture sans goût ni couleur ou plutôt au goût fade, sans sel, tournant même à l'amertume, et d'une couleur qui est le gris du désespoir. Et mon destin est un point noir placé par des mouches sur les pages de statistiques falsifiées. L'essence même de mon existence, c'est que, du matin au soir et même dans mon sommeil, je n'ai pas envie de vivre, je vomis mon ire et je rêve de la mort ; mais une mort individuelle, personnelle, sous ma propre responsabilité, se révèle étrangement difficile, sans doute à cause du contraste ridicule avec la mort étatique, la mort idéologique de masse, qui nous est offerte jour après jour par le régime.

Notre parti, qui porte un nom long et délicieux, encore plus beau dans une langue exotique, fait penser à un énorme aspirateur qui suce tout et engloutit tout ce qui se trouve dans les limites de cet infortuné pays. On peut aussi le comparer à un cancer qui dévore avidement chaque fragment de tissu, chaque cellule de l'organisme national ; un cancer déchaîné, généralisé ; un cancer en érection cosmique.

Il s'est peut-être produit ou se produit encore chez vous, en Europe, des déformations dans le fonctionnement des Etats et dans les relations entre Etats, mais tu ne saurais t'imaginer le cauchemar qui nous est échu.

Nous sommes tenus à un amour institutionnel envers notre voisin du nord et envers notre propre patrie. Mais cet amour de la patrie, le patriotisme qui est le nôtre, est une valeur jusqu'alors inconnue, une nouvelle découverte dans le domaine des sentiments d'ordre supérieur. La principale composante de notre patriotisme et la première en ordre de préséance est un amour hystérique, effréné et légèrement pervers pour notre voisin du nord, l'attachement à notre propre pays n'étant qu'une sorte de supplément, une sorte d'assaisonnement superficiel. Ainsi donc, les deux amours institutionnels sont en fin de compte complètement identiques, puisque la pierre de touche de chacun d'eux, ou plutôt le combustible qui les embrase, est en fait une passion lubrique pour notre inflexible voisin.

Dehors, un été tardif se consume. Encore plein de sève, encore vert et joyeux, mais déjà avec de brusques et mélancoliques crépuscules. Dans le couloir, dans la rangée des lits de réserve, il y a depuis quelques jours un vieillard mourant. Equipé de goutte-à-goutte, d'appareils de transfusion sanguine, il fredonne ou geint ses « protest songs » à lui. Il vient de faire sous lui et de barbouiller d'excréments le mur et les draps de l'Etat. Il est maintenant prostré dans une apathie railleuse et écoute les cris désespérés des employés qui doivent le laver et le changer. Ce n'est que maintenant, parvenu au bout de sa route, qu'il a le courage de se révolter contre l'esclavage imposé à l'homme par d'autres hommes.

Oui, notre idéologie ressemble à une religion. C'est en fait un prolongement de la religion. Car dans ce malheureux pays, pendant des siècles, les âmes des gens ont été gouvernées par une religion dépravée et une église vénale. Et l'essence de cette religion, de tous temps, c'était la forme, une forme ampoulée, mythifiée, absolutisée. Et dans cette forme, le plus important était le verbe. Le verbe jamais fait chair. Le verbe vivait de sa propre vie, d'une vie supérieure. D'une vie magique et abstraite. Le verbe ignorait la réalité, la raison humaine et les instincts moraux. Le verbe était devenu un tyran sanguinaire, le verbe était devenu une horrible superstition et un dieu impitoyable.

Notre parti universellement jaloux a tué la religion compromise. Mais il a arraché, de sa dépouille sacrée de pécheresse, l'habit de la forme et l'amulette du verbe. A présent, la forme et le verbe servent le parti. A présent, le parti se prosterne devant le verbe, son serviteur. Mais ce serviteur, le verbe, tient désormais en une étrange captivité le parti qui avait l'intention de faire de lui un fétiche servile. Désormais, c'est le parti qui fait ployer vers le verbe son existence, le destin de l'Etat et les révolutions des étoiles et des galaxies.

Nous vivons tous dans une terreur farouche du verbe. C'est le verbe qui fait trembler le parti et les ministères, le verbe qui suscite l'angoisse des généraux et des censeurs, le verbe qui hante les appareils d'écoute et les rêves insuffisamment contrôlés des citoyens. Et le pire, c'est le verbe écrit, le verbe éternisé dans les signes orthographiques ou phonétiques, sur le papier, les bandes magnétiques, ou le marbre. C'est pourquoi je trace ces phrases en cachette avec une telle panique dans ce lac brumeux de douleur et de malheur, dans ce surcroît de liberté instantanée avant l'anéantissement.

Comme tu t'en souviens peut-être, dans le lycée de notre commune jeunesse, j'étais le meilleur élève en dessin. Tu te souviens sans doute aussi que j'envoyais mes dessins à divers concours réservés aux jeunes et qu'on me renvoyait mes œuvres avec des lettres injurieuses menaçant d'avertir la direction de l'école de mon escroquerie; en effet, les jurés considéraient mes dessins comme les œuvres d'un artiste adulte et supputaient que je les avais volées ou soutirées dans le seul but de les envoyer au concours sous mon nom et de remporter la récompense. Ainsi, tu t'en souviens — si tu veux seulement te rappeler ta jeunesse —, tu te souviens de mes dons en dessin que j'ai apportés avec moi jusque dans ce pays, voulant les mettre à profit. Mais même ce talent plastique, le parti a voulu se l'approprier. Il a saisi ma main, l'a serrée dans ses pinces et s'est mis à la guider sur le papier de telle sorte que chaque trait proclamât la gloire du parti, que chaque point fût un soupir d'amour envers le parti, que chaque arabesque exprimât ma reconnaissance envers le parti. Car nous sommes tous marqués par un péché originel, un péché terrible et indéfini envers le parti ; et le parti est courroucé, le parti nous en veut, le parti a de la peine à ne pas lâcher la bride à son impatience ; et nous, nous lui devons humilité, nous lui demandons grâce à genoux et nous avons l'obligation, étendus devant le parti comme des carpettes, de le remercier à chaque heure du jour et de la nuit de ce que nous sommes logés, de ce que nous mangeons, allons à l'usine, évacuons, prenons le train, lisons les journaux du parti, de ce que nous nous ennuyons le soir, de ce que le soleil brille, l'automne est proche et l'atmosphère enveloppe le globe terrestre. Exprimer notre reconnaissance, voilà l'essence de notre vie. C'est pour pouvoir exprimer notre reconnaissance envers le parti que nous avons été mis au monde.

Afin de me protéger de l'ubiquité insolente du parti, je décidai d'abandonner le dessin pour l'histoire. L'histoire, c'est le passé, une poubelle oubliée dans laquelle les clochards des sociétés totalitaires ont le droit de fouiller. Mais pas du tout, mon bienheureux ami ! Le parti m'attendait jusque dans cet asile illusoire, le parti rapace, venimeux, qui avait retourné l'histoire comme un vulgaire tas de fumier. Ce n'était plus l'histoire, c'était un minable monceau de petits mensonges régulièrement empilés dont le contenu puait l'endoctrinement. J'étais tombé de Charybde en Scylla. Et cette fois, je n'avais plus où me réfugier. Je passe donc ma vie à altérer l'existence d'hommes morts, de sociétés mortes, d'idées mortes.

Chez vous, l'hiver se termine peu à peu. La neige fond, le vent d'ouest apporte le parfum lointain de la nouveauté. J'essaie de me remémorer les signes avant-coureurs de notre printemps plein d'attentes, de pressentiments, d'espoir. Je répète dans mes pensées ce mot court : « Pologne », et il s'éveille alors en moi une exaltation émue, quelque chose de clair, de libre, de consolant. Pologne, patrie de la liberté ; Pologne, réserve naturelle de la tolérance ; Pologne, grand jardin de l'individualisme exubérant. Où les gens se saluent d'un sourire, les policiers portent une rose au lieu d'une matraque, où l'air se compose d'oxygène et de vérité. Pologne, grand ange blanc au milieu de l'Europe.

Depuis le début, notre régime agonise. Il pourrit, bouillonne, se décompose, fermente, rouille, s'étouffe, râle, crève ; mais, en même temps, il est bien planté sur ses jambes, il se perpétue grâce à une énorme force d'inertie, il résiste à toutes les tempêtes, enfoncé dans le roc par le poids de ses propres péchés. Quel est l'élément chimique qui pétrifie cette charogne ? Quelle force entraîne cette mécanique déréglée, à demi enrayée ? Quelle volonté protège ce suppôt de Satan de la foudre divine ?

C'est la présence magique de notre puissant voisin du nord qui maintient notre régime dans son mouvement agonisant. Cette grande bombe à cobalt d'aspirations impérialistes nous crible à chaque heure, à chaque minute du jour et de la nuit, de billions d'atomes de dépravation, de trahison, de vénalité, de corruption, de nihilisme, de provocation, de haine, d'indifférentisme moral et de capitulation absolue. Ce régime, nous-mêmes le maintenons dans son mouvement agonisant. C'est notre propre volonté de puissance vis-à-vis de nos semblables qui lubrifie les engrenages édentés, entraîne les courroies de transmission, remet le feu aux braises. Le régime a donné aux fous leur chance de gouverner les sages, a permis aux vauriens d'humilier les honnêtes gens, a donné aux forts le pouvoir de torturer les faibles.

Le pouvoir. Jouissance du pouvoir. Magie du pouvoir. Opium du pouvoir. Exercer le pouvoir sur l'individu et sur le groupe social. Exercer le pouvoir sur l'histoire et sur la futurologie. Exercer le pouvoir sur les objets et sur l'esprit d'hommes inconnus. Humilier ses frères et se gargariser de sa propre toute-puissance. A tous les échelons. Dans la cellule du parti, le combinat métallurgique, la station de télévision ou au plus haut congrès du parti. Pour satisfaire ses propres caprices, ses inimitiés personnelles, ses complexes, mobiliser tout l'appareil de l'Etat, les organes exécutifs du parti, les rédactions des journaux, la police et l'armée. Travailler chaque jour à son propre monument, construire à chaque instant la pyramide d'un orgueil débridé, invoquer ne serait-ce qu'une fois les droits de la nature et les droits divins. Cette apothéose d'auto-abrutissement résistera-t-elle un seul jour après la mort ? Peut-être. Peut-être résistera-t-elle pour la première fois dans l'histoire de l'humanité, et elle suscitera l'admiration et l'envie de l'espèce, pour tous les temps.

Cancer du pouvoir. Délire amoureux du pouvoir. Abîme du pouvoir. Abîme engloutissant des millions de consciences et des millions d'âmes.

Un soleil consistant de début d'automne réchauffe le slogan bleu déployé sur le mur de l'hôpital. Slogan qui incite les malades à la lutte. Mais les malades, à cette heure de l'après-midi, ne se gênent pas pour faire l'école buissonnière. Ils dorment, avachis par l'affaiblissement, dépouillés de leur prudence, oublieux de l'écoute et des mouchards ; ils tiennent dans leur sommeil des discours antigouvernementaux, poussent des gémissements démoralisants, marmonnent des injures et des malédictions. Le parti semble avoir capitulé, s'être résigné, mais pourtant il y a bien un coin quelque part où il est en train de casser sa tête d'hydre, de méditer sur la façon dont il pourrait bien avoir la peau de ces macchabées, et faire du seuil de cette vallée de larmes, le seuil des épreuves civiques et idéologiques.

Je vais faire un tour dans le couloir, jusque dans le hall couronné par les dizaines de signaux lumineux des portes du bloc opératoire. C'est notre arc de triomphe, notre sanctuaire. C'est là que se déroule le premier tirage au sort de la providence. Mais aujourd'hui, il y a des ouvriers qui s'affairent. Des ouvriers un peu spéciaux, des ouvriers-policiers. Ils ont déjà débarrassé le hall des malades importuns, ils repeignent les murs, changent les ampoules, recherchent, à l'aide de détecteurs spéciaux, des mines cachées et des bombes à retardement. Car, demain, on va transporter ici un membre du directoire du parti, une personnalité extrêmement importante, bien qu'inconnue, car on ne connaît d'elle que son nom, mentionné chaque jour plusieurs dizaines de fois dans les journaux, et son bégaiement, diffusé par la radio et la télévision. C'est justement le bégaiement qui doit être supprimé dans cet hôpital. Notre neurochirurgien, également haut placé dans le parti, ouvrira demain d'une main tremblante la cage thoracique de son collègue du directoire et y plongera un scalpel vérifié par les agents de la sécurité, un scalpel qui, peut-être, sectionnera le nerf voulu et permettra au dirigeant de s'exprimer correctement dans les congrès et les meetings. Cela sera demain, cela se produira demain dans le plus profond secret ; aujourd'hui, en attendant, on voit grouiller l'agitation civile et policière, une agitation comme avant une première, une agitation comme avant une fête nationale. Moi aussi, je prends une part sacrilège à toute cette agitation, je suis connu ici comme un malade léger qui aime rendre service aux autres malades et au personnel ; je fais donc claquer ma savate sur le carreau vérifié par le détecteur de mines, je tâte les murs encore collants de peinture où l'on a immergé les fils des installations d'écoute, en somme, je respire l'air dans lequel se croisent les molécules de la suspicion policière.

Et ma dernière consolation dans ce ravin de désespoir prémortel, mon dernier éclair de joie soudaine, ma dernière gorgée d'oxygène vivifiant, c'est le souvenir de ce pays, mon cher ami, de ce pays que j'ai perdu pour toujours.

Je te salue, Pologne, mère de tous les humiliés et offensés.

Je te salue, patronne des captifs et des égarés.

Protectrice de tous ceux à qui on a arraché la langue et crevé les yeux, je te salue.

Je te salue, veuve de ceux qu'on assassine aux carrefours du monde, veuve des spectres qui ne réveilleront jamais la conscience de l'humanité.

Je suis un esclave. Je suis un esclave privé de son visage individuel. Je suis l'esclave d'une collectivité servile. Mon maître anonyme ne me connaît pas. Jamais il ne me récompensera, ne m'aimera, ne me libérera de mon esclavage. Je suis un esclave dissimulé dans les nombres terribles et pas toujours justes des statistiques gouvernementales.

On me permet de travailler, de manger modérément et de me reposer brièvement pour reprendre des forces ; dans les statistiques et dans la mentalité de mes maîtres anonymes, rien ne compte que ma capacité physique de travail car elle concourt à la construction des pyramides de la grande variété moderne. Ma capacité de bête de somme est mesurée chaque jour, totalisée, réduite en pourcentage et révélée dans les journaux, à la télévision, dans les comptes rendus, les exposés, sur les affiches, les emballages, même sur les murs des toilettes. Si je suscite l'intérêt de quelqu'un, c'est uniquement en tant que bête de somme et moi-même, peu à peu, je commence à me considérer comme une bête de somme ; et moi-même, je travaille avec une somnolence de bête, et je mâche avec une gloutonnerie de bête, et je somnole avec une résignation de bête, avant de me remettre à l'effort. On a si longtemps cherché à me persuader de ma condition de bête de somme que j'en suis enfin devenu une. Et, à présent, on ne peut attendre de moi rien de plus que d'un bœuf. Je suis devenu sourd à toute parole, si belle soit-elle, je suis insensible aux sentiments les plus sublimes et à toutes les vocations, si élevées soient-elles, et je n'ai aucun rêve à cacher qui puisse réjouir le parti, le gouvernement ou l'Etat. Je suis une bête de somme : pour tourner en rond sur l'aire, donnez-moi à bouffer, laissez-moi me vider et respirer un instant; sinon, je vais ruer de mes deux pattes arrière et faire sauter toutes les dents, qu'elles soient en or, en argent ou en plastique.

Mais maintenant, je suis à l'hôpital. Un grand hôpital qui est un atelier de réparation et une boucherie. Le parti ne s'aventure pas ici ou, plutôt, il s'y aventure timidement et sans son habituelle agressivité. Dans ce bâtiment aux fenêtres poussiéreuses, le parti est un peu désarmé; il voudrait bien se mêler aussi de la médecine, mais, au dernier moment, la peur le saisit car lui-même est bien obligé d'avoir recours à cette médecine pour se faire soigner. Il lui arrive donc de serrer un instant la vis aux professeurs pour ensuite la desserrer, de faire de l'agitation parmi les sœurs de charité dans le sens de ses doctrines préférées, puis de se retirer de but en blanc, de couvrir les salles d'opération de slogans et de les enlever aussitôt par peur des microbes. Le plus souvent, c'est en cachette que le parti s'insinue ici, pour transporter ses fils fidèles dont le zèle a fait enfler le foie, dont les yeux se sont couverts d'une taie ou à qui la rage a fait attraper un coup de sang.

Demain, on procédera à l'opération du membre du directoire. Mais avant, je pénétrerai dans le bloc surveillé par les agents. Je participerai avec ardeur à ces préparatifs. Au milieu du sifflement des autoclaves, du bourdonnement des compteurs, des soupirs métalliques de l'équipement de réanimation, dans ce grand intérieur vert rappelant une cabine spatiale, une cabine interstellaire, dans laquelle le patient effectue son vol plus ou moins long vers le Bon Dieu; ainsi donc, dans cette asepsie pathétique, je porterai les récipients de gaze, j'aspergerai le sol de liquides désinfectants, je ferai couler l'eau chaude sur les mains des chirurgiens et, en même temps, je jetterai un ou deux coups d'œil furtifs du côté de la grande table où sont posés, sous un drap, les instruments chirurgicaux désinfectés par le personnel et par la police ; puis, en passant à côté, je soulèverai délicatement le drap et je péterai de toutes mes forces sur ces instruments sacrés ; je soufflerai affreusement de tout mon rectum apocalyptique un puissant flot de gonocoques, de pâles spirilles et de staphylocoques dorés ; j'enverrai une détonation de ces milliards de bactéries et de virus qui se sont accumulés en moi au cours de dizaines d'années de honteuse servitude.

Si seulement ils ne faisaient que nous torturer de leur ubiquité impertinente, s'ils ne faisaient que nous ensevelir dans des prisons, nous percer de trous idéologiques le ventre et le cerveau, nous déshumaniser chaque jour à coups de mensonge, de trahison et de corruption, s'ils se contentaient de nous dénationaliser pour faire de nous une horde anonyme de bêtes des steppes ; mais ils nous ennuient, ils nous ennuient à mort, nous assomment, nous emmerdent de leurs radotages, nous infestent de la tête aux pieds des poux de l'ennui le plus mortel. L'ennui s'exhale du ciel, des arbres, de la campagne, des mers et des océans, des journaux et des théâtres, des laboratoires et des cabarets, des bâtiments et des limousines gouvernementales, de la distraction et du sérieux, de la jeunesse des écoles et de la physionomie des dignitaires. L'ennui est l'élixir secret de notre régime. L'ennui est leur amante et leur mère. L'ennui est leur parfum naturel. L'ennui s'évapore des cerveaux du gouvernement et des gueules du gouvernement. L'ennui émane de l'armée, de la police et des appareils d'écoute. L'ennui suinte des prisons et des chambres de torture. L'ennui est leur propre malédiction. Ils en ont honte, ils en ont peur, ils en étouffent et jamais ne parviendront à s'en libérer. L'ennui est un bain sans limites dans lequel ils se noient et nous avec eux. L'ennui, c'est Satan dans son enveloppe terrestre.

Le crépuscule descend. Dans le hall, on déroule des tapis rouges, quelqu'un suspend au mur un grand tableau représentant la vie bienheureuse de ma patrie d'adoption. Des haut-parleurs invisibles déversent une musique sereine et majestueuse. Voici venir la nuit, voici venir le jour de mon premier et dernier combat contre la violence, contre la tyrannie, contre l'enfer. Les sœurs apportent le thé, le petit vieux en surnombre dans le couloir commence à agoniser ; mais personne désormais ne le croit plus ou n'a le temps de le croire. Un homme corpulent, déguisé en infirmier, erre à travers les salles. Ici, il se penche sur un dormeur ; là, il prend le pouls d'un fiévreux ; ailleurs, il encaisse un pourboire de la part d'un convalescent. Mais moi, je sais que c'est un prêtre, c'est un prêtre clandestin de la religion persécutée qui porte aux malades un réconfort interdit. Car les persécutions ont eu pour effet d'embellir cette religion autrefois corrompue, de l'ennoblir et de la rendre étrangement attirante. C'est pourquoi ce prêtre déguisé en infirmier, malgré son embonpoint et ses yeux malins, jouit ici du prestige de l'apôtre, du martyr, presque du saint. Il ne s'approche pas de moi, il se contente de me jeter de loin un regard prudent et je lis dans son regard une sorte de compréhension transcendante entre lui, l'envoyé des cieux, et moi, l'émigrant du berceau de l'humanité.

Cher ami, heureux habitant de la bienheureuse Europe, je termine ma lettre et je tombe à genoux pour murmurer, dans le parler antique de mes ancêtres, les mots de la prière quotidienne que j'ai inventée moi-même et que je te demande de réciter avec moi pour le repos de mon âme :

« Dieu des libres étoiles, des libres vents solaires de l'univers indépendant, Dieu sacré de la liberté, aie pitié de nous, esclaves, humiliés, et qui sommes suspendus pour les siècles des siècles entre la vie et la mort, le ciel et l'enfer. Aie pitié de nous et accorde-nous un repos éternel, délivre-nous de la violence de nos frères, la tyrannie de nos pères, la trahison de nos fils. »

Quelqu'un frappe du poing à la porte, la vitre tinte sous la jalousie de percale.

— Réponds ! Qu'est-ce qui se passe ? Pourquoi est-ce que tu t'enfermes à clef ?

Nous reconnaissons la voix courroucée de la directrice.

— Rien, il ne se passe rien. Le client se reposait, répond Basia en ramassant ses vêtements.

— Alors pourquoi la porte est-elle fermée ?

— A cause du courant d'air. Un instant, la clef a dû tomber sur le plancher.

— Dépêche-toi, on termine. On va plomber le magasin.

— Tout de suite, tout de suite. Un instant. J'aide le client à se remettre.

La directrice s'éloigne dans le fond de son royaume en donnant des ordres comme un capitaine avant de quitter son navire en perdition. Basia s'habille en un éclair. La voilà déjà vêtue de son col roulé et de son jean. Elle enfile avec dextérité ses bottes décorées d'éperons miniatures. Je m'efforce d'être aussi rapide dans mes gestes. Mais il y a sans cesse quelque chose qui me tombe des mains, quelque chose qui s'enfile à l'envers. Basia, tout en s'habillant elle-même, m'habille aussi, à mouvements rapides, précis.

— J'imite bien les filles de la Terre ? me demande-t-elle avec un sourire rusé.

A nouveau, elle est mince, frêle comme naguère, comme au début de notre connaissance.

— Tellement bien que je m'y suis laissé prendre. Maintenant, je regrette que tu ne sois pas une élève du lycée commercial en stage dans la joaillerie.

— C'est ce qu'on verra. Tu vas être en retard pour la veillée de Noël, mon pauvre.

— C'est mon privilège que d'arriver en retard à la veillée. J'ai plus d'une fois, ces soirs-là, accompli de longs voyages d'où je me suis réveillé dans le caniveau.

Elle s'arrête devant la porte avec la grande clef noire dans sa paume longue et mince comme l'aile d'un oiseau. Elle se retourne lentement, me regarde de ses grands yeux à fleur de tête que tout amateur avisé de la peinture vénitienne connaît bien. Puis, elle me demande tout bas :

— Aujourd'hui aussi, tu t'es réveillé dans le caniveau ?

— Non, ma chère Basia. Il m'arrivait naguère de me réveiller très bas, mais c'était une bassesse raffinée que, par goût du style démoniaque, j'appelle caniveau. En général, mes caniveaux étaient élégants. Je suis un esthète, ma chère Basia. Un esthète honteux.

— J'ai l'impression que tu garderas un bon souvenir de cette veille de Noël.

— Oui, Basia. Je m'en souviendrai comme de ma dernière soirée de bonheur. Mais sais-tu au moins qui je suis ?

— Tu es un client d'un certain âge qui faisait patiemment la queue pour acheter des alliances.

— C'est trop peu, il me semble.

— Je sais ce qu'il faut. Lorsque tard dans la nuit tu n'arrives pas à t'endormir dans ta niche, que tu erres en pensée et que tu rends visite à des filles réelles et imaginaires, des filles que le vent des temps a balayées et d'autres qui ne sont pas encore nées et qui ne naîtront jamais, il y a chez moi une petite lumière rouge qui s'allume. Tu es sous mon contrôle. Je suis ton ange gardien.

Elle fait tourner la clef dans la serrure, ouvre la porte sur le corridor noir et froid.

— C'est la fin déjà, Basia, mon ange gardien ?

— Tu l'acceptes avec soulagement, pourtant.

— Et accablement.

— Justement. C'est tout à fait toi.

Je m'approche d'elle debout sur le seuil, sur le bord de notre caverne rose. Devant nous l'abîme d'une joaillerie mal chauffée dans une modeste métropole d'un pays socialiste. J'ai le désagrément de constater que la jeune fille me dépasse d'une demi-tête. Mais, à présent, cela n'a plus d'importance.

— Dans quelques jours, la Terre entreprendra sa quatre milliardième révolution autour du Soleil, reprend Basia à voix basse. Je te souhaite un bon voyage cosmique, mon astronaute dérouté.

— Comment peux-tu savoir aussi précisément de quel tour il s'agit ?

— On enseigne ces choses-là dans les écoles, maintenant.

— Et moi aussi, je te souhaite, Basia... mais je ne sais pas quoi te souhaiter. De bonnes notes ou un balai rapide pour tes lointains voyages.

— Salut, chéri. Salut, bipède vertébré.

— Salut, ange gardien du commerce nationalisé.

Nous nous embrassons tendrement comme mari et femme après un quart de siècle de mariage. Basia arrange mon écharpe emmêlée sur ma nuque. De ses paupières, elle me fait signe que tout est en ordre. Et elle se lance en avant dans l'obscurité renfermée du couloir. Elle marche, nonchalante, le bras gauche pendant avec désinvolture, en faisant sonner ses éperons miniatures. Froide, ennuyée, indifférente au monde insensé, ma petite contestataire étrange.

La directrice attend déjà pour fermer, le plomb en main. Et ce plomb n'est autre qu'une capsule de bouteille de bière pleine de pâte à modeler recouvrant un morceau de ficelle.

Elle a noué sur ses cheveux crêpés un grand foulard en soie, à fleurs. Elle agite le bras vers nous avec impatience.

— Plus vite, mes enfants, plus vite. La première étoile a déjà disparu.

La joaillerie est vide. Les lumières sont éteintes. Le reflet d'un néon allume d'un rouge framboise la flaque sur le carrelage puis s'éteint après un court éclair.

— Il faut peut-être quand même appeler une ambulance ? demande la directrice en se débattant contre la serrure.

— Non, merci. Tout va bien.

— Et vous pourrez rentrer chez vous par vos propres moyens ?

— Mais oui, je n'habite pas loin.

— Si on nous livre les alliances, je vous en mettrai de côté.

— Dieu vous le rende. Mais où est Basia ?

— Quelle Basia ?

— La fille qui s'est occupée de moi.

— Sans doute loin. Elles sont comme ça, aujourd'hui. Joyeux Noël.

Je sors dans la rue. Et là, un début de printemps me surprend. Il pleut, l'eau bouillonnante gronde dans les gouttières, un vent farouche descend à se rompre le cou vers le fleuve. Je lève la tête pour m'assurer qu'il n'y a pas d'étoiles. Il n'y a qu'un noir humide légèrement rosi par un néon invisible.

Une petite fourgonnette de la milice peine sur la chaussée. Le chauffeur corpulent qui porte le grade de sergent se penche par la fenêtre ouverte, me considère d'un air sombre et déclare :

— M'sieu Konwicki, il est temps de rentrer. On vous attend à la maison pour la veillée.

— Oui, j'y vais tout de suite.

— Bon. Et qu'on ne vous rencontre plus.

L'avenue est absolument déserte jusqu'à la Vistule. Il n'y a que la pluie gonflée de vent et des ruisseaux printaniers qui s'accumulent en gargouillant autour des puisards bouchés. Non, une dernière bande de moineaux attardés survolent la rue craintivement. Aux fenêtres, reflets des lumières sur les sapins de Noël.

Une pauvre femme sous un parapluie pousse une voiture d'enfant dans laquelle est assis le cul-de-jatte couvert d'un plaid. Il a terminé sa journée et rentre dîner chez lui. Il me reconnaît, soulève son bonnet de fourrure.

— Joyeux Noël, dit-il poliment.

— A vous aussi, joyeux Noël et bonne année.

— Elle sera meilleure, c'est sûr. Je me suis fait moi-même mon horoscope.

— Les horoscopes sont toujours bons, c'est la vie qui n'est pas fameuse.

— La vie, elle ne serait peut-être pas si mal, mais nous sommes trop nombreux. Il n'y a plus assez d'étoiles pour chacun de nous.

Il a raison, cet homme de la grandeur d'un vase. Il n'y a pas moyen de se brouiller avec la providence dans une pareille promiscuité. Nous nous saluons de la paume. Je les regarde un instant s'enfoncer dans l'obscurité humide de la rue. Au carrefour, la femme n'arrive pas à venir à bout de la poussette quand il faut lui faire monter les trottoirs élevés. Par bonheur, une patrouille de milice approche. Deux jeunes miliciens soulèvent le véhicule au-dessus des caniveaux bouillonnants.

Je tourne dans une rue transversale mais là, Grzesio m'attend, blotti dans la toile légère de son costume de jean.

— Veuillez me suivre, s'il vous plaît, dit-il d'un ton de fonctionnaire en service.

— De quoi s'agit-il ?

— Vous allez le savoir. Ce n'est pas loin. De l'autre côté de la rue.

Nous nous engageons dans la gadoue pâteuse de la chaussée. Grzesio se retourne vers moi comme s'il avait peur que je ne m'échappe à l'improviste.

— Je vous ai téléphoné plusieurs fois, déclare-t-il d'un ton confidentiel.

— Je ne m'en souviens pas.

— C'est que mes coups de fil étaient anonymes. En tant que lecteur.

— Ah, c'est vous qui me traitiez d'agent étranger et de sioniste ?

— C'est moi, acquiesce Grzesio avec une pointe de fierté. Je suis très heureux de faire votre connaissance.

Il me conduit sous un porche. Il ouvre une lourde porte à double battant menant à un escalier élégant, bien entretenu, agrémenté de plantes grimpantes. J'entends une discrète musique d'accordéon, la douce chaleur de radiateurs bien chauds m'enveloppe, et je sens flotter dans l'air un parfum pénétrant de sapin des forêts.

Kojran sort de la pénombre.

— Elle est rusée, cette bonne femme. Elle ferme pour nous disperser.

— Qui donc ?

— Mais la directrice. Tu verras, la livraison va arriver tout de suite. Elle a ses clients. Je suis sûr que les Russes aussi attendent quelque part en cachette.

— C'est vrai, ajoute Duszek, ils peuvent attendre, eux, car pour eux ce n'est pas encore Noël.

— Mais je l'ai vue moi-même plomber la porte, dis-je avec irritation.

— Elle peut bien se plomber ce que je pense. Si la marchandise a quitté le dépôt, il faudra bien qu'elle arrive, y a pas à dire. Nous allons voir qui aura le dernier mot.

Et il me montre, caché dans la pénombre discrète, l'amphithéâtre du palier de l'élégante cage d'escalier. Et là, je retrouve mes vieilles connaissances en train de camper dans des poses négligées, assises ou à demi étendues : la dame en pelisse trop grande, l'étudiant et l'anarchiste, la paysanne, Grzesio, et cette vieille femme qui s'est révélée n'être pas si vieille et qu'à présent je trouve assise sur les genoux de l'un des ouvriers du bâtiment. Un peu à l'écart, l'accordéoniste de l'orchestre de rue s'est campé dans la pose de Rejtan [1]. Il appuie son accordéon importé sur sa poitrine débraillée et laisse courir ses doigts sur le clavier, captivé par sa propre improvisation. Sur la marche la plus haute, il y a un vrai sapin de Noël. Des gouttes brillantes de neige fondue s'en écoulent.

— Ça va mieux ?

— Oui, maintenant, je me sens bien.

— Toi, tu connais la méthode avec les filles.

— Kojran, tu ne me crois pas, je me suis vraiment trouvé mal.

---

1. Tadeusz Rejtan (1746-1780), député de Nowogrodek (Lituanie). Célèbre pour sa résistance désespérée au premier partage de la Pologne en 1772, il se suicida en 1780. Il fut immortalisé par une toile de Jan Matejko (1838-1893), qui glorifiait l'histoire nationale.

— Oh... ce que tu es menteur. Tu t'es payé Iwona.

— Ce n'est pas Iwona, c'est Basia.

— Quelle Basia ? Ça fait six mois que je la connais de vue. Elle s'appelle Iwona, elle habite le quartier du Cerf-Volant. Tu vas peut-être me jurer que tu ne l'as pas touchée ?

— Voyons, Kojran, j'ai une maladie grave.

— Vas-y, jure-le.

— Pourquoi veux-tu tout de suite me faire jurer ? J'ai envie de rentrer chez moi et de me coucher dans mon lit.

— Qu'est-ce qu'elle te trouve, bon Dieu ?

— Mais rien, elle a voulu porter secours à un malade.

— Oh, toi ! On a envie de te péter la gueule pour voir si ça enfle.

— Pourquoi es-tu tellement jaloux, Kojran ? On n'a qu'à échanger nos destins, si ça peut te faire plaisir. C'est moi qui partirai demain en Amérique à ta place, et toi, après les fêtes, tu te mettras en route pour Kalisz. Tu feras le tour des monuments millénaires, tu passeras un moment au tribunal, tu feras la connaissance d'un homme qui te hait chaleureusement depuis dix ans. Prends mon manteau et file chez moi. Vers une fraîche stabilisation, avant une extinction à brève échéance.

— Ecoutez-le, putain, on dirait qu'il récite un de ses livres.

Il se produit un léger mouvement dans l'escalier. L'anarchiste se lève de la marche de carrelage où il était assis. Débraillé jusqu'à laisser voir sa poitrine. Les poils jaunâtres dont elle est couverte luisent d'humidité. Il s'approche de nous, en sortant de sa poche une petite boîte rouillée.

— On fume ? demande-t-il, elles sont bonnes.

On ouvre le couvercle. L'intérieur contient de minces rouleaux de sa fabrication. De petites cigarettes délicatement façonnées dans du papier bleuâtre. Il tend la boîte à Kojran et à moi :

— Servez-vous.

Nous allumons nos cigarettes tandis qu'il en propose aux autres.

— Qu'est-ce que c'est, dit Duszek, elles ont une drôle d'odeur.

L'anarchiste rit d'un ton confidentiel :

— Un souvenir de Carlos.

— Quel Carlos ? insiste Duszek.

— Fume et ferme-la. On t'expliquera le moment venu.

Les petites lumières rouges des cigarettes scintillent dans l'escalier. La vieille, qui s'est révélée ne pas être si vieille que ça, chuchote quelque chose à l'oreille de l'ouvrier du bâtiment. Lui tremble de froid dans son vêtement de travail portant l'emblème du travail sur sa poitrine, emblème représentant la lettre B du bâtiment composée de voiles brique. Ces deux-là, l'assemblée les considère déjà comme des fiancés. Avec une sympathie discrète.

— Oh, Goska, Goska ! soupire l'homme du bâtiment en claquant des dents.

Il aurait peut-être envie de rentrer chez lui mettre un pull bien chaud, mais ça ne se fait pas, alors il se laisse aller à ce flirt brusque comme un orage de printemps. Ils se partagent tous les deux la même cigarette.

— Et moi, il a fallu que je vous lise, intervient soudain la paysanne en se penchant par-dessus la rampe.

Elle a ouvert son manteau d'astrakan sous lequel brille une robe du soir en lamé. Je lui demande avec un sentiment de contrariété bien connu :

— Pourquoi donc, ma beauté ?

— Vous étiez au programme des écoles avant qu'on ne vous en supprime. Je ne sais quoi sur un chantier de construction. Un reportage sur la production. Quelque chose d'affreusement ennuyeux.

— Je vous demande pardon. Je me jette à vos pieds pour vous demander pardon. Mais, si je me souviens, c'était assez court et plutôt humoristique.

— Pas si court que ça. Quel ennui !

— Tu fais la belle, vieille momie.

— Vous dites ?

— Je dis que c'était il y a très longtemps. Il vaut mieux ne pas avouer. Ça vaut mieux pour vous comme pour moi.

— Mais vous faisiez du réalisme socialiste, n'est-ce pas ?

— Mais oui, grosse bête.

— Vous êtes un goujat.

— Non, mais j'ai la tête qui tourne.

Mais voici Kojran qui s'approche. Suivi de l'inséparable M. Duszek. Ils tirent avidement sur leurs cigarettes.

— Qu'est-ce que c'est ? Qu'est-ce qu'il nous fait fumer ?

— C'est le parfum de la liberté. L'odeur du vaste monde ! s'écrie l'étudiant affalé au pied du sapin.

— Konwa, mon frère, il nous empoisonne, ce terroriste.

La paysanne fait de délicats ronds de fumée.

— Vous feriez mieux de ne pas fumer, vous. Elle risque de vous étouffer, cette odeur de liberté.

— Vous fumez bien, vous.

— Parce que j'aime ça, moi.

— Moi aussi. On dirait qu'il faut s'allonger. Ça coupe les jambes.

— C'est comme ça, grommelle l'étudiant. Hosannah.

— Konwa, qu'est-ce que tu as à rester debout sans rien dire ?

— Les Polonais, quand ils mettent de l'ordre chez eux, ils sont inquiets, constate Duszek.

Je déclare :

— Il faut que je rentre à la maison.

— Alors, vas-y.

— Mais je n'ai pas envie. Vous entendez les orgues ?

— Quelles orgues ? C'est l'accordéoniste. Duszek, de quoi fallait-il que je me souvienne ?

— Du cadeau du cousin.

— C'est vrai. Tu vois, ce touriste soviétique t'a laissé quelque chose en souvenir. Il a fouillé dans ses poches, il était inquiet, il voulait te laisser quelque chose de somptueux. Et voilà ce qu'il a laissé.

Kojran ouvre son sac de pédé, et en sort une pierre allongée de malachite. Et moi, je reconnais ce petit cylindre vert et noir qui ressemble à une vieille douille de carabine rongée de vert-de-gris. Je l'avais vu autrefois dans les tiroirs de ma famille. Et voilà qu'il me rejoint au bord de la vieillesse.

— Eh bien, me presse Kojran, à quoi ça sert ?

— A rien. C'est une vieillerie de famille.

— Je voulais lui donner ton adresse, mais il ne voulait pas d'adresse.

— Moi non plus, je ne veux pas de son adresse.

— Drôle de famille, nom de Dieu. C'est peut-être de l'or, cette bricole ?

— Non, de la pierre. Des pierres comme ça, il y en a au bord du Baïkal. Un lac plus grand que la mer.

Je m'éloigne avec peine vers le fond du porche où une

ampoule jaune brille sous un verre opaque. Oui, c'est le même petit cachet qu'un grand-père ou arrière-grand-père avait rapporté de déportation. Je ne me souviens pas très bien, et ce dont je me souviens se mélange avec ce que j'ai lu dans ma vie. Il y avait eu une révolte parmi des déportés qui construisaient une route au bord du Baïkal. Il y avait eu une conjuration de prisonniers qui, comme toujours, s'était terminée par un échec. Il y avait eu un élan malheureux qui avait laissé derrière lui une légende porteuse de vie.

Oui, c'est le même petit cachet qui ne voulait rien dire dans mon enfance. Une pierre verte, veinée de noir, au dos de laquelle quelqu'un avait gravé au stylet l'image d'un aigle aux ailes déployées, vision primitive de l'oiseau de la liberté. Et cet oiseau est noir, car c'est une encre de plus de cent ans qui s'est carbonisée dans les rainures, mais sur le papier, il ne resterait que l'ombre blanche de cet oiseau qui aime la liberté, qui un jour sûrement a aimé la liberté.

Kojran s'approche en titubant, poussant Duszek devant lui.

— Je voulais te le dire, le moment venu. C'est lui qui tient ce magasin de troc à Hala Mirowska[1]. Mais avant, il travaillait dans les organes[2].

— Ça me dégoûte d'entendre encore parler de ça, crache M. Duszek. Quand il boit, il faut qu'il retrouve ses souvenirs. Ça fait vingt ans déjà.

— Parce que je la porte là, dans ma veste, ton absolution. Je ne te l'ai pas encore donnée, mon vieux Duszek, mais je te la donnerai peut-être demain à l'aéroport.

Les yeux écarquillés de Kojran rapetissent soudain et louchent en direction de l'inséparable bourreau ou de l'inséparable victime.

— Mais c'est toi qui me forces à y aller, en Amérique !

— La ferme ! Tu vois bien que cet énergumène nous suit.

Et M. Duszek montre Grzesio qui est justement affalé sans force sur la première marche.

— Ça, on peut dire qu'il m'a gâté, c'est pas Dieu possible. Aujourd'hui, on ne gâte plus les gens comme ça. Attends, je vais te faire voir, il faut que je me déboutonne.

---

1. Grand marché couvert de Varsovie. (N.d.T.)
2. Police secrète du parti. (N.d.T.)

— Allons, assez. Ça suffit. Ça n'intéresse personne ici.

M. Duszek saisit son ami entre ses bras puissants et essaie de le reboutonner.

— Mais quand il a été licencié par les organes, il s'est collé à moi et il s'est mis à attendre l'absolution de ses anciens péchés.

— Toi aussi, tu as péché, j'ai péché, et lui aussi. Tout le monde est pécheur.

Tous deux me secouent comme un juge auprès duquel ils cherchent justice. Et j'entends en moi le son lourd, massif, de l'harmonium.

— Allons nous allonger un peu, dis-je. Cet anarchiste nous a donné un aphrodisiaque.

— C'est fort, ce qu'elle fume, la jeunesse d'aujourd'hui.

— Si nous nous allongeons, nous ne pourrons plus nous relever, gémit Kojran.

Cherchant une place tranquille aux pieds de l'ouvrier du bâtiment et de sa Marguerite qui regardent devant eux de leurs yeux blancs, les mains jointes comme s'ils voyaient brûler la ville, la mer se séparer en deux ou la manne tomber du ciel, je murmure :

— Ce serait bon de se coucher et de ne plus se relever.

Près de la rampe il y a un paquet enveloppé de papier Kraft. On y voit briller quelque chose d'argenté, avec une sorte de magnificence de fête. J'arrache une oreille pendante de papier d'emballage. A l'intérieur luit un grand samovar électrique. Je demande :

— Qui a acheté ça ?

Kojran s'installe, impuissant, à proximité :

— C'est moi. Il fallait bien acheter quelque chose.

— Il a gagné un voyage en Russie, intervient la dame au chapeau trop grand. Il y en a qui ont une veine de cocu. Montrez donc votre facture.

Kojran fouille dans sa poche de poitrine.

— Qu'ai-je besoin d'un voyage ? Ils me prennent pour un boy-scout ? Nom de Dieu, quelle direction choisir ? Demandez à cet anarchiste.

L'étudiant interroge son protégé tandis que Kojran sort la facture gagnante et l'examine à la lumière.

— Regarde-moi cette merde. Il n'y a que des treize dans ce numéro et il gagne. J'ai toujours eu de la chance pour ce genre de trucs.

— Ne te fais pas de soucis, lui dis-je, c'est peut-être une erreur.

— Une erreur ? La directrice a téléphoné au siège. Ils ont vérifié sur leur tableau. C'est gagné, rien à faire.

L'étudiant rampe de ses dernière forces jusqu'à notre marche.

— Il dit qu'il vaut mieux une semaine en Russie que toute une vie en Amérique.

Mais Kojran nous fait part de ses doutes :

— Mais est-ce qu'il est bien informé ?

— Oui, il a visité l'Amérique.

— Mais la Russie, il y est allé ?

— Je ne peux pas vous le garantir.

L'accordéoniste fait traîner un oratorio de mauvais augure. L'ouvrier du bâtiment a plongé sa main de travailleur sous la jupe de la Marguerite qui n'est pas si vieille. On dirait que l'escalier grimpe dans les étoiles.

Kojran plie en quatre son ticket de caisse et le range dans sa sacoche de cuir plaisamment appelée sac de pédé. Puis, avec effort, il fait signe à Grzesio de sa main pâle.

— Viens voir, mon garçon.

Mais Grzesio aussi est affaibli. Il vogue d'un pas chancelant vers notre loge.

— Sois gentil de sortir dans la rue voir ce qui se passe dans ce magasin. Ils sont peut-être en train de livrer par-derrière.

Le jeune homme fait le paresseux :

— Monsieur Tadeusz, vous savez bien que c'est veille de Noël aujourd'hui.

— Justement, c'est le jour le plus propice aux abus.

Alors Grzesio se dirige bon gré mal gré vers le fond du porche obscur où tournoient les bourrasques d'un ouragan printanier.

Interloqué, je demande à Kojran :

— Toi aussi, tu t'appelles Tadeusz ?

— Hé oui ! moi aussi.

— C'est drôle.

— En fait, ça ne devrait pas l'être. Dans notre pays, presque tout le monde s'appelle Tadeusz. Mais c'est drôle, puisqu'il faut que ce soit drôle.

— Bon, c'est normal. Donne tes billets pour l'Amérique, nous allons en faire des cierges magiques pour l'arbre de

Noël. Tu as assez de ton ticket gagnant. Tu feras le voyage, tu jetteras un coup d'œil et tu reviendras pour vider avec moi un demi-litre de vodka russe. Pourquoi prendre des risques ? Ce n'est pas mieux, notre petite vie normale de tous les jours ?

— Ecoute, Konwa, ce qui m'est arrivé. J'ai été un jour un gars comme dans les contes, Jeannot le musicien, l'Apprenti sorcier, le jeune Byron. Comment est-il possible que je sois tombé si bas ? Comment suis-je devenu ce pauvre vieux type sans malice ? Tu sais, ce doit être par manque d'entraînement. Ma conscience, mon système perceptif, les filaments de mon âme, les lentilles de la clairvoyance, tout cela est resté au repos. Je ne les ai jamais exercés, parfaits, entraînés. Et c'est pourquoi ils se sont figés en moi, ils sont morts avant que je ne sois mort moi-même. Je me suis moi-même condamné à devenir une bête. Mais c'est peut-être le destin qui a fait de moi une bête ?

— Tout va bien pour toi. Il y a un grand voyage devant toi, à l'est ou à l'ouest, lui dis-je, somnolent.

— Espèce de tête à claques nobélisable, gémit Kojran. Je n'ai pas la force de me lever pour flanquer un coup de pied à ce cul littéraire.

L'étudiant écrase son mégot sur la boiserie bleutée du mur en écoutant gronder le prophète étranger qui ébouriffe les poils de sa poitrine jaunâtre, les yeux perdus dans le plafond incliné ou le ciel invisible.

— Il dit que toutes les formes d'organisation sociale connues sont dépassées, traduit à mi-voix l'étudiant. Il dit que tout pouvoir tend à la fois consciemment et inconsciemment à se faciliter l'exercice du pouvoir. Et donc que le but de tout pouvoir est une dictature totalitaire complète et sans aucune entrave. Si elle ne se réalise pas partout complètement, c'est seulement parce qu'elle en est empêchée par des obstacles de plus en plus faibles et disparaissant de jour en jour sous la forme des vieilles habitudes démocratiques ou libérales naguère vivantes ici ou là et matérialisées par les institutions constitutionnelles, parlementaires ou sociales. Tout président d'un Etat démocratique, qui parle pendant la journée de la liberté individuelle, du parlementarisme, du droit constitutionnel, se tord la nuit dans des accès de jalousie à l'égard du président voisin qui s'est fait élire à vie, a introduit la censure, les tribunaux d'exception et gouverne par décrets ; la nuit, il rêve donc du paradis, de ce jour bienheureux où il pourra dissoudre la Chambre, faire installer chez tout le monde des écoutes, centupler la police politique, construire des camps de concentration et se faire proclamer dieu. Si l'on peut supposer qu'il existe une Internationale du prolétariat, nous pouvons d'autant plus être sûrs qu'il existe et prospère une Internationale des présidents, des chefs de juntes, des tyrans et des dictateurs. Si nous croyons à la présence de la Croix-Rouge internationale, il nous est d'autant plus facile de nous convaincre du fonctionnement d'une police politique internationale qui sert le complot des tyrans. Ne nous laissons pas tromper par les injures dont se bombardent les chefs d'Etat et les chefs des peuples, ne nous laissons pas amadouer par les conflits entre les polices ou les incidents militaires. Ne nous laissons pas tromper par les campagnes idéologiques qui se jouent sous nos yeux entre les blocs politiques ou les systèmes sociaux. Tout cela, c'est de l'opium pour les masses. Un grand show pour les tout-petits. Ce sont des saturnales universelles où les despotes avides d'un pouvoir divin sans limites se livrent à des coups d'Etat, à des attentats contre notre dignité, notre liberté, notre vie humaine.

La silhouette de Grzesio qui s'ébroue pour faire tomber les gouttes de pluie se détache dans l'obscurité.

— Qu'est-ce que tu lis ? demande-t-il à l'étudiant. C'est écrit où, tout ça ?

— C'est un limier de race, rit M. Duszek avec bienveillance. Grzesio l'irrite mais plus souvent l'attendrit.

L'arrivant fait son rapport :

— La bijouterie est fermée sans appel. Elle n'ouvrira plus avant le Jugement dernier.

— Tu n'achèteras pas tes alliances, dit Kojran, somnolent.

Je soupire :

— Non.

— C'est un anniversaire ?

— Non. Rien de défini ni de significatif. Une fois dans ma vie ou plutôt vers la fin de ma vie, je voulais faire une surprise. Un réflexe ou un caprice sans aucun motif, quelque chose comme un accident de la route.

La paysanne dénoue son ballot et y cherche quelque chose.

Au bout d'un instant, elle accroche au sapin des bougies et des cierges magiques. La porte mal fermée claque avec préméditation contre le chambranle. Le vent insensé monte et descend l'avenue vide et nue.

— Et toi ? demandé-je à l'étudiant. Tu l'accompagnes comme un aveugle ou comme Wernyhora[1]. Mais toi, toi-même, que fais-tu ?

— Je ne sais pas encore. Au début, je n'apprenais rien. J'évitais d'assimiler bien des merdes. Je m'étais dit : ça et ça, je ne vais pas le bûcher, car ce sont les ordures de notre temps, de notre système, de la liturgie étatique ; ça et ça, je ne le lirai pas car c'est de la fiente qu'on nous fait avaler de force. C'était mon petit programme sans ambition pour ne pas avaler l'huile de ricin qu'on voulait me forcer à boire, quitte à ne pas passer le bac et à rater mes études. Je me suis bien gardé, j'ai un estomac léger, plutôt vide, je peux digérer tout ce qui en vaut la peine. Je suis propre, vous pouvez m'acheter.

— Lui aussi, il est à vendre, renchérit Kojran en me toisant de son regard de porcelaine.

— Je l'ai été, mais ce temps-là est passé.

— Au lieu de nous attrister encore, tu ferais mieux d'écrire « pour conforter les cœurs », putain !

Le terroriste se rapproche de la paysanne qui a rejeté de ses épaules son manteau d'astrakan et se débat contre une boîte d'allumettes humides. Tous deux essaient de tirer une étincelle du produit médiocre du monopole d'Etat des allumettes. Enfin une petite flamme bleuâtre luit et commence à mordre les bougies transies de froid. Le terroriste, ému par ce rite archaïque, pose une grosse main rouge sur la hanche de la paysanne. D'un geste agile de la taille, elle rejette ce poids étranger. Le terroriste veut expliquer quelque chose.

— Il dit, traduit l'étudiant, qu'il l'a toujours en érection. Nuit et jour, depuis l'âge de quinze ans.

— Mais on s'en fout ! Qu'il aille voir un médecin, déclare d'un ton hautain la paysanne.

---

1. Paysan légendaire ukrainien du XVIIIe siècle, possédant le don de divination ; il aurait prédit le destin de la nation polonaise : partages et résurrection. Egalement rendu populaire par Jan Matejko. (N.d.T.)

— Il a vu beaucoup de médecins. Aucun n'a pu lui venir en aide.

— Mon cher, à qui est-ce qu'il va raconter de pareilles sornettes ? s'irrite M. Duszek.

— Il dit que c'est vrai. Il veut même nous montrer. Il souffre beaucoup.

— Ce n'est pas moi qui vais le soigner, renâcle la paysanne inaccessible qui fut naguère artiste de théâtre.

— Ça vous ferait plaisir, hein ? lance l'étudiant à celle qui est en habit trop grand.

— Mesurez vos paroles, sinon j'appelle la milice.

Au même moment la porte cochère gémit comme un arbre qui tombe. De l'obscurité nous parviennent des bruits de pas réguliers et de nez qui reniflent. Deux jeunes miliciens affligés d'un rhume font leur apparition devant nous.

— Bonsoir, nous lance d'une voix nasillarde l'aîné des deux dont l'uniforme est orné de trois galons. Peut-on savoir ce que c'est que ce rassemblement ?

— Nous sommes invités. Pour Noël, déclare Duszek.

— Nous nous sommes assis un instant pour nous reposer parce que l'ascenseur est en panne, ajoute Kojran.

— Et chez qui allez-vous ?

Nous nous taisons, surpris. Les flammes des bougies du sapin manifestent également de l'inquiétude. Le milicien au nez rouge nous transperce les uns après les autres de son regard larmoyant.

— Chez qui allez-vous passer Noël, messieurs-dames ?

Grzesio se retourne d'un côté sur l'autre.

— Chez M. Nowak, numéro 17.

Le fonctionnaire toise son jean légèrement mouillé.

— Votre carte d'identité, s'il vous plaît.

Grzesio porte machinalement la main à la poche de son pantalon mais il reprend ses esprits. Il sort de sa veste un petit livret fripé.

— Il voulait lui montrer son numéro d'agent, ricane M. Duszek. Il n'a pas encore d'expérience, le petit cachottier.

L'aîné des miliciens relève l'identité du pauvre Grzesio, le plus jeune nous regarde de ses yeux fatigués, rouges, de lapin malade. L'accordéoniste exerce une sorte de dodécaphonie qu'il tire des soupirs de son soufflet. Enfin, le fonctionnaire restitue les papiers à son propriétaire et dit :

— Vous êtes priés d'aller fêter Noël et de ne pas créer d'attroupements. Joyeuses fêtes.

— Tous mes vœux, s'incline Duszek.

Les miliciens se dirigent vers la porte d'un pas mesuré.

— Ils ont relevé ton identité ! s'écrie l'étudiant avec satisfaction. Nous serons ensemble dans le registre.

— Qu'ils verbalisent, ces plantons de quartier.

Le terroriste a allumé un cierge magique, des étincelles scintillantes fusent sur les marches de carrelage que le soir rend pareilles au marbre de Carrare. L'ouvrier du bâtiment et sa Marguerite se sont enlacés sous la rampe. Ils ont l'air de dormir mais quelque chose les secoue, car, après quelques instants d'apaisement, ils se débattent comme s'ils voulaient se détacher de liens invisibles. Par la grande fenêtre à mi-étage, on voit à travers les vitres cassées une vieille ruine aux murs déchiquetés. Là-bas aussi, dans les appartements restés intacts, on voit briller des sapins.

Je m'aperçois seulement alors que le visage émacié de l'étudiant avec sa maigre barbiche et ses moustaches passées ressemble au visage du Christ comme tous les visages des jeunes gens de ma vieillesse. Sont-ce eux qui ont pris les traits de l'homme supplicié il y a longtemps, ou est-ce le Christ qui a pris l'apparence extérieure de l'époque de la plus grande crise, époque qui a besoin du Christ ou de Méphisto ?

— Espèce de cochon, hurle Duszek. Tu l'as culbutée dans l'escalier !

L'ouvrier détache ses bras de sa Marguerite et rectifie son vêtement. Il époussette les aiguilles de pin de sa veste de travail ornée d'un emblème couleur brique.

— Comment ? De quoi tu te mêles ?

— J'ai tout vu, espèce de cochon. Tu ne vois pas clair ? C'est une femme âgée, merde !

Marguerite se relève de la marche encore chaude :

— Femme âgée ! Ça va pas, non ? Je pourrais être votre fille. Regardez, je suis encore bien foutue !

— Son corps ! persifle la paysanne avec rage. Et moi alors ?

Elle se met à ouvrir la fermeture à glissière de sa robe du soir en lamé. L'anarchiste s'empresse de l'aider.

— Bas les pattes. Moi toute seule. Cet homme de lettres n'a qu'à comparer.

— Pourquoi moi ? J'ai la vue basse.

— Mais avec cette petite dans le magasin, vous avez bien trouvé le chemin de l'arrière-boutique.

— C'est mon cœur qui a flanché. Moi, je fais mes adieux au monde, madame.

— Vous nous enterrerez tous. Au XXIe siècle, il faudra vous faire piquer aux frais de l'Etat.

— Pourquoi êtes-vous si pleine d'animosité à mon égard ?

— Vous savez bien.

— A cause d'un seul mauvais petit livre, mère de Dieu ?

— Pour cent raisons. Et chaque raison est comme une fleur. Une fleur du mal.

— Dieu, ce que vous êtes érudite.

— Approchez un peu.

— J'ai peur. Je préfère pas.

Kojran ouvre les yeux. Il regarde intensément un endroit au-dessus de la boiserie où sur un lichen du mur s'agite d'un mouvement monotone une petite galaxie de collectivités de fourmis. De petites, d'indestructibles fourmis de pharaon qui se sont lancées d'on ne sait où à l'assaut de la civilisation. La civilisation qui a perdu foi en elle-même.

— Silence, écoutez, murmure Kojran.

Nous nous taisons docilement. La paysanne s'est figée, la main sur la fermeture qu'elle n'a pas fini d'ouvrir, comme sur la gaine d'un pistolet. Les bougies et les branches se balancent dans d'étranges courants d'air verticaux.

Je demande :

— Quoi donc ?

Kojran abaisse les paupières et les relève lourdement.

— Les enfants chantent des cantiques.

En effet, on entend quelque part un chœur angélique car les voix d'avant la mue nous ont toujours semblé les voix d'êtres célestes.

— Putain, j'ai comme un regret.

— Un regret de quoi ?

— Peu importe. Un regret affreux. J'ai entendu des cantiques avec les partisans dans les bois, j'en ai entendu en prison et même au milieu des putes, mais comme celui-là, jamais.

— Toi aussi, tu crois à un miracle, peut-être.

— Quel miracle ?

— Quelque chose qui ne peut arriver et n'arrivera jamais.

— A qui ?
— A nous ici et à nous de toute façon.
— Oh, que c'est loin.
— Quoi, loin ?
— A en avoir mal.
— Par une nuit comme ça.
— La nuit, c'est un rideau tiré sur le soleil.
— Peut-être quelque chose de plus encore ?

J'ai l'impression que ce chant tombe des hauteurs, du gouffre profond de la cage d'escalier de cette maison inconnue. Je me lève donc, je passe par-dessus les jambes de l'ouvrier du bâtiment et de sa Goska, je dépasse l'anarchiste qui tourne entre ses doigts les grains d'un rosaire bouddhique. Je grimpe l'escalier de plus en plus sombre et autour de moi s'amplifie ce chant qui m'a semblé être un cantique. Mais ce n'est pas un cantique. Il contient trop de plaintes et de pleurs retenus.

L'obscurité s'installe. Je cherche le mur. Il est froid, lisse, il s'élève comme la muraille de Chine en une colline invisible. Et j'entends déjà les vents déchaînés sur cette colline voûtée, les vents qui dispersent comme de la brume le chant lugubre des voix d'anges.

Mes doigts découvrent à tâtons un chambranle de bois où l'on sent les stries embrouillées du chêne. Je rencontre également une poignée énorme, en cuivre, encore tout imprégnée de la chaleur des mains qui l'ont saisie il y a peu de temps. J'ouvre la porte qui, il y a encore une seconde, était le noir de la cécité.

Et me voici sur le seuil d'une chapelle emplie de la lumière bleuâtre de lampes électriques pareilles à des corolles de muguet. Devant moi, des femmes en peignoirs multicolores sont assises sur des bancs. Ici et là, je vois des hommes également en vêtements d'hôpital. Ici et là, des béquilles d'invalide dépassent d'un banc. Au pied de l'autel, il y a deux jeunes filles en blanc, un gros cierge dans la main. Elles regardent un jeune dominicain qui entonne les versets d'une litanie. A côté de moi, une vieille nonne tient ses mains décharnées sur un harmonium jauni. Elle accompagne le chant litanique des fidèles.

Je vois qu'on a préparé un pot d'eau bénite. Je vois des boîtes contenant les huiles saintes. Ces jeunes filles vont recevoir le baptême des mains de ce jeune prêtre de leur âge, qu'elles appellent « père ».

A ma gauche, il y a un confessionnal en bois noir. Le coin d'une étole violette dépasse par-dessus. Et dans le fond, on devine le visage rond, sans jeunesse, d'un homme à binocles ou peut-être à lunettes. Le visage anonyme et commun d'un homme qui attend un autre homme.

Je suis sûr qu'il a les yeux fixés sur mon dos. Qu'il le regarde et pense à moi. Il y pense, pense peut-être en tant que prêtre ou en tant qu'homme ordinaire, fatigué par une soirée d'hiver.

Tout à coup, je me retourne, je m'approche du confessionnal et je m'agenouille sur la marche tout usée. Devant moi, une grille de bois noir. Présence inconnue de quelqu'un. Il m'écoute, je l'écoute. Je ne sais comment commencer.

La litanie s'est terminée. Le jeune moine descend derrière l'autel pas plus grand qu'une petite table de jardin. Il va célébrer une messe à l'intention des jeunes néophytes.

Je chuchote :

— Mon père, cela fait longtemps que je n'ai été à confesse. Plusieurs dizaines d'années.

Nous restons silencieux un instant.

— Je t'écoute, parle, chuchote l'autre homme derrière la grille.

— Pendant toutes ces années, j'ai péché comme tout le monde. J'ai menti, j'ai envié, j'ai renié Dieu.

Je m'arrête un instant, puis j'ajoute :

— J'ai commis l'adultère.

— Parle, m'encourage cette ombre de présence humaine.

Ce sont les péchés de mon enfance, de ma jeunesse. Je les énumérais tous les mois dans la petite église en bois près de Wilno. C'était le père Pereswiet-Soltan, muni de binocles ou de lunettes, qui les écoutait. Mais le père Soltan n'est plus. Il est mort dans son lit ou martyrisé par des sans-Dieu. Quels péchés ai-je commis dans ma vie d'adulte ?

J'ai menti, envié, commis l'adultère, perdu et retrouvé la foi, sont-ce là des péchés, Dieu en est-il curieux, n'est-ce pas là l'ordinaire de notre vie, la trouble statistique de l'existence humaine ? Mais, pourtant, je me sens coupable, j'éprouve envers mon époque, envers Dieu, un sentiment poignant, saisissant, de culpabilité. Mais je ne suis pas sûr de Dieu, car il apparaît dans l'imagination négative des hommes, poussés par la peur, l'incertitude, le désespoir ; et mon époque, je ne la comprends pas car je ne l'ai aperçue que l'éclair d'une cinquantaine d'années.

D'où vient ma faute ? De mon caractère ou de cette peur étouffante du pressentiment de l'impossible à pressentir ? Du désir de connaître et de comprendre l'inconnaissable et l'incompréhensible, ou de l'oubli de mes obligations envers les hommes qui parlent la même langue que moi, se traînent le long de la même ornière vers un avenir de mauvais augure ?

Le moine fait scintiller un calice mis à nu. Les jeunes filles blanches se tiennent immobiles, protégeant les petites flammes frêles de leurs cierges. L'harmonium retentit avec un soupir asthmatique et se tait dans un brusque gémissement. Entre les autres fenêtres sont accrochés les portraits de l'étudiant, les physionomies des jeunes gens d'aujourd'hui. Ce sont les visages barbus de l'Homme-Dieu et son humanité est confirmée par l'acide ribonucléique. Et sa divinité est garantie par le flux et le reflux de l'espérance pareils aux souffles violents du vent solaire.

D'où viennent mes fautes ? De l'agression de mon prochain ou du pressentiment du péché originel, commis dans l'univers par des êtres dont j'ai hérité les neutrons de mes muscles ou l'énergie de mon âme ? Mais peut-être suis-je coupable envers mon destin, car je ne l'accomplis ni le réalise, car je sabote la providence à chaque instant de chaque jour, leurré par ma propre conscience qui cherche à rompre ses chaînes, se soustraire à mon contrôle, et qui s'échappe comme un nuage de fumée narcotique dans le vide moral au-dessus de nous ?

— Parle, je t'écoute, répète le père Pereswiet-Soltan ou un autre prêtre qui mourra dans son lit ou supplicié par des sans-Dieu.

Non. Je veux être coupable le plus simplement possible. Je veux être coupable envers les hommes que je ne connais pas, les hommes qui, noyés dans l'océan de l'anonymat, remplissent leur grossier devoir d'homme, les hommes qui, dans la nuit sans espoir, barrent la route de leurs ossements aux torrents de mal de l'époque ou de l'histoire, les hommes qui m'enfantent dans la peine et la douleur pour que je crie le plus fort possible, pour que je hurle jusqu'au bout de la terre et jusqu'au bout du ciel, pour mon salut et pour celui de Dieu.

La servitude moderne fait penser à certaines situations des films de gangsters : le téléphone sonne, le gangster donne l'ordre à son otage de prendre le récepteur et de parler de n'importe quoi, sur un ton de politesse normale, avec son correspondant. Quelqu'un entre par hasard dans la maison d'un otage. Le propriétaire de l'appartement, se sentant visé par le pistolet des gangsters dissimulés chez lui, reçoit son invité comme si de rien n'était, lui offre un verre, s'efforce de se comporter normalement et de se débarrasser au plus vite de la seule personne qui pourrait l'aider. Des gangsters s'échappent d'une banque en faisant marcher devant eux une employée terrorisée, ils courent vers leur voiture sous la protection de son corps et la femme supplie les « gardiens de la paix » de ne pas tirer et de permettre aux gangsters de fuir en sécurité.

C'est ce qu'il advient de peuples entiers dans le monde d'aujourd'hui. Où sont les temps heureux de la servitude à l'ancienne mode ? Où donc la lutte exaltée de l'envahisseur contre la langue des opprimés, leurs emblèmes nationaux, où donc la persécution ouverte et solennelle des patriotes, les exécutions en grande pompe des héros ? Cette servitude en style rétro était patente, théâtrale, concélébrée. Et tout le monde savait qui asservissait les plus faibles et qui aurait à répondre de cette violence devant le tribunal de l'Histoire.

Aujourd'hui la servitude est devenue invisible. Un malheureux peuple se comporte en apparence tout à fait normalement, écoute avec dignité son hymne national, élit un Parlement, choisit des députés, siège au Conseil de sécurité ; en un mot, se conduit comme tout Etat souverain et indépendant. Et personne ne voit qu'il a un revolver braqué dans le dos, le revolver prêt à tirer de l'un de ses voisins ou non-voisins. Un tel peuple prononce des paroles objectives, raisonnables, profondes, des paroles comme ci ou comme ça, il les prononce avec le visage d'un joueur de poker, et personne ne devine que ce peuple voudrait bien beugler de toutes ses forces, du fond même de ses entrailles, comme une bête à l'abattoir, hurler comme un lapin écorché, glapir pour implorer l'aide de Dieu face à sa perte inévitable.

Jadis, le captif avait le droit de crier, aujourd'hui on ne garantit aux esclaves que le droit de se taire, le droit au silence. Le cri soulageait, renforçait la santé comme dans le cas du nouveau-né, endurcissait pour l'avenir. Le silence, le mutisme font dégénérer, étouffent, tuent. Jadis, lorsqu'un captif recouvrait la liberté, il pouvait sans entraves rejoindre la grande famille des peuples libres. Aujourd'hui, s'il est par hasard libéré, il ne sera plus capable de vivre. Il périra tout seul des venins qu'il aura accumulés en lui-même pendant la nuit noire de son asservissement.

Le monde vit une grande crise. Une crise de la philosophie, de l'éthique, des mœurs, de la culture, du milieu, de la conscience collective et individuelle. Imaginez-vous de quoi cette crise peut avoir l'air dans un pays où la situation est une situation de crise, c'est-à-dire dans un pays qui agonise dans la clarté d'une servitude transparente. Si quelques critères d'humanité ont perdu de leur éclat dans le monde, alors, parmi les prisonniers, personne ne se souvient même plus qu'ils aient un jour existé. Si dans les pays libres la morale vacille, chez les serfs, elle a depuis longtemps été réduite en poudre. Si quelque part l'art s'est atrophié, chez les esclaves, il s'est métamorphosé en pou. Et ce pou — tenez-vous-le pour dit — se plaît à prendre des poses à la mode, à faire des gestes contestataires, à se parer de mines universelles. Ne l'oubliez jamais.

Mais voyons, j'avais pourtant l'intention de parler d'autre chose. J'avais bien autre chose en tête. A nouveau, j'ai perdu le fil comme je l'ai toujours fait. Mais à présent, cela m'arrive de plus en plus souvent. Je voulais sans doute parler de l'obligation d'opérer des choix. De ce damné ballottage moral auquel sont soumises des générations entières et chaque individu en particulier, cet anonyme mangeur de pain, qui n'en peut mais.

Dans le monde de la servitude il faut constamment choisir une conduite envers le pouvoir, envers les contraintes qu'il impose, envers ses caprices et ses crimes. Tous les jours, il faut faire son examen de conscience, tous les jours, il convient de renaître moralement, tous les jours — sous peine de perdre son honneur ou sa tête —, il faut choisir entre le ciel et l'enfer. C'est la vallée fantomatique de Josaphat, où le Jugement dernier à chaque instant nous soumet à son tribunal d'exception. Non, ce n'est pas un, mais ce sont deux tribunaux, celui de l'orgueil et de la violence des hommes mais aussi celui de la conscience de l'homme en état inflammatoire ; ce sont ces deux tribunaux, celui du diable et celui du Bon Dieu, qui nous condamnent à une très courte éternité jusqu'au procès suivant.

Mais c'est un autre problème que je voulais soulever. J'ai des visions que je ne parviens pas à expliquer. Je me rappelle des moments de mon enfance, peut-être en hiver, peut-être au printemps, des moments de tragédie dans ma stupide existence ou dans le sort de mes proches. Je vois le visage de ma grand-mère, le visage d'une femme âgée sur lequel se produisent je ne sais quelles transformations tectoniques, d'où naissent des montagnes, ou peut-être des secousses sismiques. Je vois ce visage se rétrécir, se froisser bizarrement, se raviner de nouvelles rides ; je vois cette face si familière, tellement connue par cœur, ce miroir, se troubler sous l'effet de la laideur inopinée du désespoir, du malheur hideux, de la douleur horrible ; je vois des larmes troubles rouler sur ce paysage de misère ; et moi, je m'étrangle de rire, je me cache sous la table et je meurs de rire, je m'enfuis droit devant moi et j'exhale mon dernier soupir de rire.

Mais aujourd'hui, c'est moi qui fais peur aux gens avec le visage de ma défunte grand-mère. Et je fais fuir devant moi toute créature divine. Et je dégoûte l'étranger, car je pue la servitude, et je fais rire la rue car mes yeux chassieux laissent couler des larmes éhontées et quelqu'un me donne un coup de pied dans le derrière car je lui cache le soleil de la chétivité difforme de mon destin.

Je sais. Ce n'est pas ça du tout. Je rêvais d'un traité sur le tragique et le bouffon. Chez nous, le tragique va souvent de pair avec la bouffonnerie. Et j'y vois notre force. Moi, j'aime cette parenté ambiguë, cette symbiose audacieuse, ce génie de la nation auquel un enchanteur a donné deux apparences. Notre tragique est chatoyant, brille de couleurs troubles, graille d'impudence, touche aux limites de l'obscénité, s'étrangle d'un ricanement hystérique. Notre bouffonnerie a des sanglots dans la gorge, notre bouffonnerie se passe elle-même la corde au cou.

Arrêtons-nous, je viens de me souvenir de ce que je voulais proclamer. J'ai enfin pris conscience de la nouvelle que je garde en moi-même. Oui, je cours après vous pour proclamer ce ban, et je n'arrive pas à vous rattraper. La terre est en retard d'une seconde. Cette année, un cataclysme est arrivé à la troisième planète du système solaire au cours de son monotone voyage cosmique dans le ventre de la galaxie : elle s'est mise en retard d'un éclair de temps infiniment long, et cette seconde, c'est un cheveu arraché à la barbe d'un dieu inconnaissable. Le dieu du temps. Que signifie cela pour les hommes ? Que signifie cela pour moi ?

Quelqu'un me tapote la joue. Je sens des doigts frais, doux, qui m'administrent une correction ou qui me gratifient d'une caresse intempestive.

— Vous dormez dans les escaliers ?

— Mais que s'est-il passé ?

— C'est moi qui vous le demande. Ça fait une demi-heure que vous avez disparu. Vous vous sentez mal, peut-être ?

— C'est toi, Basia ?

— Non, Julia.

— Quelle Julia ?

— La même que tout à l'heure.

Je me lève de l'escalier et je vois devant moi dans l'obscurité notre paysanne à nouveau emmitouflée dans son manteau d'astrakan passé.

Je lui déclare :

— J'ai mal à la tête. Elles ne nous ont rien valu de bon, ces petites cigarettes françaises.

— Basia, c'est celle de la bijouterie ?

Elle a dû être une beauté flamboyante à l'époque de la guerre froide. Encore aujourd'hui, un maquillage de fer tient la bride haute aux charmes finissants de cette beauté de blonde polonaise dure comme le roc. J'ai eu plus d'une fois des surprises de la part de femmes comme celle-là. Je soupire, mélancolique :

— Il n'y a plus et il n'y aura plus de Basia.

— Vous m'avez l'air d'aimer les aventures.

— Ce ne sont que des apparences, chère madame Julia, lésée par les lectures scolaires.

— Ça vous a piqué. Plus d'une jolie fille dans les lycées maudissait vos pavés indigestes.

— Comment se fait-il que tout le monde lise ce que j'ai fait de moins fameux et personne, ce que j'ai écrit de mieux ?

— Il y a beaucoup de gens qui ne vous aiment pas. Les femmes non plus n'ont pas gardé un très bon souvenir de vous.

— Alors comme ça, vous savez quelque chose de mes femmes ?

— On entend parler de choses et d'autres. Vous avez braconné sur la rive gauche de Varsovie, il fut un temps.

— Je croyais que les gens l'avaient déjà oublié.

— Les gens, oui, mais les femmes, non. Elles se plaignent de ce que ce n'était pas fameux avec vous.

— Je faisais de mon mieux, chère madame.

A nouveau un chœur lointain retentit comme derrière la cloison voisine ou dans une forêt profonde. Je déclare, étonné :

— On chante des cantiques.

— Mais c'est la veille de Noël aujourd'hui.

— Ah, c'est vrai ! Noël.

Je descends au bas de l'escalier où, devant l'ascenseur en panne, l'œil rouge, chassieux, la queue du magasin de joaillerie désormais fermé reste plongée en léthargie.

— Où étais-tu, monsieur K. ? demande Kojran, somnolent.

— Je suis allé me confesser.

— Et alors, tu es soulagé ?

— C'est difficile à dire.

— Moi, j'y suis allé hier et ça m'a soulagé.

— Regarde, ton samovar est en train de rouiller.

Kojran attire à lui le gros objet nickelé, décortiqué de son papier, l'examine avec sollicitude, se met à essuyer de sa manche les flancs rebondis du réservoir.

— Ce n'est pas de la rouille, murmure-t-il, rassuré. C'est du sang.

— Du sang ? De qui ?

— De Grzesio ou de l'étudiant. Ils se sont battus quand tu t'es éloigné.

— Et à quel propos ?

— Pour rien. Ils se sont battus comme ça, de but en blanc.

Grzesio est allongé à côté, sur la troisième marche. Un mouchoir appliqué sur son nez, il regarde de ses yeux écarquillés l'abîme de la cage d'escalier. L'étudiant converse à voix basse avec l'anarchiste. Il ne présente aucune trace de la bataille. Les aspérités de la vie ne s'impriment pas sur des types noueux comme ça.

— Où vas-tu ?

— Je vais voir si ça vaut la peine d'attendre.

— Et qu'est-ce que tu attends ?

— La marchandise. Ils vont livrer des alliances soviétiques.

— Ah oui !

Kojran hoche la tête.

— Tu vois, tu as plus de mémoire que moi.

Le gel crisse sous les pieds dans cette vaste entrée. Un vent mordant se cogne d'un mur à l'autre. Il a déjà arraché les affiches des comités de gérance d'immeuble, comités de résidence, comités de locataires et comités d'arbitrage. Toute la vie publique d'un immeuble de Varsovie traîne par terre.

Je pousse les battants séculaires de la porte cochère. Elle pivote avec un râle douloureux et va frapper la petite armoire de verre dans laquelle repose un chapeau de dame recouvert d'un plastique troué. C'est le « Tiffany » de Varsovie qui fait ainsi la publicité de ses produits à l'entrée de notre cachette. Je vois avec horreur que, dans cette cage de verre éclairée et chauffée par une ampoule nue, dans le microcosme de ce parallélépipède poussiéreux, une mouche prisonnière se débat. Elle veut recouvrer la liberté, mais elle ne sait pas qu'en liberté c'est la mort qui l'attend.

Il s'est passé quelque chose dans l'atmosphère. Je n'ai pas vu un air aussi transparent depuis longtemps, sans doute depuis mon enfance, depuis ces nuits d'hiver glacées dans la région de Wilno. La pluie s'est arrêtée et une nouvelle gelée est arrivée qui grésille comme un grillon. Le reste du dégel s'écoule par les puisards des rues. Un sapin haut de plusieurs étages se dresse immobile au milieu de la place. Le vent a cassé la majeure partie des ampoules de couleur. Mais, en revanche, le feu d'artifice d'un court-circuit scintille abondamment et rougeoie. Il est arrivé quelque chose dans la substance trouble dont notre monde est emmitouflé, notre monde qui commence sa quatre milliardième révolution autour de l'étoile nommée Soleil.

J'aperçois mon reflet dans la constellation de miroirs fêlés d'une coopérative de tailleurs. Un homme vieillissant en pantalon fripé et en grosse veste de mouton. Misérable créature à l'âme hypertrophiée. Créature raisonnable affligée du cancer de la conscience d'exister. Mais la conscience d'exister est-elle raison ?

— Voyons, et cette confession, de quoi s'agissait-il ? J'étais en train de me confesser ou j'en avais seulement l'intention et je me livrais à un examen de conscience, à un plan de vérification et d'inspection, je me disposais à une autocritique poétique.

Entre la masse de l'avenue et le pic pointu du palais de la Culture, je vois briller quelque chose comme les lumières d'un avion prêt à atterrir.

— Mais personne ne m'a donné l'autorisation ni imposé de pénitence. Je ne me souviens pas que l'ombre de l'homme dans la nuit du confessionnal ait murmuré ces mots de mes lointaines années : *Ego te absolvo*, que cette ombre ait frappé doucement la paroi du confessionnal, le mur de chêne de la cellule, que cette ombre ait laissé dépasser au-dessus de la portière le bord de son étole avec le signe de notre foi, le signe que l'on peut envoyer dans l'espace interstellaire comme le code de l'existence et de la passion des hommes.

Ce ne sont pas les lumières d'un avion en retard se préparant à atterrir. Cela reste fixe au-dessus de l'avenue bien que sa position varie. Cela s'éloigne en zigzag vers les toits des immeubles fin de siècle pour retourner au bout d'un instant à sa place précédente et se jeter à nouveau dans l'ombre du palais. Cette lumière fait penser à une étoile aplatie comme une pièce de monnaie, me présentant son arête mince et, de cette arête illuminée, un léger flot de lumière rouge s'élève comme une petite voile. Et cette voile cosmique vacille de gauche à droite comme la flamme d'une bougie sur un sapin de Noël. Et j'ai soudain l'impression qu'il s'agit du feu du moteur d'une fusée qui propulse un objet volant non identifié.

Prudemment, sans m'affoler, j'observe le ciel. Il y a beaucoup d'étoiles. Elles scintillent comme dans la poésie de jadis. Les étoiles aujourd'hui ne se comportent plus de la sorte. C'est pourquoi je ressens une inquiétude bizarre dans l'espace qui surplombe la ville tapie. C'est une nuit singulière qui s'approche. Et cette nuit singulière a pu attirer un OVNI auquel je ne crois pas, mais qui s'élève au-dessus de l'avenue et observe cette ville incompréhensible au beau milieu de l'Europe.

Je retourne dans l'entrée, vers mes compagnons.

— Venez, je vais vous montrer quelque chose.

— Qu'est-ce que tu veux nous faire voir ? demande Kojran.

— Ça vaut la peine d'être vu, je vous donne ma parole.

— Peut-être l'étoile de Bethléem ?

— Peut-être une étoile ou une sonde cosmique.

Ils me suivent dans la rue glacée. La sirène d'une voiture de police gémit quelque part dans les entrailles de la ville. Je reste silencieux et j'attends.

— Oui, c'est la première étoile, l'étoile du Berger, et, pour parler simplement, notre voisine Vénus, déclare Kojran d'une voix sobre.

— Mais ce qu'elle brille fort, s'étonne Grzesio, le mouchoir sur le nez. Je n'ai jamais vu une pareille étoile.

— Regardez, elle vient de faire un bond à gauche, s'écrie Goska.

— Oh ! Et maintenant, la voilà descendue !

— Ecoutez, je vais appeler l'anarchiste, décide l'étudiant. Il a fait deux ans d'astronomie.

Il fait venir le gros étranger, tout bouffi, non pas sous l'effet du bien-être mais sous l'effet des soucis.

— Il dit que c'est Vénus, traduit l'étudiant. A cette époque de l'année, Vénus apparaît dans cette partie du ciel et décline rapidement au-dessous de l'horizon septentrional en direction de l'est.

Nous nous taisons, déçus. De l'autre côté de la rue, dans les appartements situés au-dessus de la joaillerie figée dans le silence, des gens chantent des cantiques. Quelque part, la lumière d'un sapin a mis le feu à un voilage, la vitre d'une fenêtre se brise, quelqu'un appelle au secours. Mais nous, nous contemplons obstinément cette fente de lumière vive coiffée d'une aigrette pourpre.

Le terroriste place ses mains en lorgnette devant ses yeux. Il chuchote quelque chose à l'étudiant.

— Il dit que ce n'est pourtant pas Vénus.

Je l'interroge timidement :

— Peut-être une sonde cosmique, un ballon américain ?

— Pourquoi justement américain ? dit la dame en pelisse trop grande.

— Alors de quel pays ?

— Ce n'est rien du tout, répond-elle, irritée. Vous me fatiguez avec vos sornettes.

— Il dit..., marmonne l'étudiant.

— Eh bien, quoi ? s'énerve Kojran.

— Il dit qu'il ne sait pas. Ça ressemble à un OVNI.

Julia, la paysanne, est tout près de moi. Elle tremble de froid ou d'émotion astronomique. Tout en regardant la lumière astrale, elle murmure :

— Vous êtes fâché contre moi ?

— Et vous, vous êtes fâchée contre moi ?

— Ecoutez, je vous invite à réveillonner chez moi.

— Où ça, chez vous ?

— Dans ma ferme. Parce que je dirige une ferme et j'y habite. Entre Radosc et Milosna.

— Entre Joie et Amour, excellente adresse.

— Prenons le sapin qui est dans l'escalier, j'ai encore des bougies, sautons dans le dernier taxi et partons à la campagne, dans le silence, au milieu de la nature, au cœur même de la vérité. J'ai tout ce qu'il faut. Une belle maison, des meubles confortables, beaucoup d'argent. Il me manque une babiole. La compagnie d'un être.

— Ma femme m'attend.

— Je partagerai avec elle. Moi, je n'ai plus d'ambitions exagérées.

La lumière du réverbère l'inonde d'un éclat verdâtre. Cette femme encore belle serre entre les dents ce qui lui reste de vie. Elle est riche de savoir amer et de résignation mélancolique. Plus d'un se laisserait tenter par ce geste de beauté mûre. Mais, apparemment, personne n'est tenté.

— C'est trop loin pour moi, ma chère Julia. Trop loin, ce coin entre Joie et Amour.

— Parce que j'ai fait une grosse bêtise qui maintenant me fait vivre. J'ai épousé un milliardaire américain, parole d'honneur. Moi, une petite idiote polonaise, j'ai littéralement pêché un type dans l'eau, car c'était à la mer, sur une plage. Il n'était pas trop vieux et même beau garçon. Je me noyais, et lui essayait de me sauver. Je me noyais pour de vrai car je ne sais pas nager, il était en maillot de bain, tout simplement, et je ne savais même pas à qui je devais la vie. Vous savez ce que c'est, huit cents millions de dollars ? Il suffit de vous dire qu'il avait une ligne d'aviation privée. Lorsque nous allions en Europe dans notre avion à réaction, nous avions dans les soutes nos deux voitures préférées. Il était le cinquième ou le sixième contribuable des Etats-Unis.

— Et puis ?

— Et puis, rien. Il s'est révélé un peu coureur de putes et un peu cinglé. Que la terre lui soit légère. Evidemment, au bout d'une longue vie. Mais il m'a dotée comme il faut. Je me suis acheté une ferme sans me douter que personne ne voudrait y travailler pour six mille malheureux zlotys.

— Vous me proposez de vous aider à vendre du veau à la ville ?

— Ensemble, nous sèmerons, nous laboureurons, nous nourrirons le bétail. Ensemble, nous admirerons les levers et les couchers de soleil, nous aurons peur des orages d'été et nous souffrirons d'insomnie dans les longues nuits brumeuses de l'automne. Nous pourrions aussi nous aimer.

— Nos chemins ne sont pas tout à fait les mêmes. Moi, je cherche refuge au milieu des hommes, dans la cohue, la foule. Il y a vingt ans, j'aurais réfléchi soigneusement à votre offre.

— Il y a vingt ans, vous n'auriez pas existé pour moi.

— Vous avez traversé la vie à toute vitesse.

— Oh oui ! de haut en bas ou de bas en haut. Peu importe. Est-ce que je suis laide ?

— Non. Vous êtes belle, sans doute aussi raisonnable, vous savez être gentille, et il va falloir vous fatiguer toute seule jusqu'au bout, comme beaucoup de belles femmes intelligentes qui ont sauté dans l'eau, la tête la première, ont bu la tasse, failli se noyer et qui, tirées sur le rivage... tirées sur le rivage...

— Et quoi, sur ce rivage ?

— Justement, rien. Le ciel et la terre.

— Pourquoi ne rencontrons-nous personne qui ait eu de la chance dans la vie ?

— Nous en rencontrons sans cesse. Mais d'instinct, nous leur tournons les talons pour fuir au bout du monde à leur approche.

— Ça veut dire qu'il existe vraiment, le héros positif, cher réaliste socialiste ?

— Oui. Mais ce n'est plus pour nous.

— M. Duszek dirait : une Polonaise, quand ça la prend, laisserait tomber un milliardaire.

— Rendu cinglé par ses milliards.

— Des cinglés, il y en a partout.

Une arroseuse municipale qui s'est trompée de climat roule au milieu de la chaussée. Toute la ville résonne de cantiques comme un stade de football ou un ciel orthodoxe.

— Eh bien, monsieur K. ?

— Mon bagage est un peu différent du vôtre. Nous aurons du mal à nous accorder.

— Parce que vous avez raté quelques livres ? J'ai du répondant, nous engagerons un nègre qui écrira à votre place dix best-sellers.

— N'essayez pas de me tenter.

— J'en sais autant sur la vie que toute une docte faculté, et, de plus, il me reste encore un peu de notre fameuse force à déplacer les montagnes.

— Vous valez bien le meilleur des gars.

— Je vous demande pardon mais je voudrais bien savoir où ils sont, ces gars-là ! La Pologne a toujours été le pays des femmes formidables et des hommes minables.

— Vous savez, je viens justement de bifurquer, de me scinder en deux, je suis à la croisée des chemins.

— Que voulez-vous dire ?

— Moi aussi, j'ai traversé la vie à toute vitesse, en glissant dessus. Le moment est venu de payer. Non, pas de payer, car ai-je bien de quoi payer ? Mais un peu plus tard, il faut choisir. Vous savez, ma chère, je me suis assoupi d'un sommeil décadent sur des oreillers eschatologiques. C'était un sommeil pas très fameux, pénible comme un cauchemar, plein d'apparitions banales et de revenants ordinaires, un rêve qui ne valait pas la peine d'être rêvé ou de se faire rêver, comme vous préférez. Et voilà qu'à un moment aussi peu opportun la vie me réveille, notre vie de con, notre vie d'ange. Vais-je me remettre d'aplomb ? Je le voudrais, mais comment, avec qui, pour aller où ? Parce qu'il faut que je vous confie encore un secret : à ce qu'il semble, je suis mort l'an dernier au début du mois de juin. Et cela s'est passé à trois heures et demie du matin dans un bistrot. Qui sait si ce n'était pas sous l'empire du souci ? Pour parler sans ambages, à la suite d'un abus d'alcool. Je me suis donc suicidé et je suis sans doute déjà mort, bien que la vie me présente maintenant sa facture. Il faut pourtant retourner en arrière et recommencer depuis le début, mais comment y arriver si je suis mort ?

— Vous pensez que ça a un sens de se cogner la tête contre les murs ?

— Et si c'était le cas ?

Un taxi givré s'avance faisant grésiller ses pneus sur le verglas frais. Il s'arrête juste à côté de nous, plantant son nez dans un haut tas de neige.

— Voilà un cab, on le prend ? demande Julia.

Avant que je n'aie eu le temps de répondre, les portières de la voiture s'ouvrent. Une jeune fille en descend la première avec peine : elle est en peignoir sur lequel elle a jeté un manteau d'hiver, chaussée de sortes de babouches, mais porte un maquillage de fête sur le visage. A sa suite, un type portant un marmot sur les bras s'extrait de l'intérieur vieux jeu du véhicule. Au début, nous avons l'impression qu'il s'est fait bronzer comme un nègre à Zakopane [1], mais c'est justement un Noir, un jeune Noir plein d'énergie, le père du nouveau-né.

— Les gars, aidez-moi à sortir tout ce barda, nous lance-t-il.

Et il se dirige sans hésiter vers l'entrée de la maison dans laquelle nous campons.

Je me saisis donc avec Kojran d'une poussette pliante, d'une valise et d'un tas de sacs en plastique. On voit que ce Noir a pris un soin méticuleux de l'accouchée.

Nous suivons les jeunes parents sous la porte cochère, nous traversons la cour jusqu'à cette ruine qui avant la guerre était le bâtiment de service d'un immeuble honorable. Par un escalier de bois empestant l'urine, nous grimpons jusqu'au premier étage, jusqu'à la première porte, bien qu'en réalité il s'agisse sans doute du troisième étage, car les deux premiers ont été murés.

Et là, c'est le provisoire le plus anarchique. Une sorte de couloir de ce qui fut un appartement, un balcon arraché, des portes donnant sur des salons qui sont devenus des appartements séparés. Le Noir s'arrête devant une porte à deux battants ornée d'une affiche représentant un chanteur noir. Il fait passer le burnous contenant le

1. Station de montagne dans les Tatras, au sud de la Pologne. (N.d.T.)

bébé d'un bras sur l'autre pour chercher ses clefs dans ses poches.

— On se tape un demi-litre ? propose-t-il avec l'accent des voyous de Varsovie.

— Nous sommes pressés de rentrer pour fêter Noël, dis-je.

Ses yeux farouches lancent des éclairs mais il parle comme l'un des nôtres.

— Vous fêterez Noël avec nous. Vous savez ce que c'est que le tord-boyaux ?

— Tu parles, lui dis-je. Tout le monde sait peut-être pas, mais moi, si.

— Tu vois, Zocha, c'est un type sympa.

— Moi aussi, je connais le tord-boyaux, intervient Kojran.

— Tu vois, Zocha, encore un type sympa. Alors, allez-y, les gars.

Il ouvre la porte et nous voyons une grande pièce semblable à un sérail oriental. Des sofas, des poufs, des tapis, des chapelets. Il y a aussi la modernité retenue par enchantement dans les plastiques et les nickels des platines et des magnétophones stéréophoniques. Ce Noir, c'est soit le fils de l'empereur Bokassa, soit un trafiquant de devises des bazars du quartier de Praga.

— Nous rentrons tout droit de la clinique. Bon, ça va, jetez tout ce fatras dans un coin.

— L'étoile de Bethléem brille. C'est peut-être pour votre fils ?

— Non, ce n'est plus pour lui. Il est né il y a une semaine. Allcz y, les gars.

— Zdzisiek[1], le met en garde sa Zocha.

— Voyons, chérie, il faut bien boire un verre.

— Zdzisiek, ces messieurs sont pressés.

Le Noir perd sa belle humeur. Pour cacher son embarras, il se met à changer l'enfant. Le nouveau-né pousse un hurlement. Quant à nous, sur la pointe des pieds, sous le contrôle du regard glacé de l'anémique Zocha, nous nous retirons dans le couloir.

— Ce sera un type bien, chuchote Kojran. Il a déjà tâté de la poigne de nos femmes.

---

1. Sans équivalent dans les autres langues, d'où l'étonnement de voir ce prénom porté par un Noir. (N.d.T.)

Un petit vent à peine perceptible fait voler dans le couloir de la neige poudreuse. Il n'y a pas de vitre à la porte-fenêtre du balcon. Quelqu'un a un jour entrebâillé cette porte et elle est restée ainsi dans ce geste d'invitation au balcon, dont il ne reste que des barres de fer rouillées. Dans cette ruine laissée par la guerre on entend aussi des cantiques. Paix aux hommes de bonne volonté.

Je demande à Kojran :

— Vois-tu toutes ces étoiles ?

— On dirait que le ciel sourit pour nous les montrer. Je n'ai pas vu pareil ciel depuis longtemps.

— Qu'en penses-tu, quelqu'un nous observait, dans cette soucoupe volante ?

— Qui sait ? On en parlera peut-être demain dans les journaux.

— Il est plus sûr qu'on n'en parlera pas. Nous avons été les seuls à les voir. Et eux à nous voir.

Je m'approche du balcon. J'ouvre la porte-fenêtre sans vitres. Au-dessous de moi, deux étages de vide et en bas, le béton recouvert d'une mince couche de givre vitreux. Une Wartburg[1] revêtue d'un chiffon couvert de neige. Un chat noir traverse la cour en zigzag cherchant des soupiraux familiers. Jadis, les chats noirs présageaient le malheur. Aujourd'hui, ils ne présagent plus rien. Quelqu'un d'autre s'est mis à rendre des augures. Quelque chose d'autre apporte le malheur.

— C'est fou ce qu'il y a d'étoiles, dis-je à voix basse. Tous les nôtres sont là-bas, quelque part, les tiens et les miens, et maintenant, il y en a beaucoup, plus que sur la terre. Il doit faire froid dans ce vide. Le gel éternel. C'est un peu décourageant. Je n'aime pas le froid. L'obscurité.

— Mais non, il ne fait certainement pas froid. Je peux te donner ma parole. C'est une température neutre. Imperceptible. Là haut, on ne risque pas de prendre froid, ça c'est sûr.

Au-dessus du toit de l'immeuble de devant un éclair brille comme en été. L'archet d'un tramway — sans doute le dernier tramway — s'est courbé à la jointure des fils de traction et a fait jaillir des éclairs bleus.

Je fais un pas en avant, je m'arrête sur une barre de fer

1. Marque d'automobile fabriquée en R.D.A. (N.d.T.)

glissante qui fait saillie comme un doigt noir au-dessus de la cour. Je me retourne vers Kojran. Un froid mordant pénètre sous ma pelisse courte.

— Kojran, je te dois quelque chose ?

— Quoi donc ? De l'argent, de la vodka, une bonne parole ?

— Comment, tu ne te souviens pas ? Je te dois ma vie. On t'en avait fait cadeau. Tu me suivais avec ce cadeau.

— Laisse tomber. Tout est sens dessus dessous. Il valait peut-être mieux ne pas y repenser. Est-ce que je sais qui me suit maintenant ?

— Non, Kojran. Il paraît que rien ne se perd ni ne meurt. Nous laissons notre empreinte dans le temps comme des hannetons dans la résine. Viens, mon petit hanneton, approche-toi de deux pas et pousse-moi doucement. Tu vois, je me tiens à peine, il suffit d'un petit souffle et justice sera faite.

— A quoi bon ? Aujourd'hui déjà, tu as commencé à casser ta pipe. Demain, après-demain, ça peut encore t'arriver. Dieu sait mieux que nous quand le moment est venu.

— C'est nerveux seulement. C'est une névrose cardiaque. Un caprice du cœur. Une révolte du cœur. Et moi qui n'ai toujours pas obtenu la rémission de mes péchés. Si à présent je regrette mes actes, si en un éclair j'accomplis un acte de pénitence aussi rapide que le souvenir de la peine causée par toi, par mes amis ou par le sort, si je me hâte de régler mes comptes avec cet instant de cinquante années de vie et que tu me pousses pour exécuter la sentence inscrite sur ma nuque, alors, en tombant, à peine aurai-je atteint la hauteur du rez-de-chaussée que je serai sauvé. Regarde, Kojran, il est rare d'accomplir une cruelle obligation et en même temps de rendre heureux un autre homme.

Kojran fait un pas en avant mais il s'arrête encore devant la porte. Il saisit de ses mains le chambranle comme s'il voulait se servir de ses planches pourries pour se protéger de moi.

— Non, mon vieux. Ce n'est pas moi qui te pousserai maintenant. Autre chose jadis, autre chose aujourd'hui. Si tu veux, tu n'as qu'à sauter tout seul. Il suffit de lever le pied, de le suspendre dans le vide. Et de fermer les paupières sur tes yeux.

— Alors pourquoi m'as-tu suivi pendant tant de semaines et pourquoi es-tu allé en prison à cause de moi ?

Kojran cherche une cigarette. Puis il l'allume. Dans la soudaine rougeur de la braise de la cigarette, il a l'air jeune comme il devait l'avoir quand il était Jean le musicien ou lord Byron.

— Tu sais, Tadzka. A dire vrai, ce n'est pas moi qui te poursuivais avec la sentence à exécuter. C'est toi qui avais rendu cet arrêt contre toi-même. Dans tout ce que tu écris, il y a quelqu'un qui a peur d'un autre et essaie de lui échapper. Je me suis servi de ton leitmotiv comme un lecteur attentif pour monter une intrigue dans la queue. C'est toi qui as décrété la sentence et c'est toi qui dois l'exécuter.

— Mais voyons, Tadzka, puisque tu t'évades. Demain, tu prends l'avion et tu te transportes dans l'autre monde, qui n'est pas l'autre monde.

— Moi, je m'évade ?

— Mais oui, tu files tout simplement, comme tu l'as fait toute ta vie. Toujours plus loin de l'épicentre. Mais c'est peut-être de la non-exécution de la sentence oubliée que dépend toute notre construction ? Elle repose peut-être sur ce petit rien.

Kojran aspire la fumée de sa cigarette. Je vois briller dans sa bouche une dent en argent inconnue, la dent du commun.

— Tu ne me tenteras pas, Tadzka.

Je sens un sourire dans ses paroles.

— Mais je suis le seul témoin de ta fuite. Mieux vaut te débarrasser de ce témoin.

— Je m'évaderai peut-être, ou peut-être pas. Si tu veux, jetons ça ensemble dans ce puits de l'oubli.

Et il me montre à travers le trou dans la vitre son sac de pédé.

— Tu n'auras plus qu'à descendre en courant pour aller le chercher. Alors, tu veux me gracier ?

— Oh, ce que tu peux être hypocrite ! Tu fais des détours et des détours et ça ne te mène à rien. On peut faire ça plus simplement, humainement.

— Comment donc, humainement ?

— Bon, ça suffit. Il est terriblement tard. Qu'est-ce que je vais dire, chez moi ?

J'entre dans le couloir. Un enfant pleure derrière le mur. Sans doute ce mulâtre nouveau-né. Nous descendons l'escalier en nous tenant aux murs aussi repoussants que ceux d'une latrine. Voici la cour au-dessus de laquelle se penche cette vieille masure comme un couvercle noir. Quelqu'un arrive lentement venant du porche. Un grand homme trapu en veste mouillée. C'est M. Duszek.

— Les Polonais, quand ils voient un balcon, ça leur donne envie de sauter, fait-il de sa voix de basse enrouée.

— On se fait la valise, dit Kojran. Qu'est-ce qui nous a pris de perdre toute une journée comme ça. Où est mon samovar ?

— Dans l'escalier. Il y était.

— Et les autres ?

— Ils attendent.

— Qu'est-ce qu'ils attendent ?

— Que vous veniez. Ils veulent vous présenter leurs vœux de Noël.

Nous pénétrons sous le porche où le vent s'est calmé. Ils se tiennent au pied de l'escalier comme des fantômes transis.

— Une petite cigarette, peut-être ?

L'anarchiste ouvre sa petite boîte en métal.

— Fous-nous la paix. Ma chère Julia, il vous en reste pour le coup de l'étrier ?

Notre paysanne fouille dans son balluchon.

— On devrait peut-être commencer par l'hostie ?

Nous commençons à partager le blanc symbole du pain qui craque avec une sonorité indécente.

— Bon voyage, Tadzka, si tu t'appelles comme ça.

— Et toi, Tadzka, *pour conforter les cœurs*, tu sais, pigé ?

L'étudiant traduit encore une déclaration de l'anarchiste qui introduit sous sa moustache rousse toute une moitié d'hostie[1].

— Il dit qu'il va attendre ici avec nous.

— Ici, dans cette entrée ?

— Non, attendre en général.

— Et qu'est-ce qu'il veut donc attendre ?

— Ce que tout le monde attend.

Grzesio tapote ses mains engourdies. Un caillot noir a séché sous son nez.

— Endurant, l'indic, fait M. Duszek condescendant. Je crois que je vais partager l'hostie avec lui. Viens ici, pauvre salaud.

---

1. Il est d'usage de n'en prendre qu'une fraction. (N.d.T.)

Je demande à la dame en habit trop grand :

— Et vous, qu'est-ce que vous faites là encore ?

— Je suis veuve. Personne ne m'attend.

— Alors, partageons l'hostie, si la superstition religieuse ne vous offusque pas.

— Oh, une fois par an, on peut bien le faire, allez. Une soirée pareille. Vous ne m'aimez pas, parce que je suis objective, moi.

— Aujourd'hui, on ne fera de reproches à personne. On commencera demain.

— On commencera quoi, demain ? demande l'ouvrier du bâtiment tout blotti dans les bras de sa Goska.

— Il faut bien commencer quelque chose.

Les étoiles au-dessus de nous sortent de leurs orbites. Le gel étreint la ville qui continue de fredonner des cantiques d'un murmurando somnolent. Paix aux hommes de bonne volonté.

L'étudiant s'approche. Il me prend par le bras et m'attire à l'écart. Il me regarde dans les yeux, d'un regard soutenu.

— Nous faisons une collecte. Vous donnez quelque chose ?

— Pour quoi ?

— Pour les gens.

— Quels gens ?

Il approche sa bouche de mon oreille. Je sens sur ma joue la médiocre chaleur de sa respiration.

— Ceux qui luttent pour la liberté.

Je suis pris d'un frisson soudain. J'ai le dos trempé. J'ai pris froid pour Noël. Magie terrible de ces mots de journal. Ils résonnent sous le ciel étoilé à vous saisir jusqu'à la moelle, non jusqu'à la dernière fibre du cœur.

— Pour la vôtre et pour la nôtre, répètent mes lèvres figées.

Lui ne dit rien. Il attend sans bouger. Comme un remords.

— J'ai de l'argent, là. Pour des alliances.

Je chuchote ces mots en cherchant à tâtons ma poche de poitrine. A quoi bon des alliances ? C'est le symbole des menottes.

Je trouve ma poche, mais elle est vide. Je la retourne de fond en comble.

— L'argent n'y est pas. Je l'ai perdu ou quelqu'un me l'a piqué. Je n'ai même pas de quoi donner au concierge pour rentrer chez moi. Dans la prison du quotidien.

— Bon, je m'excuse.

— Attends, j'ai un bibelot de famille.

Je sors le sceau de malachite et je veux le lui donner, mais lui retire sa main devant ce morceau de roche étrangère. Il pense que je me moque de lui, que je me raille de sa mission.

— Prends, ça aussi, c'est de l'argent. Ça se vend bien chez les antiquaires fréquentés par des étrangers sentimentaux.

Voici comment les choses ont pu se passer.

Traugutt[1] descendait tranquillement les marches ajourées du wagon. Sans avoir à se retourner, d'un œil exercé de conspirateur, il réussit à s'apercevoir que le quai était presque vide. Le chef de gare se trouvait près de la locomotive et demandait quelque chose au machiniste. Un grand portier barbu, somnolent, se balançait à la porte de la gare, à côté de la cloche de cuivre. Une patrouille de gendarmerie longeait lentement le train : un jeune officier élégant dans son uniforme bleu et deux sous-officiers. Ils avaient déjà aperçu Traugutt. Et lui aussi les voyait, bien qu'il fût occupé à comparer sa vieille montre avec l'horloge de la gare.

Il posa son sac de voyage sur le gravier du quai, et se mit négligemment à chercher un porteur du regard. Il y en avait plusieurs derrière la petite barrière verte qui séparait la gare de la rue plantée de jeunes tilleuls. Mais aucun d'eux ne se hâtait de venir en aide au voyageur solitaire. Eux aussi attendaient.

Traugutt rangea soigneusement sa montre dans la poche de son gilet. C'est alors que la patrouille s'arrêta à deux pas de lui. L'officier fit un salut poli, les sous-officiers retinrent de leurs mains rougies de froid leurs grands sabres dans leurs fourreaux de cuir.

— Puis-je vous demander votre passeport ? demanda l'officier.

— Bien sûr, je vous en prie.

Traugutt présenta une grande feuille de papier pliée en quatre.

Le gendarme lisait attentivement le papier, jetant des

1. Romuald Traugutt (1826-1864), dernier « dictateur » (selon le modèle romain) de l'insurrection de 1863. Il fut arrêté à Varsovie et pendu sur les remparts de la citadelle en 1864. (N.d.T.)

coups d'œil d'une curiosité retenue au voyageur. Le portier de la gare frappa la cloche et cria quelque chose en russe avec un accent des bords de la Volga.

— Votre nom, monsieur ? demanda l'officier sans lever les yeux du papier.

— Czarnecki.

— Oui, et votre prénom ?

— Michel.

— Vous êtes marchand ? Vous venez pour vos affaires ?

— Oui, pour une affaire. Pour un jour.

— Je suppose que vous descendrez à l'hôtel Europejski.

— Si je trouve une chambre.

— Je l'espère pour vous. Je vous souhaite un agréable séjour.

Le gendarme rendit le papier en saluant à nouveau.

C'est alors seulement qu'un porteur accourut dans son grand tablier de grosse toile. C'était à coup sûr un vieux-croyant, un grand type barbu aux épaules larges, au sourire lugubre.

— Il y a des fiacres ? demanda Traugutt en polonais.

— *Tant que vous voulez*, répondit en russe le porteur d'une voix de basse. Les fiacres, c'est pas ça qui manque, Votre Grandeur.

— Alors, on va en chercher un.

Ils traversèrent la gare accompagnés du regard discret de l'officier des gendarmes. Des fils de la vierge emmêlés volaient dans l'air doré de l'été de la Saint-Martin. Traugutt s'arrêta et regarda le ciel brumeux qu'il n'avait pas vu depuis des mois.

Un fiacre s'approcha au trot. Le portier posa le sac de voyage aux pieds du cocher encore jeune. Traugutt essuya vivement du bout de son écharpe ses lunettes embuées, monta dans la voiture bringuebalante. Alors, le cocher se retourna un court instant et le regarda longuement dans les yeux. Mais Traugutt ne lui rendit pas son regard, bien qu'il eût remarqué tout de suite que le numéro d'ordre qu'il portait sur le dos était cousu à l'envers, ce qui, dans certains gouvernements, était un signe d'appartenance à la conspiration.

— A l'hôtel Europejski, dit-il, regardant le fond de la rue en courbe pavée de pierre rouge des champs.

— Je connais bien la ville.

Le cocher fouetta de ses rênes les flancs bien nourris du cheval moreau.

— Si vous aviez besoin d'aide...

— Merci. Je ne suis ici que pour un jour.

Le cocher se retourna à nouveau, cette fois avec un sourire entendu.

— Monsieur voudrait peut-être faire la connaissance de dames très élégantes ? Je connais des adresses. On peut s'amuser ici. Il y a des marchands et des officiers qui viennent de Lodz, même de Varsovie.

Traugutt évitait son regard. Il plissa les yeux derrière ses lunettes car un vent glacial souffla du fond de la rue, chassant devant lui un nuage de feuilles rouge sang.

— Je n'ai pas le temps, l'ami. Peut-être une autre fois.

Le cocher renonça. Il s'occupa de son cheval apathique qui avait soulevé la queue et s'était mis à semer des pommes vert-brun. La ville était aux aguets, blottie dans les restes de soleil automnal vers l'ouest. Les passants se hâtaient sans se saluer; au coin des rues, les plantons se frappaient de leurs bras engourdis, mais aux fenêtres on pouvait deviner, cachés derrière les voilages, les visages des gens qui, pleins d'espoir, attendaient désespérément depuis plusieurs mois.

Soudain un tumulte se produisit dans la rue. Un officier de cavalerie s'avançait au grand galop, le sabre au clair.

— *Rangez-vous, rangez-vous*, criait-il en russe d'une voix terrifiante.

Le cocher se rangea en un éclair dans le caniveau et arrêta son cheval. Une cavalcade en armes passa à grand fracas, une troupe de cosaques entourant une calèche dans laquelle un général couvert de décorations était affalé sur le siège noir capitonné; à côté de lui, un jeune officier était planté au garde-à-vous, sans doute son aide de camp.

— Le gouverneur, informa le cocher. — Puis il ajouta avec circonspection : — Un homme sévère.

— Oui, je vois, fit Traugutt d'un ton indifférent.

A nouveau, le calme revint. Les gens émergèrent des porches où ils avaient trouvé refuge. On entendit quelque part dans une cour un marchand ambulant vanter plaintivement sa marchandise. Le vent du nord soufflait de plus en plus fort. Traugutt se décida à relever le col de son manteau doublé de velours bleu marine.

Le fiacre s'arrêta à nouveau. Le cocher indiqua de son fouet un square plein de brume au bord de la rivière, où luisaient, dans le reste de lumière du jour, trois grands poteaux barrés.

— Le gouverneur est un homme sévère, répéta-t-il.

C'est alors seulement que Traugutt discerna trois balluchons balancés par le vent au-dessus de ces poteaux. C'étaient des potences. Trois potences pareilles à trois croix.

— Nous voici rendus, dit le cocher.

Traugutt se ressaisit d'une soudaine torpeur.

— Combien prends-tu ?

— A votre bon cœur, Monsieur.

En entrant dans le hall de réception, il vit encore que le cocher ne partait pas et le suivait des yeux, comme s'il attendait quelque chose. Puis un homme en casquette s'approcha de la voiture, ils parlèrent un moment de quelque chose, enfin l'homme à la casquette sauta sur la marche du fiacre qui repartit au trot en direction de la gare.

— « Est-ce un espion ou l'un des nôtres ? » se demanda Traugutt.

Dans le vestibule de l'hôtel, des officiers russes en tenue de campagne allaient et venaient. Les uns montaient l'escalier en courant vers les chambres ou en redescendaient, prêts à sortir ; les autres restaient assis dans les fauteuils de cuir râpé comme pour éloigner le mauvais sort avant un long voyage [1]. Un monsieur chauve, de petite taille, portant une barbichette, jeta un regard interrogateur à Traugutt.

— J'ai besoin d'une belle chambre pour une nuit.

Le barbu chauve eut un sourire entendu.

— Messieurs les officiers ont occupé les meilleures chambres. Aussi pour une nuit.

Traugutt fit craquer un rouble de papier chatoyant comme un arc-en-ciel.

— Ce n'est pas toi qui vas me décevoir, mon petit. J'ai rendez-vous ici, tu comprends que c'est une affaire délicate.

— Je comprends tout, dit le réceptionniste en cachant le

1. Une coutume russe veut qu'avant de partir en voyage on reste assis un moment pour conjurer le mauvais sort. (N.d.T.)

rouble dans sa manche. Je trouverai peut-être quelque chose de convenable pour Votre Seigneurie. Votre passeport, je vous prie, car le passeport, de nos jours, c'est ce qu'il y a de plus important.

Et il adressa à son client un grognement ambigu mais en même temps joyeux.

Il fouilla dans son registre en levant bien haut ses sourcils touffus avec une sorte d'étonnement, sourit à nouveau, de manière encore plus entendue, puis fit claquer ses doigts avec zèle et, enfin, tendit une clef alourdie d'une poire en bois de chêne.

— Faut-il annoncer la dame ou la faire entrer directement ? s'enquit-il à voix plus basse.

— Fais-la entrer tout de suite, je n'ai pas de temps à perdre.

— Oh là là ! ricana le barbu. Par les temps qui courent, on n'a plus une minute à perdre.

— Wincenty, monte les bagages de Monsieur.

En silence, le serviteur à cheveux blancs toisa Traugutt d'un regard peu avenant, prit son sac de voyage et, sans mot dire, s'engagea dans l'escalier.

Sans mot dire, il ouvrit la porte de la chambre; prit son pourboire sans mot dire et voulut se retirer toujours sans mot dire. Mais Traugutt, d'un signe de la main, le retint sur le seuil.

— Vous avez du bon champagne ?

Wincenty haussa les épaules :

— Du bon. Le même que partout.

— Pourquoi es-tu si peu avenant ?

— Et comment l'être ? Vous devriez comprendre ça tout seul.

— Comprendre quoi, mon brave ?

— Ce qui passe et ce qui ne passe pas.

Traugutt resta pensif un instant, son manteau sur le bras. Dans les gouttières, à l'extérieur, le vent gémit soudain, un arbre nu se pencha et jeta un coup d'œil à la fenêtre.

— Bon. Fais mettre une bouteille de champagne dans la glace, si vous en avez.

— Y en a, pourquoi pas, grommela Wincenty en fermant la porte un rien trop fort.

Traugutt s'approcha du grand miroir qui se trouvait dans un coin. Il aperçut son reflet sur la surface trouble, noircie :

le reflet d'un homme de taille moyenne, maigre, aux lunettes de métal. Il soupira comme s'il était déçu et lissa ses cheveux sombres autour de ses oreilles décollées. Le vent secoua la fenêtre, les vitres mal mastiquées tintèrent légèrement. Dans la chambre à côté, quelqu'un faisait les cent pas sur le parquet grinçant.

Traugutt s'approcha de la fenêtre, écarta le rideau sale, poisseux, et à nouveau tressaillit comme dans le fiacre. Pardessus l'arbre nu, malingre, il aperçut la perspective du square, le ruban de la rivière et les crochets blancs des potences. Le réceptionniste avait fait de son mieux : il lui avait trouvé une bonne chambre en façade.

Traugutt tira soigneusement le rideau et jeta un coup d'œil dans le couloir.

— Wincenty ?

— Plaît-il ? s'écria d'en bas une voix enrhumée.

— Apportez-moi de la lumière.

Dans la chambre voisine on entendait discuter plusieurs voix d'hommes. Traugutt prêta l'oreille un moment à leur conversation assourdie jusqu'à ce qu'il reconnût que c'étaient des Russes. Machinalement, il retourna à la fenêtre et à nouveau en écarta prudemment le rideau. Dans la rue, le soir tombait. Les arbres, maltraités par les bourrasques du vent d'automne, faisaient des saluts frénétiques ; de rares nuages noirs volaient vers le sud comme d'énormes oiseaux de proie. Mais l'obscurité avait déjà englouti les gibets. Le square se fondait dans l'obscurité et on ne voyait que le dessin des plates-bandes avec les fleurs fanées de l'automne précoce.

La porte grinça. Wincenty portait deux bougeoirs d'étain sur lesquels vacillaient de petites flammes hésitantes. Il en posa un sur la table et l'autre sur une étagère branlante, poussiéreuse. Il ressortit et revint aussitôt, portant un petit seau mouillé d'où dépassait le goulot d'une bouteille verdâtre.

— Qu'y a-t-il à dîner ? demanda Traugutt.

— Que désirez-vous ? Des côtes de veau, ça va ?

— Va pour les côtes de veau.

Wincenty restait sur le pas de la porte et soupirait longuement.

— Tu veux dire quelque chose ?

— Non, rien.

Il soupira une fois de plus et quitta la pièce. Les flammes des bougies s'affolèrent, secouées par un courant d'air invisible. Traugutt sortit sa montre, regarda le cadran, voulut remonter le mécanisme, mais il était déjà remonté au maximum. Il rangea donc sa montre et se dirigea vers son sac de voyage. Il l'ouvrit, en sortit un flacon portant un gros bouchon de verre, versa dans sa paume un peu de liquide transparent, s'en frotta le cou, les tempes et les mains. Il voulut s'approcher du miroir mais y renonça, faisant un geste résigné de la main, tout en humant cette paume fortement parfumée. A côté, ses voisins faisaient tinter leurs couverts. Chez eux aussi, on se préparait à dîner.

Puis il s'assit sur le couvre-lit passé et attendit. Il essayait de venir à bout des secondes et des minutes qui s'étiraient. On entendit vibrer de l'autre côté du mur les cordes d'une guitare. Une mouche, qui n'avait pas eu le temps de mourir à la première gelée, traînait sur le plafond aux stucs noircis. Traugutt se levait de temps à autre comme s'il voulait courir quelque part mais il se rasseyait, frottant ses mains noueuses. Le temps ne se pressait pas.

Enfin, il entendit frapper doucement. Il bondit vers la porte et l'ouvrit d'un brusque mouvement. Elle était dans l'obscurité, mais il reconnut aussitôt ses yeux verts étincelants comme ceux d'un chat et son petit nez retroussé.

Il l'attira à l'intérieur et claqua la porte.

Ils tombèrent dans les bras l'un de l'autre et, ainsi enlacés, restèrent longtemps pensifs.

— Eh bien, descendante de Kościuszko [1] ? Comment ça va, ta vie, tout le reste ?

Elle se libéra de son étreinte, releva sa fine voilette. Elle avait un sourire timide, pudique.

— Asseyons-nous, peut-être, dit Traugutt en essayant de maîtriser le tremblement de ses mains. Tu seras mieux sur cette chaise. Ou sur le lit.

— Non, je serai bien là.

1. Tadeusz Kościuszko (1746-1817) : l'un des héros patriotiques polonais les plus populaires. Il prit la tête de l'insurrection de 1794, fut prisonnier en Russie et termina sa vie en exil. (N.d.T.)

Elle s'assit rapidement sur une chaise cannée et cacha ses mains dans son manchon de fourrure.

— Je ne sais pas moi-même par quoi commencer, Tonia. Quelles nouvelles à la maison ? Et les enfants ?

— A la maison, rien de changé. Les enfants grandissent. Nous nous inquiétons pour toi. Nous n'avons pas eu de nouvelles pendant si longtemps.

— Maintenant, tout ira bien.

— Comment, bien ? Pourquoi ne rentres-tu pas à la maison ?

— C'est la guerre, Tonia. Je ne peux pas rentrer.

Ils se regardaient avidement comme s'ils se voyaient pour la première fois. Elle regardait ses premiers cheveux blancs et ses lunettes où brillaient deux petites bougies, tout ce qu'il y avait en lui de saisissante banalité ; lui ne pouvait détacher son regard du visage de la jeune femme, rosi par le froid, de son petit nez retroussé, cette relique qu'elle avait héritée de son grand-oncle paternel, mais ses lèvres pleines lui étaient bien personnelles.

La porte s'ouvrit, Wincenty entra, apportant le dîner. Il posa le repas sur la table, lança un regard désapprobateur en direction de Tonia et sortit en fermant la porte un rien trop fort.

— Nous commencerons peut-être par le champagne ? demanda Traugutt.

— Si tu veux, murmura-t-elle.

Le bouchon sauta et, au même moment, par un concours de circonstances, de nombreux rires masculins retentirent de l'autre côté du mur.

— Tu ne risques rien, au moins ?

— Pas plus que les autres. — Il leva son verre. — Tu sais à quoi je bois ?

— Je sais.

Ils trempèrent leurs lèvres, gênés, accablés par l'incongruité de cet hôtel, de ces cris de l'autre côté de la cloison, et de ce champagne. Un coup de feu lointain gronda quelque part dans la ville, aussitôt englouti par la plainte subite du vent.

Traugutt se leva, s'approcha de la jeune femme. Il l'enlaça gauchement, la voilette dérangée couvrit à nouveau son visage.

— Eh bien, Tonia ? Eh bien ?

— Cet hôtel me gêne.

— Moi aussi. Mais que faire ? Tu pourrais ôter ton manteau.

Elle se leva docilement, lui tendit son manteau tiède sentant la bruyère. Quelque chose d'un rouge profond brilla entre ses paumes. Elle remarqua son regard.

— Donne-moi ta main, dit-elle.

Elle y fit tomber une poignée de petits marrons tièdes.

— Je les ai apportés d'Ostrowiec, dit-elle. Où vas-tu ?

— A Varsovie. Tu as peut-être faim ? Les côtelettes vont refroidir.

— Je n'ai pas faim.

— Moi non plus. Viens, asseyons-nous sur le lit. Il faut parler tout bas.

Ils se placèrent sur le lit élevé, s'adossant aux grands oreillers qui sentaient la rouille. De l'autre côté du mur, quelqu'un composait à la guitare de profonds accords mélancoliques.

— Pourquoi vas-tu à Varsovie ?

— Prendre la direction du gouvernement national.

— Pourquoi faut-il que ce soit toi ?

— Pourquoi moi ? Telle est peut-être la volonté de la Providence.

Les petites flammes des bougies se balançaient, somnolentes dans la pénombre comme des veilleuses sur une tombe. L'hôtel vivait de sa vie d'ivresse nocturne. Quelqu'un traversait le couloir en courant, un autre criait depuis le rez-de-chaussée, un autre encore secouait une porte avec impatience. Au milieu de tous ces bruits, la voix du vent de cet automne funeste retentissait de temps à autre, voix de mauvais augure, pleine d'une détermination tragique.

— On dit que l'insurrection est en train de mourir, chuchota-t-elle.

— La situation est difficile. Mais la Pologne ne peut mourir.

— Cela avait-il un sens de s'insurger contre une force pareille ?

— Et c'est toi qui parles comme ça, descendante de Kościuszko ?

— Justement, c'est moi qui le dis.

— Un sens, je ne sais pas, mais je sais qu'il y avait nécessité.

— Des traîtres parmi les chefs, des politiciens insensés, des couches du peuple dressées les unes contre les autres, et partout une armée d'espions. Parfois, il me vient une idée terrible : l'insurrection ne dure encore que parce qu'elle est entretenue par les provocateurs de l'Okhrana [1].

Traugutt restait muet. Ils entendaient le brouhaha venant de la chambre voisine. La guitare retentit à nouveau. De son rythme rapide, empressé, elle appelait la voix humaine. Enfin une voix de ténor gutturale fit timidement son apparition :

Adieu, Russie crasseuse
Pays d'esclaves, pays de maîtres,
Et vous, les uniformes bleus,
Et toi, peuple soumis [2]*...*

Traugutt chercha la petite main brûlante de la jeune femme.

— Oui, il y a beaucoup de raisons de soupçonner que le mouvement patriotique est fortement infiltré d'agents et de provocateurs. La frontière s'est peut-être même effacée entre l'acte spontané et l'acte provoqué, entre le fait de noblesse et le fait de lâcheté. Faut-il donc s'abriter derrière des soupçons passifs, faut-il donc justifier l'inaction pernicieuse par le mot d'ordre de la réflexion ?

— Il faut penser à la survie du peuple.

— Mais si la survie n'est qu'une agonie ?

— Je sais, je sais, mon chéri. Mais le cœur saigne à voir tous les jours des kibites emporter nos jeunes gens en Sibérie, à regarder les potences des martyrs assassinés.

— Il n'y a sans doute pas d'autre issue, Tonia, ma chérie. Il n'y a pas d'autre issue si nous ne voulons pas devenir des misérables, des nains, et mourir sous le mépris des autres hommes.

Dans la chambre voisine quelques voix entonnèrent avec plus de vigueur la deuxième strophe de la chanson :

---

1. Police politique du régime tsariste. (N.d.T.)
2. Poème de Lermontov. En russe dans le texte. (N.d.T.)

Par-delà le Caucase
J'échapperai peut-être à tes pachas
A leur œil qui voit tout
A leurs oreilles qui entendent tout.

Tonia écoutait, le front plissé sous la couronne de ses cheveux clairs. Elle serra ses doigts minces sur la main de son mari.

— Ils chantent des poèmes interdits, chuchota-t-elle.

— Ils ont tous les droits. Aujourd'hui, ils chantent, demain, ils pendront.

— Tu n'es pas fatigué ? C'est un long voyage qui t'attend.

— A présent, je ne peux pas être fatigué. Une responsabilité terrible pèse sur mon dos.

— Je sens que tu trembles.

— C'est de froid. J'ai oublié de demander qu'on allume le poêle.

— Couvrons-nous avec l'édredon. Mais d'abord, éteins les bougies.

Il souffla les deux flammes et commença à se déshabiller d'une main tremblante à côté de la chaise cannée. Du coin de l'œil il voyait l'ombre de Tonia qui se débattait avec sa robe. Il entendait le frou-frou sec des jupons. Dans l'obscurité, le spectre funèbre de la fenêtre se découpait lentement.

Il parcourut pieds nus le sol glacé jusqu'au grand lit. Tonia attendait, soulevant l'un des coins de l'édredon humide. Ils se couvrirent même la tête pour réchauffer leur cachette de leur propre haleine.

— Tu te souviens encore de moi, Tonia ?

— Et toi, tu te souviens de moi ?

— Je pense toujours à toi. Chaque nuit. Et chaque jour.

— Tu as oublié d'enlever tes lunettes.

— C'est vrai, j'ai oublié.

Il se glissa hors du nid bien chaud et à tâtons posa ses verres sur le sol.

— Quelle honte j'ai eue d'entrer seule à l'hôtel !

— Moi aussi, j'ai honte de recevoir une jeune dame dans ma chambre.

Il posa timidement la main sur la poitrine de Tonia recouverte d'une chemise fine. Elle épiait, anxieuse, ce geste familier. Les lèvres sèches, il couvrit de baisers une mèche de cheveux bouclés près de son oreille brûlante. Mais, à cet instant, quelqu'un frappa à la porte.

— Tu n'as pas fermé ? demanda-t-elle avec inquiétude.

— Non.

Il sauta hors du lit, jeta son manteau sur ses épaules et ouvrit la porte. Wincenty était dans le couloir, une lanterne à la main.

— Monsieur Czarnecki, je viens vous prévenir. La police a retenu votre passeport, dit le vieil homme à voix basse sans son hostilité de naguère.

— Ils vérifient soigneusement mais mes papiers sont bons, ce sont des papiers de commerçant. Ils me les rendront demain.

— Si vous vouliez partir en cachette, je peux vous aider.

— Merci de votre bonne volonté. Je n'ai pas à m'enfuir. Je n'ai pas besoin de fuir.

— Comme vous voudrez. Mais en cas de besoin, je suis en bas.

Le vieil homme fixait avec insistance les yeux de Traugutt, voulant apparemment y lire la vérité. De la chambre voisine quelqu'un fit irruption et se précipita dans l'escalier en courant à se rompre le cou.

— Alors, bonne nuit.

— Dieu vous le rende ! dit Traugutt en tournant la clef dans la serrure.

Il retourna au lit. Tonia attendait, dressée, tendue, les mains croisées sur sa poitrine.

— Quel dévouement infini chez ces gens. Faudrait-il que cela soit anéanti ? murmura-t-il, et il porta ses mains à ses tempes pour retirer ses lunettes mais elles étaient déjà par terre, reflétant faiblement le rectangle blanc de la fenêtre.

Elle se tourna alors vers lui, se blottit soudain contre lui, cachant son visage dans le creux de son épaule. Il voulut l'enlacer mais, dans l'étroitesse de leur chaude cachette, la chemise de Tonia se déchira et il sentit tout à coup sous ses mains le corps palpitant de la jeune femme. Il fut saisi d'une brusque et douce panique, il se mit à embrasser précipitamment de ses lèvres tremblantes la peau brûlante, la surface rêche des mamelons tendus, l'humidité de la sueur sentant les herbes aromatiques. Elle lui serra le cou de ses bras frêles, abaissa ses paupières sur la lumière de ses yeux et attendit, retenant son souffle. Et lui, avec une angoisse étrange, désespérée, qui pouvait sembler de la brutalité, pénétrait en elle à l'aveuglette et, tandis qu'il s'enfonçait, il entendait en lui-même le sang battre et gronder ; mais à peine avait-il fait irruption dans cette chaleur douloureuse, convulsive, qu'il fut soudain ébranlé par un soulagement énorme, tel qu'il n'en avait jamais ressenti jusqu'alors.

A nouveau, on entendit le bourdonnement de la mouche obstinée sur le plafond. Tonia gisait immobile dans une vaine attente. Elle regardait le plafond de ses yeux grands ouverts où s'agitaient les ombres rapetissées des arbres de la rue venteuse.

— Je n'ai pas eu de femme depuis longtemps, chuchota-t-il enfin, au désespoir.

— C'est moi que tu n'as pas eue depuis longtemps, général.

Et elle sourit, tournant la tête vers lui.

Il se mit à l'embrasser sur ses lèvres brûlantes et humides, complètement libéré de tout désir. Elle le sentait, lui rendait ses baisers avec une retenue compréhensive.

— Excuse-moi, voulut-il murmurer, mais elle ne le laissa pas, lui couvrant la bouche de sa main.

— Nous avons toute la nuit devant nous.

— Oui, toute la nuit.

— Après, tu partiras pour Varsovie ?

— Oui, Tonia, je partirai.

— Mais pourquoi toi, pourquoi faut-il que ce soit toi ?

C'est mon devoir, voulut-il ajouter, mon devoir d'homme, mais il y renonça.

Dans la chambre voisine un hurlement farouche, bestial retentit et quelqu'un dégringola dans un tel tohu-bohu que l'étagère de bambou se mit à vibrer sur un rythme monotone.

— Tu sais que tu vas vers une mort certaine ? dit soudain Tonia.

— Comme tout homme, je souhaite éviter une mort prématurée, chuchota-t-il après un instant de réflexion.

— Si tu restes à ton poste jusqu'au bout, tu trouveras la mort.

— Il faut bien que quelqu'un meure...

— ... pour que les autres puissent vivre, poursuivit Tonia, railleuse.

— Qui suis-je, Tonia ? Un homme anonyme. Ni beau, ni particulièrement doué, ne représentant rien pour la société. Je suis une simple parcelle de ce peuple. Et je n'ai même pas pitié de moi-même.

Un fracas de verre brisé retentit chez les voisins. Quelqu'un hurlait à la lune invisible.

— Ils ne nous laisseront pas dormir.

— Tonia, de quel droit devrais-je protéger ma vie ? Elle ne vaut pas plus que celle des autres.

— Et moi ? Et tes enfants ?

— Je ne sais pas si je t'ai donné du bonheur. Si je t'ai donné quoi que ce soit. J'ai l'impression d'être un escroc.

Cette fois, ce fut elle qui l'embrassa. Il voyait devant lui son visage assombri par la nuit, son visage de madone ruthène.

— Tu es fou, général.

Derrière la cloison, on cassait les meubles. Quelqu'un cognait la table de sa tête, accompagné par des rires ronflants. Traugutt se leva sans rien dire et enfila son manteau sur son linge de corps.

— Reste tranquille. Il vaut mieux ne pas attirer l'attention, s'opposa Tonia.

— Nous ne les supporterons pas jusqu'au matin. Ils ne font que commencer.

Il sortit dans le couloir et frappa à la porte de la chambre voisine. Personne n'ouvrit car personne n'entendait frapper au milieu du tumulte de l'ivresse. Il saisit la poignée, la porte céda, montrant un grand appartement plein d'officiers débraillés appartenant à tous les corps d'armée. Il aperçut aussitôt « l'uniforme bleu » de l'officier de gendarmerie, celui qui avait contrôlé son passeport à la gare. Les officiers n'avaient pas remarqué tout de suite l'arrivant. Ils se turent l'un après l'autre, tournant les yeux vers la porte ouverte. Enfin le silence se fit et seule de l'eau renversée gouttait dans un coin.

— Je vous prie de m'excuser, messieurs, mais ma femme ne se sent pas bien. Je voudrais vous prier de ne pas faire de bruit car elle n'arrive pas à s'endormir.

Un jeune capitaine se leva de table et Traugutt reconnut avec anxiété l'uniforme de sapeur et les chiffres du régiment dans lequel il avait lui-même servi il n'y avait pas si longtemps.

— C'est nous qui nous excusons, monsieur... dit le capitaine en faisant claquer ses talons.

— Czarnecki, s'inclina Traugutt.

— Nous avons l'honneur, monsieur Czarnecki, de présenter nos excuses à votre épouse et à vous-même pour ce désordre, en vérité. — Il vacillait fortement en station debout. — Mais en vérité, que la circonstance nous excuse : c'est notre soirée d'adieux, en vérité. Demain, nous partons en campagne, monsieur Czarnecki, et demain, en vérité, à la même heure, la moitié d'entre nous seront peut-être morts...

— Je comprends, toutefois...

— C'est moi qui comprends, monsieur Czarnecki, nous sommes des officiers de Son Altesse...

— Aliocha, laisse tomber ! intervint le gendarme, les yeux perdus dans le fond de son verre à pied.

— Chut, chut. — Le capitaine se tourna vers l'hôte. — Nous souhaitons une bonne nuit à Mme Czarnecka, en vérité.

Traugutt regagna sa chambre. Il murmura, en enlevant son manteau :

— Eux aussi ont peur de la mort.

Il se glissa sous l'édredon chauffé par le corps de Tonia.

— La police te rendra ton passeport demain ?

— Tu crois que le destin me fera grâce ? Qu'ils vont m'arrêter demain et m'envoyer en Sibérie au lieu de me pendre dans un mois ou dans un an ? Non, ils me rendront mon passeport demain et j'irai à Varsovie pour être le dictateur d'un Etat qui n'existe pas.

— Tu le dis avec amertume ?

— Je le dis comme c'est. Comme il nous a fallu vivre.

Dans la chambre d'à côté, le bruit cessa. Seul le plancher grinçait de temps à autre ou quelqu'un disait quelque chose à voix plus haute. Le vent filait dans les hauteurs, se cognant contre les toits vétustes, mal joints.

— Chez nous, en Lituanie, c'est certainement l'hiver déjà. Tu vois le temps qu'il fait ici ? Il pleut un peu, le vent passe, et c'est tout. Tonia, tu dors ?

Mais il s'aperçut qu'elle regardait à nouveau fixement le plafond. Il l'attira brusquement à lui.

— Je t'aime tant, Tonia. Je te dois tant.

— Que peux-tu me devoir ?

Il chercha le bout de la chemise, prit entre ses mains les

hanches jeunes comme une gerbe de seigle frais, se mit à couvrir de baisers fervents son cou au pouls rapide, son cou frêle, sentant la maison oubliée, le lointain Ostrowiec, la sécurité perdue. Il eut l'impression que le même désir qu'avant revenait, il la pressa sous lui ; elle s'abandonnait avec une passivité pudique, mais pleine d'une attente humiliante ; il la désirait de toutes ses forces, cherchait à éveiller en lui-même cette force tendre, lui pressa la poitrine de ses doigts frénétiques à la faire siffler de douleur et l'écrasa de tout son poids, mais il défaillit aussitôt car ce désir sans profondeur s'était déjà dissout dans une lourdeur somnolente, une résignation obtuse. On entendait dehors le claquement juteux de sabots sur la pierre des pavés. Une patrouille de cosaques passa d'une obscurité à l'autre.

— J'ai le bras ankylosé, se plaignit Tonia.

Il comprit qu'elle voulait banaliser la situation. Il l'embrassa encore une fois avec gratitude et retomba sur le grand oreiller à côté.

— Mauvaise période pour une rencontre, murmura-t-elle. Mais peut-être que tout cela passera et que tu reviendras en Lituanie.

— Tonia, je voudrais bien revenir, mais je peux aussi ne pas revenir.

Elle lui tourna alors son dos mince. Elle resta longtemps dans cette position et Traugutt pensa qu'elle avait dû s'endormir. Mais la petite mèche bouclée au-dessus de l'oreille brûlante tremblait comme une plume de chardonneret sous l'effet d'un spasme à peine perceptible.

— Tu pleures, descendante de Kościuszko ? lui demanda-t-il, le cœur serré.

— Ce n'est rien, murmura-t-elle en cachant sa tête dans l'oreiller. Les femmes ont besoin de pleurer, parfois.

Dans la rue quelqu'un poussa en russe, soudain, un grand cri déchirant :

— *Sentinelle, alerte, sentinelle, alerte !*

Des sifflets de police retentirent, des gens couraient en tous sens le long de l'hôtel. Tonia s'assit en se couvrant d'un coin de l'édredon.

— Tu entends ?

— Tonia, la guerre continue.

— Oui, on poursuit un homme. Un inconnu.

— Ceux qui ont lutté pour la liberté ont toujours été des inconnus. Pour la mémoire, le réconfort, on a conservé les noms des héros en titre ; mais de tout temps, à tout instant, bon ou mauvais, à tout moment des révolutions terrestres, celui qui rongeait les fers de ses dents a toujours été un homme anonyme.

— Regarde, le jour se lève, murmura-t-elle.

La fenêtre s'éclairait lentement et le vent se calmait comme dans l'attente du jour, d'un nouveau jour très court, un jour d'automne de cette funeste année.

— Il faut se lever et aller au-devant de la mort, murmura en lui-même Traugutt.

Elle voulut demander à son mari ce qu'il disait mais, dans un brusque pressentiment lourd d'angoisse, elle y renonça et resta figée, la main tendue timidement vers le visage où s'étaient imprimées les traces des lunettes de métal ; ainsi ont pu se passer les choses.

Nous marchons sur le trottoir recouvert d'éclats de verre. Ce verre crisse comme la glace de décembre. Nous écoutons le silence de la ville morte. Au-dessus du rucher des ruines, une grande lune extraordinairement lisible. On y voit des montagnes et des vallées, des chaos rocheux et des gorges de rivières inexistantes. On voit aussi les chemins battus par les astronautes et leurs excréments gelés pour l'éternité.

Je porte sur mon épaule un lourd ballot de grosse toile. Julia trotte à mes côtés et à présent elle est redevenue cette vieille bonne femme dont on a tué les fils. Derrière nous se traînent le reste des fugitifs. Kojran porte son samovar comme un trophée. Il l'a trouvé dans l'appartement dévasté d'un collectionneur ou au bord d'une rivière puant les cadavres. M. Duszek avance en soufflant dans ses mains engourdies. Il n'a plus qu'un petit bout de vie devant lui. Il ne sera plus obligé de choisir. Goska et l'homme du bâtiment se tiennent par la main. Ils ont perdu leur famille. Ils vont recommencer à zéro. Recommencer dans la cave d'une maison brûlée. La dame en pelisse trop grande saura se débrouiller, car sous cette pelisse il y a un petit sac plein de bijoux. L'étudiant tousse : c'est le gel qui irrite son poumon transpercé. L'étudiant conduit l'anarchiste aveugle à qui on a crevé les yeux dans le camp. Grzesio s'avance en dernier comme un spectre, la corde au cou. Ils sont tous là.

— Qu'est-ce que je vous disais ? gémit la dame en pelisse trop grande. Je vous l'avais bien dit.

Je déclare :

— Nous recommencerons de zéro.

— Nous savons bien recommencer, ajoute Kojran, c'est Dieu qui nous a appris ça.

Duszek rejoint ceux qui marchent :

— Et nos péchés ? Que faire du nuage noir des péchés, monsieur K. ?

Voici le magasin de joaillerie. Les fosses noires, fumées, des vitrines. Le néon aveugle. Au pied du mur brillent, éparpillées, les pierres de l'Oural. Comme les scories du minerai d'uranium.

— Et moi, par quoi dois-je commencer ? pleurniche Grzesio.

Un wagon de tramway est couché en travers de la rue. Dans un morceau de vitre, comme dans un miroir, la lune s'est encadrée tout entière. Portrait mort d'un satellite mort.

— Et moi, répète Grzesio.

— Commençons par les pardons, déclare Kojran. Je te pardonne, toi que j'ai suivi pendant mes plus belles années de jeunesse avec ton arrêt de mort dans ma poche.

Soubassement brisé d'un hôtel qui jadis atteignait les nuages. Un morceau de mur des fusillés tout criblé de balles fraîches et une lampe en mille morceaux avec sa flamme éternelle devant le mur-monument. Mais une main a déjà ressuscité la flamme sur la bougie d'un sapin. Cette goutte rouge, à peine vivante, réchauffe la mémoire qui renaît des morts.

— Tu entends, répète Kojran. Je te pardonne et je te demande pardon.

Je réponds :

— J'entends. Moi aussi, je vous demande pardon à tous.

— Où irons-nous maintenant ? demande celle à la pelisse.

— Dans notre vie.

— Depuis le début.

— Encore une fois.

Le cortège éteint du palais de la Culture grimpe vers le ciel. Fendu comme la souche brûlée d'un vieux chêne. Frappé par toutes les explosions qui devaient le réduire en poudre. Une suie blanche poudroie encore dans l'air. Et plus haut, la plaque percée de l'horizon et des bribes d'une lumière mystérieuse qui n'éclaire ni ne réchauffe.

— Nous sèmerons une autre herbe.

— Nous planterons d'autres arbres.

— Nous construirons une autre ville semblable.

— Joyeuses Fêtes, les Robinsons.

— Joyeuses Fêtes, libres Robinsons.

— Joyeuses Fêtes de la liberté.

— Joyeuses Fêtes d'une autre liberté toute pareille.

Ils s'en vont aux quatre coins du monde depuis ce carrefour de rues larges qui fut et reste le nombril du monde, de notre monde[1]. Ils disparaissent dans les ombres noires, infernales, de la mort qui sera le début d'une nouvelle vie.

— Alors ? demande Julia. Mon balluchon ne vous pèse pas trop ?

Elle arrange son maquillage à la lumière de cette lune dénaturée en louchant sur le petit miroir de son poudrier. C'est une fille énergique de chez nous, près de la quarantaine, avec un visage de madone et un caractère de cocher de fiacre. Le sapin au milieu de la place s'est redressé et se repose, brillant de ses rares ampoules restées intactes. Du ciel serein descendent lentement, un à un, des flocons duveteux de neige ou de suie.

— Regardez ! La ville a l'air morte.

— C'est à cause du silence, chuchote Julia. La lumière aussi est effrayante. C'est une nuit fatale pour les somnambules.

— Pour vous et pour moi.

— Pour tout le monde.

— On ne voit plus cette étoile ou cet OVNI.

— Oui, ils sont partis.

— En quelle étincelle du temps nous ont-ils aperçus ?

— Et nous ont-ils seulement distingués ? Et si oui, nous ont-ils compris ?

— De toute façon c'est réconfortant que quelqu'un nous ait vus de là-haut.

---

1. Car y sont indiquées les directions des plus grandes villes d'Europe ainsi que les distances. (N.d.T.)

Les feux de signalisation rouges brillent sur le palais de la Culture. Quelques fenêtres sont éclairées. Les pompiers de garde somnolent sans doute sur leur tasse de thé froid ou récitent leurs prières. Un tramway vide cahote du sud vers le nord dans un fracas de charrette de paysan.

— Allons devant l'hôtel, dit Julia. Là-bas, c'est plus facile d'attraper un taxi.

Nous traversons la chaussée en glissant sur la glace qui crépite sous nos semelles comme du verre à vitre.

Dans le gratte-ciel de l'hôtel, c'est aussi l'immobilité. Un néon vert s'allume et s'éteint sur le toit à un rythme monotone.

— Eh bien, vous venez avec moi jusqu'à Joie ? demande Julia.

— Vous savez pourtant que je n'irai nulle part, car pour moi, ça ne vaut plus la peine d'aller nulle part.

— Vous avez vite déclaré forfait. Alors, que vous reste-t-il ?

— Une feuille blanche et mon insomnie.

— Dommage.

— Ecoutez, Julia, je suis fatigué de faire semblant. Faire semblant d'être un homme, un écrivain, un amant. Feindre les sentiments, les prédilections, les passions. Dieu m'a créé plus ou moins à son image. Je suis de connivence avec ceux qui sont comme moi. Eux m'attendent car ils ont besoin de moi.

— Mais vous savez bien que vous êtes harcelé par votre unique obsession.

— Oui, elle me harcèle et je m'étonne moi-même. Elle me tient rivé à la terre. Je voudrais m'envoler dans l'espace que je désire reconnaître comme ma patrie et je ne peux pas, parce que je suis rivé, bon sang.

— Puisque c'est non... Il y a une voiture là-bas.

— On dirait une ambulance.

— C'est juste ce qu'il me faut.

Julia descend sur la chaussée et barre la route à l'ambulance qui fonce en dérapant vers les ponts. La voiture s'arrête, éteint son alarme. Le chauffeur, l'air d'un vieux hobereau, se penche à la portière.

— Qu'est-ce qui t'arrive, mon chat ?

— Vous pouvez me déposer à Joie ?

— Merde, c'est pas mon chemin.

— Ça fera un bon bakchich.
— Bon, mais je suis pressé.
— Je vois et je saurai l'apprécier.

Le chauffeur hésite, se penche vers quelqu'un d'invisible dans l'ombre de la cabine.

— On ne peut pas laisser cette petite se geler, soupire-t-il. On fera un bout de chemin en plus. Allez-y, montez. Mais derrière, c'est plus confortable.

J'ouvre la portière arrière de l'ambulance et je pose le balluchon à côté de la civière sur laquelle est allongé, ligoté comme un aliéné, un sapin bien fourni. J'aide Julia à monter.

— Alors, au revoir dans une prochaine queue, car les queues, il va y en avoir de plus en plus dans le monde, dit la paysanne de Joie.

— Adieu, Julia, et joyeux Noël.

— Eh, nom de Dieu, on aurait peut-être été bien ensemble ?

— On est déjà bien, bordel, et ça ira peut-être encore mieux.

— Joyeux Noël, monsieur Konwicki.

Les roues patinent sur la glace verte sous le néon, l'ambulance démarre en trombe et file vers Praga en hurlant de sa voix de loup. Ici, autour de la place, c'est un déluge de mortel clair de lune et des abîmes d'ombres comme des décombres fumants. Je m'avance sur la plate-forme au milieu de la place sans savoir pourquoi. Mais en réalité je devine pourquoi je me hisse sur cette modeste élévation à partir de laquelle nous mesurons notre distance au reste du monde. Surpris par mon propre cri, je m'exclame de but en blanc :

— Basia !

Mais la ville ne renvoie pas l'écho, la ville engloutit tout écho.

— Iwona !

Silence terrible, comme en pleine campagne. Neige, glace, étoiles.

— Basia !

Une nouvelle lumière me frappe droit dans les yeux. C'est un camion invisible qui vient d'allumer ses phares. Un milicien soulève la bâche :

— La ferme, ou je descends m'occuper de toi.

Je ne veux pas déranger ce milicien et je m'éloigne en traversant la chaussée de biais vers les ombres de la falaise des grands magasins. J'avais pourtant bien l'espoir insensé de voir sortir en courant de l'un des immeubles une jeune fille couverte à la hâte d'un manteau ou d'une douillette robe de chambre sentant la lavande, la camomille, ou encore mieux la giroflée. Pourquoi ai-je encore de tels espoirs et pourquoi faudra-t-il que je les nourrisse jusqu'à je ne sais quelle fin ? L'infantilisme, c'est le roc de notre humanité. Nous sommes encore une espèce jeune.

De l'autre côté de la rue, une agitation fébrile bat son plein, dissimulée dans l'obscurité profonde. Dans le cocon de la nuit, une foule considérable se démène, érigeant une sorte de construction en métal ajouré. Sous cette construction, prêts à être accrochés, gisent de gigantesques losanges blancs portant les morceaux de l'inscription : « Les jours de Moscou à Varsovie ». Ainsi donc, Moscou aussi se prépare à nous rendre visite !

Je me hâte vers ces gens rencontrés dans le désert neigeux. Ils commencent à souder leurs tuyaux et, comme pour se réchauffer, s'entraîner, ils font jaillir des étincelles de tous les côtés, réglant leurs appareils qui font penser à des lance-flammes. Je choisis le plus âgé, un de ceux qui connaissent la vie. Il écarquille les yeux à ma vue et détourne son brûleur. Une longue bande de feu rouge et bleu découpe la glace comme du beurre. Et moi, je suis pourtant plus chaud que la glace.

Je m'approche, je soulève le bonnet de fourrure que j'ai hérité de mon beau-frère.

— Mille excuses, monsieur.

Le compagnon louche avec méfiance dans ma direction.

— Auriez-vous l'obligeance de me foutre un coup de cette mitraillette ?

— De quoi s'agit-il ? Je ne comprends pas.

— Il s'agit de m'arroser de cette petite flamme de fête et de me faire flamber.

— Va donc, animal. Il a bu en partageant l'hostie et voilà qu'il tente sa chance.

— Puisque c'est non... On s'en passera. Joyeux Noël.

— *Va te faire foutre*, bon à rien.

C'est lui qui a raison. La raison de l'instinct indestructible. Il faut vivre. Il y a un sens au non-sens.

Une bande de touristes éméchés longe en tirailleurs les

grands magasins. Ils rentrent à l'hôtel après le réveillon. Ils se tiennent par le bras et oscillent de gauche à droite comme dans une valse tyrolienne, *Heilige Nacht, stille Nacht*.

— Eux aussi ont envie de se faire les dents sur nous. Ils attendent leur tour.

Ils s'arrêtent devant une vitrine pleine d'une foule de filles en plastique sans vie et de garçons figés dans les poses d'angelots sur des tombes. Quelqu'un entonne une tyrolienne.

Ils s'ébranlent pour un court périple vers l'hôtel accueillant, élevé sur un ancien lieu de martyre.

— Voyons, mais moi, où donc dois-je rentrer ? A Kolonia Wilenska ou à la maison où je mourrai, ou peut-être vers cette vallée que j'ai inventée comme un asile souverain et indépendant au milieu du quotidien ?

Je suis pris de frissons. Je sens à nouveau la sueur couler dans mon dos. C'est fou ce qu'il y a d'étoiles. Indifférentes et dont personne n'a besoin. C'est fou ce qu'il y a de ciel habitué à notre vue. Fou ce qu'il y a de Dieu. De Grand Juge qui attend le jugement.

Alors, je dis :

— Les Polonais, quand la fureur les prendra, malheur à l'Europe aveugle, veule et vénale.

Et devant moi, tapi, le grand massif de la ville. Muette forteresse. Caverne des chevaliers endormis. Là-haut, une lueur rouge comme le souffle de la ville tournoie le long d'une spirale invisible et forme des spectres illisibles semblables aux profondeurs d'un océan pacifique, le pacifique océan du temps. Et je ne sais si c'est la forme d'une étoile énorme, ou l'image d'une femme en pleurs, ou la gueule béante de l'enfer.

Du même auteur

L'Ascension
Gallimard, 1971

La Petite Apocalypse
Laffont, 1981

La Clef des songes contemporains
Laffont, 1983

Fleuve souterrain, oiseaux de nuit
Laffont, 1986

Chronique des incidents amoureux
P. O. F., 1987

Le Nouveau monde
P. O. L., 1988

Bohini, un manoir en Lituanie
Laffont, 1990

Le Trou dans le ciel
Critérion, 1991

Bethofantôme
Ruptures

Imprimerie Hérissey à Évreux - N° 58591
Dépôt légal : Septembre 1992 - N° 12695

Collection Points

SÉRIE ROMAN

R41. Le Voyage à Paimpol, *par Dorothée Letessier*
R42. L'Honneur perdu de Katharina Blum
par Heinrich Böll
R43. Le Pays sous l'écorce, *par Jacques Lacarrière*
R44. Le Monde selon Garp, *par John Irving*
R45. Les Trois Jours du cavalier, *par Nicole Ciravégna*
R46. Nécropolis, *par Herbert Lieberman*
R47. Fort Saganne, *par Louis Gardel*
R48. La Ligne 12, *par Raymond Jean*
R49. Les Années de chien, *par Günter Grass*
R50. La Réclusion solitaire, *par Tahar Ben Jelloun*
R51. Senilità, *par Italo Svevo*
R52. Trente Mille Jours, *par Maurice Genevoix*
R53. Cabinet Portrait, *par Jean-Luc Benoziglio*
R54. Saison violente, *par Emmanuel Roblès*
R55. Une comédie française, *par Éric Orsenna*
R56. Le Pain nu, *par Mohamed Choukri*
R57. Sarah et le Lieutenant français, *par John Fowles*
R58. Le Dernier Viking, *par Patrick Grainville*
R59. La Mort de la phalène, *par Virginia Woolf*
R60. L'Homme sans qualités, tome 1, *par Robert Musil*
R61. L'Homme sans qualités, tome 2, *par Robert Musil*
R62. L'Enfant de la mer de Chine, *par Didier Decoin*
R63. Le Professeur et la Sirène
par Giuseppe Tomasi di Lampedusa
R64. Le Grand Hiver, *par Ismaïl Kadaré*
R65. Le Cœur du voyage, *par Pierre Moustiers*
R66. Le Tunnel, *par Ernesto Sabato*
R67. Kamouraska, *par Anne Hébert*
R68. Machenka, *par Vladimir Nabokov*
R69. Le Fils du pauvre, *par Mouloud Feraoun*
R70. Cités à la dérive, *par Stratis Tsirkas*
R71. Place des Angoisses, *par Jean Reverzy*
R72. Le Dernier Chasseur, *par Charles Fox*
R73. Pourquoi pas Venise, *par Michèle Manceaux*
R74. Portrait de groupe avec dame, *par Heinrich Böll*
R75. Lunes de fiel, *par Pascal Bruckner*
R76. Le Canard de bois (Les Fils de la Liberté, I)
par Louis Caron
R77. Jubilee, *par Margaret Walker*
R78. Le Médecin de Cordoue, *par Herbert Le Porrier*
R79. Givre et Sang, *par John Cowper Powys*
R80. La Barbare, *par Katherine Pancol*
R81. Si par une nuit d'hiver un voyageur, *par Italo Calvino*
R82. Gerardo Laïn, *par Michel del Castillo*
R83. Un amour infini, *par Scott Spencer*
R84. Une enquête au pays, *par Driss Chraïbi*
R85. Le Diable sans porte (tome 1 : Ah, mes aïeux !)
par Claude Duneton

R86. La Prière de l'absent, *par Tahar Ben Jelloun*
R87. Venise en hiver, *par Emmanuel Roblès*
R88. La Nuit du Décret, *par Michel del Castillo*
R89. Alejandra, *par Ernesto Sabato*
R90. Plein Soleil, *par Marie Susini*
R91. Les Enfants de fortune, *par Jean-Marc Roberts*
R92. Protection encombrante, *par Heinrich Böll*
R93. Lettre d'excuse, *par Raphaële Billetdoux*
R94. Le Voyage indiscret, *par Katherine Mansfield*
R95. La Noire, *par Jean Cayrol*
R96. L'Obsédé (L'Amateur), *par John Fowles*
R97. Siloé, *par Paul Gadenne*
R98. Portrait de l'artiste en jeune chien, *par Dylan Thomas*
R99. L'Autre, *par Julien Green*
R100. Histoires pragoises, *par Rainer Maria Rilke*
R101. Bélibaste, *par Henri Gougaud*
R102. Le Ciel de la Kolyma (Le Vertige, II) *par Evguénia Guinzbourg*
R103. La Mulâtresse Solitude, *par André Schwarz-Bart*
R104. L'Homme du Nil, *par Stratis Tsirkas*
R105. La Rhubarbe, *par René-Victor Pilhes*
R106. Gibier de potence, *par Kurt Vonnegut*
R107. Memory Lane *par Patrick Modiano, dessins de Pierre Le-Tan*
R108. L'Affreux Pastis de la rue des Merles *par Carlo Emilio Gadda*
R109. La Fontaine obscure, *par Raymond Jean*
R110. L'Hôtel New Hampshire, *par John Irving*
R111. Les Immémoriaux, *par Victor Segalen*
R112. Cœur de lièvre, *par John Updike*
R113. Le Temps d'un royaume, *par Rose Vincent*
R114. Poisson-chat, *par Jerome Charyn*
R115. Abraham de Brooklyn, *par Didier Decoin*
R116. Trois Femmes, *suivi de* Noces, *par Robert Musil*
R117. Les Enfants du sabbat, *par Anne Hébert*
R118. La Palmeraie, *par François-Régis Bastide*
R119. Maria Republica, *par Agustin Gomez-Arcos*
R120. La Joie, *par Georges Bernanos*
R121. Incognito, *par Petru Dumitriu*
R122. Les Forteresses noires, *par Patrick Grainville*
R123. L'Ange des ténèbres, *par Ernesto Sabato*
R124. La Fiera, *par Marie Susini*
R125. La Marche de Radetzky, *par Joseph Roth*
R126. Le vent souffle où il veut, *par Paul-André Lesort*
R127. Si j'étais vous..., *par Julien Green*
R128. Le Mendiant de Jérusalem, *par Elie Wiesel*
R129. Mortelle, *par Christopher Frank*
R130. La France m'épuise, *par Jean-Louis Curtis*
R131. Le Chevalier inexistant, *par Italo Calvino*

R132. Le Dialogue des Carmélites, *par Georges Bernanos*
R133. L'Étrusque, *par Mika Waltari*
R134. La Rencontre des hommes, *par Benigno Cacérès*
R135. Le Petit Monde de Don Camillo
par Giovanni Guareschi
R136. Le Masque de Dimitrios, *par Eric Ambler*
R137. L'Ami de Vincent, *par Jean-Marc Roberts*
R138. Un homme au singulier, *par Christopher Isherwood*
R139. La Maison du désir, *par France Huser*
R140. Moi et ma cheminée, *par Herman Melville*
R141. Les Fous de Bassan, *par Anne Hébert*
R142. Les Stigmates, *par Luc Estang*
R143. Le Chat et la Souris, *par Günter Grass*
R144. Loïca, *par Dorothée Letessier*
R145. Paradiso, *par José Lezama Lima*
R146. Passage de Milan, *par Michel Butor*
R147. Anonymus, *par Michèle Manceaux*
R148. La Femme du dimanche
par Carlo Fruttero et Franco Lucentini
R149. L'Amour monstre, *par Louis Pauwels*
R150. L'Arbre à soleils, *par Henri Gougaud*
R151. Traité du zen et de l'entretien des motocyclettes
par Robert M. Pirsig
R152. L'Enfant du cinquième Nord, *par Pierre Billon*
R153. N'envoyez plus de roses, *par Eric Ambler*
R154. Les Trois Vies de Babe Ozouf, *par Didier Decoin*
R155. Le Vert Paradis, *par André Brincourt*
R156. Varouna, *par Julien Green*
R157. L'Incendie de Los Angeles, *par Nathanaël West*
R158. Les Belles de Tunis, *par Nine Moati*
R159. Vertes Demeures, *par Henry Hudson*
R160. Les Grandes Vacances, *par Francis Ambrière*
R161. Ceux de 14, *par Maurice Genevoix*
R162. Les Villes invisibles, *par Italo Calvino*
R163. L'Agent secret, *par Graham Greene*
R164. La Lézarde, *par Edouard Glissant*
R165. Le Grand Escroc, *par Herman Melville*
R166. Lettre à un ami perdu, *par Patrick Besson*
R167. Evaristo Carriego, *par Jorge Luis Borges*
R168. La Guitare, *par Michel del Castillo*
R169. Épitaphe pour un espion, *par Eric Ambler*
R170. Fin de saison au Palazzo Pedrotti, *par Frédéric Vitoux*
R171. Jeunes Années. Autobiographie 1, *par Julien Green*
R172. Jeunes Années. Autobiographie 2, *par Julien Green*
R173. Les Égarés, *par Frédérick Tristan*
R174. Une affaire de famille, *par Christian Giudicelli*
R175. Le Testament amoureux, *par Rezvani*
R176. C'était cela notre amour, *par Marie Susini*
R177. Souvenirs du triangle d'or, *par Alain Robbe-Grillet*

R178. Les Lauriers du lac de Constance, *par Marie Chaix*
R179. Plan B, *par Chester Himes*
R180. Le Sommeil agité, *par Jean-Marc Roberts*
R181. Roman Roi, *par Renaud Camus*
R182. Vingt Ans et des poussières
par Didier van Cauwelaert
R183. Le Château des destins croisés, *par Italo Calvino*
R184. Le Vent de la nuit, *par Michel del Castillo*
R185. Une curieuse solitude, *par Philippe Sollers*
R186. Les Trafiquants d'armes, *par Eric Ambler*
R187. Un printemps froid, *par Danièle Sallenave*
R188. Mickey l'Ange, *par Geneviève Dormann*
R189. Histoire de la mer, *par Jean Cayrol*
R190. Senso, *par Camillo Boito*
R191. Sous le soleil de Satan, *par Georges Bernanos*
R192. Niembsch ou l'immobilité, *par Peter Härtling*
R193. Prends garde à la douceur des choses
par Raphaële Billetdoux
R194. L'Agneau carnivore, *par Agustin Gomez-Arcos*
R195. L'Imposture, *par Georges Bernanos*
R196. Ararat, *par D.M. Thomas*
R197. La Croisière de l'angoisse, *par Eric Ambler*
R198. Léviathan, *par Julien Green*
R199. Sarnia, *par Gerald Basil Edwards*
R200. Le Colleur d'affiches, *par Michel del Castillo*
R201. Un mariage poids moyen, *par John Irving*
R202. John l'Enfer, *par Didier Decoin*
R203. Les Chambres de bois, *par Anne Hébert*
R204. Mémoires d'un jeune homme rangé
par Tristan Bernard
R205. Le Sourire du Chat, *par François Maspero*
R206. L'Inquisiteur, *par Henri Gougaud*
R207. La Nuit américaine, *par Christopher Frank*
R208. Jeunesse dans une ville normande
par Jacques-Pierre Amette
R209. Fantôme d'une puce, *par Michel Braudeau*
R210. L'Avenir radieux, *par Alexandre Zinoviev*
R211. Constance D., *par Christian Combaz*
R212. Épaves, *par Julien Green*
R213. La Leçon du maître, *par Henry James*
R214. Récit des temps perdus, *par Aris Fakinos*
R215. La Fosse aux chiens, *par John Cowper Powys*
R216. Les Portes de la forêt, *par Elie Wiesel*
R217. L'Affaire Deltchev, *par Eric Ambler*
R218. Les amandiers sont morts de leurs blessures
par Tahar Ben Jelloun
R219. L'Admiroir, *par Anny Duperey*
R220. Les Grands Cimetières sous la lune
par Georges Bernanos

R221. La Créature, *par Étienne Barilier*
R222. Un Anglais sous les tropiques, *par William Boyd*
R223. La Gloire de Dina, *par Michel del Castillo*
R224. Poisson d'amour, *par Didier van Cauwelaert*
R225. Les Yeux fermés, *par Marie Susini*
R226. Cobra, *par Severo Sarduy*
R227. Cavalerie rouge, *par Isaac Babel*
R228. Tous les soleils, *par Bertrand Visage*
R229. Pétersbourg, *par Andréi Biély*
R230. Récits d'un jeune médecin, *par Mikhaïl Boulgakov*
R231. La Maison des prophètes, *par Nicolas Saudray*
R232. Trois Heures du matin à New York
par Herbert Lieberman
R233. La Mère du printemps, *par Driss Chraïbi*
R234. Adrienne Mesurat, *par Julien Green*
R235. Jusqu'à la mort, *par Amos Oz*
R236. Les Envoûtés, *par Witold Gombrowicz*
R237. Frontière des ténèbres, *par Eric Ambler*
R238. Les Deux Sacrements, *par Heinrich Böll*
R239. Cherchant qui dévorer, *par Luc Estang*
R240. Le Tournant, *par Klaus Mann*
R241. Aurélia, *par France Huser*
R242. Le Sixième Hiver
par Douglas Orgill et John Gribbin
R243. Naissance d'un spectre, *par Frédérick Tristan*
R244. Lorelei, *par Maurice Genevoix*
R245. Le Bois de la nuit, *par Djuna Barnes*
R246. La Caverne céleste, *par Patrick Grainville*
R247. L'Alliance, tome 1, *par James A. Michener*
R248. L'Alliance, tome 2, *par James A. Michener*
R249. Juliette, chemin des Cerisiers, *par Marie Chaix*
R250. Le Baiser de la femme-araignée, *par Manuel Puig*
R251. Le Vésuve, *par Emmanuel Roblès*
R252. Comme neige au soleil, *par William Boyd*
R253. Palomar, *par Italo Calvino*
R254. Le Visionnaire, *par Julien Green*
R255. La Revanche, *par Henry James*
R256. Les Années-lumière, *par Rezvani*
R257. La Crypte des capucins, *par Joseph Roth*
R258. La Femme publique, *par Dominique Garnier*
R259. Maggie Cassidy, *par Jack Kerouac*
R260. Mélancolie Nord, *par Michel Rio*
R261. Énergie du désespoir, *par Eric Ambler*
R262. L'Aube, *par Elie Wiesel*
R263. Le Paradis des orages, *par Patrick Grainville*
R264. L'Ouverture des bras de l'homme
par Raphaële Billetdoux
R265. Méchant, *par Jean-Marc Roberts*
R266. Un policeman, *par Didier Decoin*

R267. Les Corps étrangers, *par Jean Cayrol*
R268. Naissance d'une passion, *par Michel Braudeau*
R269. Dara, *par Patrick Besson*
R270. Parias, *par Pascal Bruckner*
R271. Le Soleil et la Roue, *par Rose Vincent*
R272. Le Malfaiteur, *par Julien Green*
R273. Scarlett si possible, *par Katherine Pancol*
R274. Journal d'une fille de Harlem, *par Julius Horwitz*
R275. Le Nez de Mazarin, *par Anny Duperey*
R276. La Chasse à la licorne, *par Emmanuel Roblès*
R277. Red Fox, *par Anthony Hyde*
R278. Minuit, *par Julien Green*
R279. L'Enfer, *par René Belletto*
R280. Et si on parlait d'amour, *par Claire Gallois*
R281. Pologne, *par James A. Michener*
R282. Notre homme, *par Louis Gardel*
R283. La Nuit du solstice, *par Herbert Lieberman*
R284. Place de Sienne, côté ombre
par Carlo Fruttero et Franco Lucentini
R285. Meurtre au comité central
par Manuel Vázquez Montalbán
R286. L'Isolé soleil, *par Daniel Maximin*
R287. Samedi soir, dimanche matin, *par Alan Sillitoe*
R288. Petit Louis, dit XIV, *par Claude Duneton*
R289. Le Perchoir du perroquet, *par Michel Rio*
R290. L'Enfant pain, *par Agustin Gomez-Arcos*
R291. Les Années Lula, *par Rezvani*
R292. Michael K, sa vie, son temps, *par J. M. Coetzee*
R293. La Connaissance de la douleur
par Carlo Emilio Gadda
R294. Complot à Genève, *par Eric Ambler*
R295. Serena, *par Giovanni Arpino*
R296. L'Enfant de sable, *par Tahar Ben Jelloun*
R297. Le Premier Regard, *par Marie Susini*
R298. Regardez-moi, *par Anita Brookner*
R299. La Vie fantôme, *par Danièle Sallenave*
R300. L'Enchanteur, *par Vladimir Nabokov*
R301. L'Ile atlantique, *par Tony Duvert*
R302. Le Grand Cahier, *par Agota Kristof*
R303. Le Manège espagnol, *par Michel del Castillo*
R304. Le Berceau du chat, *par Kurt Vonnegut*
R305. Une histoire américaine, *par Jacques Godbout*
R306. Les Fontaines du grand abîme, *par Luc Estang*
R307. Le Mauvais Lieu, *par Julien Green*
R308. Aventures dans le commerce des peaux en Alaska
par John Hawkes
R309. La Vie et demie, *par Sony Labou Tansi*
R310. Jeune Fille en silence, *par Raphaële Billetdoux*
R311. La Maison près du marais, *par Herbert Lieberman*

R312. Godelureaux, *par Eric Ollivier*
R313. La Chambre ouverte, *par France Huser*
R314. L'Œuvre de Dieu, la part du Diable, *par John Irving*
R315. Les Silences ou la vie d'une femme, *par Marie Chaix*
R316. Les Vacances du fantôme, *par Didier van Cauwelaert*
R317. Le Levantin, *par Eric Ambler*
R318. Beno s'en va-t-en guerre, *par Jean-Luc Benoziglio*
R319. Miss Lonelyhearts, *par Nathanaël West*
R320. Cosmicomics, *par Italo Calvino*
R321. Un été à Jérusalem, *par Chochana Boukhobza*
R322. Liaisons étrangères, *par Alison Lurie*
R323. L'Amazone, *par Michel Braudeau*
R324. Le Mystère de la crypte ensorcelée *par Eduardo Mendoza*
R325. Le Cri, *par Chochana Boukhobza*
R326. Femmes devant un paysage fluvial, *par Heinrich Böll*
R327. La Grotte, *par Georges Buis*
R328. Bar des flots noirs, *par Olivier Rolin*
R329. Le Stade de Wimbledon, *par Daniele Del Giudice*
R330. Le Bruit du temps, *par Ossip E. Mandelstam*
R331. La Diane rousse, *par Patrick Grainville*
R332. Les Éblouissements, *par Pierre Mertens*
R333. Talgo, *par Vassilis Alexakis*
R334. La Vie trop brève d'Edwin Mullhouse *par Steven Millhauser*
R335. Les Enfants pillards, *par Jean Cayrol*
R336. Les Mystères de Buenos Aires, *par Manuel Puig*
R337. Le Démon de l'oubli, *par Michel del Castillo*
R338. Christophe Colomb, *par Stephen Marlowe*
R339. Le Chevalier et la Reine, *par Christopher Frank*
R340. Autobiographie de tout le monde, *par Gertrude Stein*
R341. Archipel, *par Michel Rio*
R342. Texas, tome 1, *par James A. Michener*
R343. Texas, tome 2, *par James A. Michener*
R344. Loyola's blues, *par Erik Orsenna*
R345. L'Arbre aux trésors, légendes, *par Henri Gougaud*
R346. Les Enfants des morts, *par Henrich Böll*
R347. Les Cent Premières Années de Niño Cochise *par A. Kinney Griffith et Niño Cochise*
R348. Vente à la criée du lot 49, par *Thomas Pynchon*
R349. Confessions d'un enfant gâté *par Jacques-Pierre Amette*
R350. Boulevard des trahisons, *par Thomas Sanchez*
R351. L'Incendie, *par Mohammed Dib*
R352. Le Centaure, *par John Updike*
R353. Une fille cousue de fil blanc, *par Claire Gallois*
R354. L'Adieu aux champs, *par Rose Vincent*
R355. La Ratte, *par Günter Grass*
R356. Le Monde hallucinant, *par Reinaldo Arenas*

R357. L'Anniversaire, *par Mouloud Feraoun*
R358. Le Premier Jardin, *par Anne Hébert*
R359. L'Amant sans domicile fixe
par Carlo Fruttero et Franco Lucentini
R360. L'Atelier du peintre, *par Patrick Grainville*
R361. Le Train vert, *par Herbert Lieberman*
R362. Autopsie d'une étoile, *par Didier Decoin*
R363. Un joli coup de lune, *par Chester Himes*
R364. La Nuit sacrée, *par Tahar Ben Jelloun*
R365. Le Chasseur, *par Carlo Cassola*
R366. Mon père américain, *par Jean-Marc Roberts*
R367. Remise de peine, *par Patrick Modiano*
R368. Le Rêve du singe fou, *par Christopher Frank*
R369. Angelica, *par Bertrand Visage*
R370. Le Grand Homme, *par Claude Delarue*
R371. La Vie comme à Lausanne, *par Erik Orsenna*
R372. Une amie d'Angleterre, *par Anita Brookner*
R373. Norma ou l'exil infini, *par Emmanuel Roblès*
R374. Les Jungles pensives, *par Michel Rio*
R375. Les Plumes du pigeon, *par John Updike*
R376. L'Héritage Schirmer, *par Eric Ambler*
R377. Les Flamboyants, *par Patrick Grainville*
R378. L'Objet perdu de l'amour, *par Michel Braudeau*
R379. Le Boucher, *par Alina Reyes*
R380. Le Labyrinthe aux olives, *par Eduardo Mendoza*
R381. Les Pays lointains, *par Julien Green*
R382. L'Épopée du buveur d'eau, *par John Irving*
R383. L'Écrivain public, *par Tahar Ben Jelloun*
R384. Les Nouvelles Confessions, *par William Boyd*
R385. Les Lèvres nues, *par France Huser*
R386. La Famille de Pascal Duarte, *par Camilo José Cela*
R387. Une enfance à l'eau bénite, *par Denise Bombardier*
R388. La Preuve, *par Agota Kristof*
R389. Tarabas, *par Joseph Roth*
R390. Replay, *par Ken Grimwood*
R391. Rabbit Boss, *par Thomas Sanchez*
R392. Aden Arabie, *par Paul Nizan*
R393. La Ferme, *par John Updike*
R394. L'Obscène Oiseau de la nuit, *par José Donoso*
R395. Un printemps d'Italie, *par Emmanuel Roblès*
R396. L'Année des méduses, *par Christopher Frank*
R397. Miss Missouri, *par Michel Boujut*
R398. Le Figuier, *par François Maspero*
R399. La Solitude du coureur de fond, *par Alan Sillitoe*
R400. L'Exposition coloniale, *par Erik Orsenna*
R401. La Ville des prodiges, *par Eduardo Mendoza*
R402. La Croyance des voleurs, *par Michel Chaillou*
R403. Rock Springs, *par Richard Ford*
R404. L'Orange amère, *par Didier van Cauwelaert*

R405. Tara, *par Michel del Castillo*
R406. L'Homme à la vie inexplicable, *par Henri Gougaud*
R407. Le Beau Rôle, *par Louis Gardel*
R408. Le Messie de Stockholm, *par Cynthia Ozick*
R409. Les Exagérés, *par Jean- François Vilar*
R410. L'Objet du scandale, *par Robertson Davies*
R411. Berlin mercredi, *par François Weyergans*
R412. L'Inondation, *par Evguéni Zamiatine*
R413. Rentrez chez vous Bogner !, *par Heinrich Böll*
R414. Les Herbes amères, *par Chochana Boukhobza*
R415. Le Pianiste, *par Manuel Vázquez Montalbán*
R416. Une mort secrète, *par Richard Ford*
R417. La Journée d'un scrutateur, *par Italo Calvino*
R418. Collection de sable, *par Italo Calvino*
R419. Les Soleils des indépendances, *par Ahmadou Kourouma*
R420. Lacenaire (un film de Francis Girod), *par Georges Conchon*
R421. Œuvres pré-posthumes, *par Robert Musil*
R422. Merlin, *par Michel Rio*
R423. Charité, *par Éric Jourdan*
R424. Le Visiteur, *par György Konrad*
R425. Monsieur Adrien, *par Franz-Olivier Giesbert*
R426. Palinure de Mexico, *par Fernando Del Paso*
R427. L'Amour du prochain, *par Hugo Claus*
R428. L'Oublié, *par Elie Wiesel*
R429. Temps zéro, *par Italo Calvino*
R430. Les Comptoirs du Sud, *par Philippe Doumenc*
R431. Le Jeu des décapitations, *par Jose Lezama Lima*
R432. Tableaux d'une ex, *par Jean-Luc Benoziglio*
R433. Les Effrois de la glace et des ténèbres, *par Christoph Ransmayr*
R434. Paris-Athènes, *par Vassilis Alexakis*
R435. La Porte de Brandebourg, *par Anita Brookner*
R436. Le Jardin à la dérive, *par Ida Fink*
R437. Malina, *par Ingeborg Bachmann*
R438. Moi, laminaire, *par Aimé Césaire*
R439. Histoire d'un idiot racontée par lui-même
par Félix de Azúa
R440. La Résurrection des morts, *par Scott Spencer*
R441. La Caverne, *par Eugène Zamiatine*
R442. Le Manticore, *par Robertson Davies*
R443. Perdre, *par Pierre Mertens*
R444. La Rébellion, *par Joseph Roth*
R445. D'amour P. Q., *par Jacques Godbout*
R446. Un oiseau brûlé vif, *par Agustin Gomez-Arcos*
R447. Le Blues de Buddy Bolden, *par Michael Ondaatje*
R448. Étrange séduction (Un bonheur de rencontre)
par Ian McEwan
R449. La Diable, *par Fay Weldon*
R450. L'Envie, *par Iouri Olecha*
R451. La Maison du Mesnil, *par Maurice Genevoix*

R452. La Joyeuse Bande d'Atzavara
par Manuel Vázquez Montalbán
R453. Le Photographe et ses Modèles, *par John Hawkes*
R454. Rendez-vous sur la terre, *par Bertrand Visage*
R455. Les Aventures singulières du soldat Ivan Tchonkine
par Vladimir Voïnovitch
R456. Départements et Territoires d'outre-mort
par Henri Gougaud
R457. Vendredi des douleurs, *par Miguel Angel Asturias*
R458. L'Avortement, *par Richard Brautigan*
R459. Histoire du ciel, *par Jean Cayrol*
R460. Une prière pour Owen, *par John Irving*
R461. L'Orgie, la Neige, *par Patrick Grainville*
R462. Le Tueur et son ombre, *par Herbert Lieberman*
R463. Les Grosses Rêveuses, *par Paul Fournel*
R464. Un week-end dans le Michigan, *par Richard Ford*
R465. Les Marches du palais, *par David Shahar*
R466. Les hommes cruels ne courent pas les rues
par Katherine Pancol
R467. La Vie exagérée de Martín Romaña
par Alfredo Bryce-Echenique
R468. Les Étoiles du Sud, *par Julien Green*
R469. Aventures, *par Italo Calvino*
R470. Jour de silence à Tanger, *par Tahar Ben Jelloun*
R471. Sous le soleil jaguar, *par Italo Calvino*
R472. Les cyprès meurent en Italie, *par Michel del Castillo*
R473. Kilomètre zéro, *par Thomas Sanchez*
R474. Singulières Jeunes Filles, *par Henry James*
R475. Franny et Zooey, *par J. D. Salinger*
R476. Vaulascar, *par Michel Braudeau*
R477. La Vérité sur l'affaire Savolta, *par Eduardo Mendoza*
R478. Les Visiteurs du crépuscule, *par Eric Ambler*
R479. L'Ancienne Comédie, *par Jean-Claude Guillebaud*
R480. La Chasse au lézard, *par William Boyd*
R481. Les Yaquils, *suivi de* Ile déserte, *par Emmanuel Roblès*
R482. Proses éparses, *par Robert Musil*
R483. Le Loum, *par René-Victor Pilhes*
R484. La Fascination de l'étang, *par Virginia Woolf*
R485. Journaux de jeunesse, *par Rainer Maria Rilke*
R486. Tirano Banderas, *par Ramón del Valle-Inclán*
R487. Une trop bruyante solitude, *par Bohumil Hrabal*
R488. En attendant les barbares, *par J. M. Coetzee*
R489. Les Hauts-Quartiers, *par Paul Gadenne*
R490. Je lègue mon âme au diable, *par Germán Castro Caycedo*
R491. Le Monde des merveilles, *par Robertson Davies*
R492. Louve basse, *par Denis Roche*
R493. La Couleur du destin , *par Carlo Fruttero et Franco Lucentini*
R494. Poupée blonde, *par Patrick Modiano, dessins de Pierre Le-Tan*
R495. La Mort de Lohengrin, *par Heinrich Böll*

R496. L'Aïeul, *par Aris Fakinos*
R497. Le Héros des femmes, *par Adolfo Bioy Casares*
R498. 1492. Les Aventures de Juan Cabezón de Castille *par Homero Aridjis*
R499. L'Angoisse du tigre, *par Jean-Marc Roberts*
R500. Les Yeux baissés, *par Tahar Ben Jelloun*
R501. L'Innocent, *par Ian McEwan*
R502. Les Passagers du Roissy-Express *par François Maspero*
R503. Adieu à Berlin, *par Christopher Isherwood*
R504. Remèdes désespérés, *par Thomas Hardy*
R505. Le Larron qui ne croyait pas au ciel *par Miguel Angel Asturias*
R506. Madame de Mauves, *par Henry James*
R507. L'Année de la mort de Ricardo Reis, *par José Saramago*
R508. Abattoir 5, *par Kurt Vonnegut*
R509. Comme je l'entends, *par John Cowper Powys*
R510. Madrapour, *par Robert Merle*
R511. Ménage à quatre, *par Manuel Vázquez Montalbán*
R512. Tremblement de cœur, *par Denise Bombardier*
R513. Monnè, Outrages et Défis, *par Ahmadou Kourouma*
R514. L'Ultime Alliance, *par Pierre Billon*
R515. Le Café des fous, *par Felipe Alfau*
R516. Morphine, *par Mikhaïl Boulgakov*
R517. Le Fou du tzar, *par Jaan Kross*
R518. Wolf et Doris, *par Martin Walser*
R519. La Course au mouton sauvage, *par Haruki Murakami*
R520. Adios Schéhérazade, *par Donald Westlake*
R521. Les Feux du Bengale, *par Amitav Ghosh*
R522. La Spéculation immobilière, *par Italo Calvino*
R523. L'homme qui parlait d'Octavia de Cadix *par Alfredo Bryce-Echenique*
R524. V., *par Thomas Pynchon*
R525. Les Anges rebelles, *par Robertson Davies*
R526. Nouveaux Contes de Bustos Domecq *par Jorge Luis Borges et Adolfo Bioy Casares*
R527. Josepha, *par Christopher Frank*
R528. L'Amour sorcier, *par Louise Erdrich*
R529. L'Europe mordue par un chien, *par Christophe Donner*
R530. Les hommes qui ont aimé Evelyn Cotton, *par Frank Ronan*
R531. Agadir, *par Mohammed Khaïr-Eddine*
R532. Brigitta, *par Adalbert Stifter*
R533. Lune de miel et d'or, *par David Shahar*
R534. Histoires de vertige, *par Julien Green*
R535. Voyage en France, *par Henry James*
R536. La Femme de chambre du Titanic, *par Didier Decoin*
R537. Le Grand Partir, *par Henri Gougaud*
R538. La Boîte noire, *par Jean-Luc Benoziglio*
R539. Le Prochain sur la liste, *par Dan Greenburg*

R540. Topkapi, *par Eric Ambler*
R541. Hôtel du lac, *par Anita Brookner*
R542. L'Aimé, *par Axel Gauvin*
R543. Vends maison, où je ne veux plus vivre, *par Bohumil Hrabal*
R544. Enquête sous la neige, *par Michael Malone*
R545. Sérénissime, *par Frédéric Vitoux*
R546. Fleurs de ruine, *par Patrick Modiano*
R547. Les Girls du City-Boum-Boum, *par Vassilis Alexakis*
R548. Les Rives du fleuve Bleu, *par Emmanuel Roblès*
R549. Le Complexe polonais, *par Tadeusz Konwicki*
R550. La Patte du scarabée, *par John Hawkes*
R551. Sale Histoire, *par Eric Ambler*

Collection Points

SÉRIE POINT-VIRGULE

DERNIERS TITRES PARUS